黃金鳥籠

EN BUR AV GULD

CAMILLA
LÄCKBERG

卡蜜拉・拉貝格 著
王娟娟 譯

第一部

「她不可能只是受傷嗎？」霏伊問。

她低頭盯著桌面，無法面對他們的目光。

短暫的遲疑後，一個充滿同情的聲音響起。

「對一個這麼小的身體來說，現場血量多得驚人。但在法醫評估過之前，我不想妄加臆測。」

霏伊點點頭。有人給了她一杯裝在透明塑膠杯裡的水，她把杯子舉到唇邊，劇烈顫抖的手卻讓水噴濺出來、沿著她的下巴滴到上衣上。有著一雙和善藍眼的金髮女警朝她靠過來，遞給她一張面紙。

她動作緩慢地擦拭下巴與上衣。絲質上衣免不了要留下難看的水漬。只是也無關緊要了。

「真的不可能嗎？完全不可能？」

女警看了同事一眼，搖搖頭。她小心措辭：

「就像我剛剛說過的，還要等醫生根據現場證據做出評斷。但就目前所知看來，一切都指向同一個結論：妳的前夫杰克殺了你們的女兒。」

霏伊閉上眼睛，嚥下一記淒鳴。

茱莉安總算睡著了。她的頭髮披散在粉紅色枕頭上，呼吸平穩。霏伊摸摸她的臉頰，動作輕柔以免吵醒她。

杰克這晚將從倫敦出差返家。還是從漢堡？霏伊也記不清楚了。他到家的時候應該會又累又緊繃，但她會設法讓他好好放鬆。

她輕輕關上臥房門，躡手躡腳走到門廳確定前門鎖上了。她回到廚房，手滑過廚房檯面。三公尺長的大理石。自然是頂級的卡拉拉山大理石。可惜中看不中用，大理石材的多孔特性讓檯面像海綿似的吸收一切、沾上不少礙眼的污斑。但杰克甚至不曾考慮使用實用一點的材料。納瓦大道*這間公寓光廚房就花了將近一百萬克朗†，一切都是最頂級最昂貴。

霏伊伸手抓來一瓶阿瑪羅尼紅酒‡和一只高腳酒杯放在檯面上。玻璃杯碰觸檯面、酒液流注——杰克不在家，這些聲音就構成了她獨處的夜晚。她小心翼翼倒酒，以免在白色大理石上

---

* Narvavägen：長僅六百米的林蔭道，位於瑞典斯德哥爾摩名流匯聚置產的精華區奧斯特馬爾姆（Östermalm）。

† kronor：瑞典法定貨幣，一瑞典克朗約合新臺幣三元。

‡ Amarone：義大利紅酒，產自 Veneto 的 Valpolicella 產區，最大特色是葡萄在釀造前先經數月風乾，因為糖分高發酵緩慢，一般需二至三年以上的熟成時間，且酒精含量高，約百分之十五上下，並略帶苦味。阿瑪羅尼紅酒因所需葡萄量多、製程漫長且風險高等等因素，市場價格偏高。

留下噴濺酒漬。她閉上眼睛，舉杯就口。

她調暗燈光，退出廚房。外頭門廳牆上掛著她、茱莉安和杰克的黑白全家福照。照片是王儲維多利亞公主的日常照御用攝影師凱特·戛波拍的，她每年都爲公主幾名子女拍攝穿著清爽白衣在落葉堆裡嬉戲的迷人照片。她和杰克選擇在夏天拍攝他們的全家福照。他們站在海岸邊，姿態輕鬆自在。茱莉安站在他倆中間，頭髮被微風吹飄了起來。三人自然也都是一身白：她穿著一件簡單的亞曼尼棉質洋裝，杰克是HugoBoss的襯衫與老爺褲，茱莉安的蕾絲洋裝則來自Stella McCartney的童裝系列。拍照前他們剛剛吵過一架:，她早已忘了吵什麼，只記得是她的錯。但照片絲毫沒有顯露任何跡象。

霏伊走上樓梯。她在杰克書房門外猶豫了一下，然後推開門。書房位在塔樓，坐擁環景。獨一無二的房產裡的獨一無二的設計，一如五年前帶他們參觀這間公寓的仲介所說。她當時肚裡懷著茱莉安，對未來充滿美好憧憬。

她喜歡這塔樓裡的房間。光線從四面八方的窗子映射進來，讓她感覺彷彿在飛。此刻外面一片漆黑，弧形牆壁像溫暖的繭包圍住她。

書房的裝潢是她一手包辦的，一如公寓的其他部分。她親手挑選了壁紙、書架、書桌、乃至牆上的攝影與畫作。杰克對成果非常滿意。他從不曾懷疑她的品味，每次有客人跟他要他們室內設計師的電話時，他總是滿臉驕傲。

在那些時刻裡，他允許她享受光彩。

公寓大部分空間都是明亮開放的現代風格，只有杰克的書房充滿雄性元素，陽剛沉穩。她花在布置書房的功夫比花在茱莉安房間加上公寓其他部分的加起來還多。杰克將會花很多時間待在這房間裡，在這裡做下許多影響他們一家未來的決定。這是她至少能爲他做的：在這彷彿置身雲端的塔樓裡布置一個專屬於他的天地。

霏伊的手滿足地滑過杰克的書桌。這是一張俄國書桌，是她從布考斯基拍賣會買來的。書桌曾屬於英格瑪．柏格曼。杰克稱不上是柏格曼迷——成龍的動作片或班．史提勒的喜劇片比較接近他的品味。但和她一樣，杰克也偏好有故事的家具。

帶朋友參觀他們的家時，他總是會用手掌輕拍桌面兩下，故作不經意地提起這張漂亮的桌子曾是世界知名導演家裡的一部分。每次他這麼做的時候霏伊總是微笑，因爲他倆的目光常會在此時相遇。這是他倆分享的千百件生活瑣事之一。那些他人無從察覺的眼神交會、那些有意義無意義的表情動作，就是這些構成了一段關係。

她坐進書桌後面的旋轉椅裡，轉向窗戶。外頭正在下雪，雪花落到遠遠的下方地面化成稀泥。她身子前傾往下探看，看到一輛車子在隆冬二月的黑茫夜色裡掙扎前進。車子轉進巴涅卡坦大道，朝市中心駛去。霎時間，她幾乎忘了自己來到杰克書房的理由。黑暗令人恍神，輕易就讓在漆黑中推進的片片雪花催了眠。

霏伊眨眨眼坐直了，將椅子轉回面對巨大的 Mac 電腦螢幕，輕推滑鼠喚醒螢幕。她納悶，不知杰克把她耶誕節送他的特製滑鼠墊收到哪去了。那上頭印了她和茱莉安的照片。眼前桌上放的是一個醜陋的藍色滑鼠墊，北歐聯銀送給私人銀行客戶的耶誕禮物。

她知道密碼：Julienne2010。至少他的螢幕桌面背景跟北歐聯銀沒有關係，而是他在馬貝拉*爲她和茱莉安拍的母女合照。他們躺在淺灘，霏伊把女兒高舉在空中。他倆都在笑，但鏡頭捕捉到的只有霏伊的笑意而非笑容，因爲她仰躺著，頭髮飄浮在水中。茱莉安晶亮的藍眼直視鏡頭、穿透鏡片，望進杰克一樣湛藍的眼裡。

霏伊往前靠，眼睛緊盯自己曬成古銅色的身體，沾了海水的皮膚散發光澤。雖然照片上的她幾個月前才剛生產，她當時的身材狀況甚至比現在還好。小腹平坦、手臂細瘦、大腿苗條緊實。將近三年後的此刻，她比在西班牙時重了至少十公斤。或許十五。她已經很久不敢量體重了。

她把目光從螢幕上的自己身上移開，打開瀏覽器，點出瀏覽歷史，然後輸入「A片」。一個又一個網址跳出來，按照日期排列。杰克最近幾個月的性幻想任她一覽無遺。就像是本關於他性慾的參考書。《第一次性幻想就上手》。

十月二十六日他看了兩段影片。「俄羅斯少女遭巨屌蹂躪」和「瘦乾巴少女被肏爆」。不管你對色情片的觀感如何，都無法否認這些影片的標題直白而切題。沒有企圖美化潤飾、沒有

* Marbella：位於西班牙南部的太陽海岸，為濱地中海的度假勝地。

掩飾誤導、沒有否認坐在螢幕前的人想看的是什麼。一段直截了當的對話，開誠布公的溝通。

她一直知道杰克有看A片的習慣。她自己一個人的時候有時也看。她非常不屑那些宣稱自己老公從來不看A片的朋友。什麼叫做壓抑！

杰克之前從不讓自己看A片的習慣影響他倆的性生活。這從來不是二選一的問題。但現在他不再從她身上尋求慰藉，轉而從被肏爆的瘦乾巴少女得到滿足。

每看一段影片，她肚裡的糾結就愈緊。影片裡的女孩個個年輕、瘦弱、順從。杰克向來喜歡年輕苗條的女人。變了的人不是他，而是她。大部分的男人不都喜歡年輕苗條的女人？奧斯特馬爾姆區容不下年齡或體重的增長。至少不能發生在女人身上。

有一段影片讓杰克在過去一個月裡看了七八次。「嬌小女學生被老師狂插」。霏伊點開影片。年輕女學生穿著格子短裙、白襯衫、領結、襪子，綁著長襪皮皮式的兩根辮子。她看似有些課業上的問題，尤其是生物科。女孩盡責的父母告知已經爲她請了老師補習後便出門去、留下女兒一人在家。電鈴響起。門外站著一個四十幾歲的男人，身穿有肘部貼片的西裝外套、腋下夾著公事包。兩人走進燈光明亮的廚房。女孩拿出作業翻開課本。兩人開始複習人體肌肉。

「我講肌肉名稱，妳就指出那是在妳身上的哪個部位。這妳會吧？」老師用低沉的嗓音問道。

女孩睜大眼睛，點頭噘嘴。她成功指出兩組肌肉。男人接著點名「臀大肌」，她掀起裙子露出內褲，指指自己大腿外側。老師微笑搖頭。

「站起來，我指給妳看，」他說。

她椅子往後推，站了起來。他一隻大手放在她膝蓋後面，順著大腿往上摸、鑽進她裙底。他拉高她的裙子，撥開內褲。一根手指插進她體內。女孩呻吟。完美的A片式呻吟，卻又帶著一絲像是嚇了一跳的天真與罪惡感。讓觀眾明白她知道自己不該這麼做。不該做壞壞的事。但她就是忍不住。誘惑太大難以抗拒。

他的手指又進出了幾次。他接著把她面朝下壓在桌上，從後面幹她。她尖叫、呻吟、指甲劃過桌面。哀求更多。事情在他要她戴上眼鏡——眼鏡不知何時給摘掉了——時達到高潮。他射在她臉上。她的臉因愉悅而扭曲，嘴巴半開。女學生接受了他的精液。

男人到底有多麼看重他們的精液，A片應該是最清楚的指標。女人永遠半張著嘴，喘吁吁而恭敬地領受精液，彷彿那是無比珍貴的禮物。

霏伊對著醜陋的北歐聯銀墊子上的滑鼠點幾下，讓電腦回到休眠模式。如果這就是杰克要的，那這也是杰克即將得到的。

她推開椅子站起來，椅子發出不情願的吱嘎聲。外面現在一片黑暗。雪停了。她拿起酒杯離開書房。

更衣間裡有霏伊需要的一切。她看看時間。九點半。杰克的飛機即將降落，然後他會搭上計程車。他當然會使用阿蘭達機場ＶＩＰ服務，很快就能出關。

她很快沖了澡，刮掉剛冒出來的陰毛。她仔細清洗自己，然後開始化妝。她的手法不像平常那麼老練，而是更隨意草率、像剛學會化妝的新手。她畫上層層腮紅、塗了太多睫毛膏，最後抹上她在抽屜底挖出的泡泡糖粉紅唇膏——大概是某次派對帶回家的伴手禮——作爲完美句點。

迎接杰克的不會是她——不是霏伊，他的妻子、他女兒的母親——而是某個更年輕、更天眞、更純潔的女孩。這就是杰克需要的。

她挑了一條杰克的灰色窄版領帶，掛在脖子上隨意打了結。她戴上那副杰克羞於在公開場合戴上、甚至還會藏起來以免訪客發現的老花眼鏡。長方形黑色鏡框，Dolce & Gabbana。霏伊檢視鏡子裡的成果。她看起來年輕了十歲。幾乎就像離開費耶巴卡*時的她。

她不是任何人的妻子。不是任何人的母親。完美。

霏伊溜進茱莉安房間，拿起她的塗鴉本和一支粉紅色鉛筆。沉睡中的茱莉安喃喃咕噥，霏伊愣住。她快醒了嗎？還好，她很快又恢復平穩的呼吸。

她回到廚房想給自己再倒些紅酒，卻臨時改變主意拉出一箱茱莉安的塑膠杯。她在附蓋子和吸管的凱蒂貓杯杯裡裝滿紅酒。完美。

前門鑰匙轉動的時候，霏伊正坐著翻讀《經濟學人》。杰克堅持雜誌要放在客廳桌上，但

* Fjällbacka：位於瑞典西南海岸，人口不滿九百的小鎮。

霏伊才是家裡唯一會讀它的人。

杰克把行李箱放在地板上，脫掉鞋子，塞入杉木塊以防止他柔軟的義大利手工皮鞋變形。霏伊沒有動。粉紅色唇膏質感黏稠還帶著淡淡的人工香味，不像她平常用的蘭蔻唇蜜。

杰克輕輕打開冰箱，依然沒有發現她。他動作輕緩，可能是以為她和茱莉安都睡了。她從昏暗的客廳遠遠看他。像個隔著玻璃的陌生人，觀察著她不知情的丈夫。杰克向來隨時維持警戒。但此刻的他以爲自己完全獨處，動作態度也有了微妙的不同。更放鬆，更隨意。他通常筆挺的身體鬆垮了些，只是微微的，但也足以讓知他甚深的她感受到差異。他的臉也更平滑，少了那些憂慮的皺紋——這些皺紋近來如影隨形，即便是在那些與他事業和他倆生活緊密交織的社交場合，杯觥交錯間幾千幾百萬克朗的生意就談成了。

她記得他們剛認識時那個年輕的杰克。他眼底的大膽放肆，他開心的大笑，還有他那雙無法停止碰觸她、怎樣也離不開她身體的手。

冰箱燈光照亮他的臉，她無法停止看他。她愛他。愛他寬闊的背。愛他那雙正拿起整罐果汁就嘴喝的大手。那雙手很快就會在她身上，在她體內。天哪，她多麼渴望他。

或許是渴望顫動了她的身體。他突然轉頭面對拋光烤箱門，看到她的映影。他猛一轉身，大手緊抓果汁罐，停在半空中。

他把果汁放在中島檯面上。

「妳還沒睡？」他問，有些意外。他修整俐落的眉毛中間那道皺紋又回來了。

霏伊沒有說話，只是站起來，朝他走近幾步。他的目光在她的身體來回流連。他已經很久不曾這樣看她了。

「來，」她輕喚，音調拉高。

杰克關上冰箱門，廚房再次陷入黑暗。但外面的城市燈火足以讓他們看到彼此。他繞過中島，用手背擦乾嘴，探身吻她。但她撇頭閃過，把他推倒在椅子上。她取得主導地位。他伸手朝她裙子探去，她揮手拍掉，下一刻卻又拉著同一隻手放在自己大腿後側。她拉高裙子讓他看到她的蕾絲內褲，希望他認得出來，認出這件內褲和少女的有多像。那個天真無知的女學生。

他的手一路往上摸，她忍不住溢出一記呻吟。他沒有像影片裡那樣撥開她的內褲，而是直接撕破。她再次呻吟，這次更大聲，然後上半身趴在桌上，輕搖屁股等待他解開長褲連同內褲一起扯下。他抓住她的頭髮，把她壓得更貼近桌面，接著用全身重量壓上去，輕嚙她的頸後。她聞到柳橙汁與飛機上的威士忌的味道。他用力踢開她兩條腿，站在她後方，推進她體內。

他用力猛烈地幹她，每一記衝刺都把她的腰抵向桌緣。他弄痛她了，但疼痛帶來解放，讓她忘了一切，全心享受快感。

她是他的。她的快感是他的。她的身體是他的。

「快射的時候告訴我，」她呻吟道，臉頰貼在冰冷的桌面上，黏稠的唇膏沾髒了桌面。

「現在，」杰克喘息道。

她轉身跪在他前面。他大口喘氣，把陰莖放進她張開的嘴巴裡。他兩手攫住她的後腦，壓向自己。她強忍住嘔吐反射，試著不要扭開頭。接受它。永遠就像這樣，接受它。

霏伊腦中播放A片中的性愛場景，杰克射精那一刻，她享受在他臉上看到相同表情的快感。就像那個佔有天真女學生的老師。

「歡迎回家，親愛的，」她擠出微笑說道。

這是他們以夫妻身分做愛的倒數幾次了。

斯德哥爾摩，二〇〇一年夏

剛到斯德哥爾摩的前幾星期很孤單。高中畢業兩年後，我終於把費耶巴卡拋在腦後。身體與精神上都是。我等不及要離開那個小到令人窒息的地方。那些風景圖畫般的鵝卵石街道、那些不肯放過我的好管閒事之徒。我帶走的只有一萬五千克朗和一張成績科科頂尖的成績單。

我當然想更早離開。但處理所有細節花了比我預期還久的時間。賣掉房子、清空屋裡、擺脫那些在我身邊糾纏不去的鬼魂。痛苦的回憶。在從小長大的屋裡走動時，我不斷在每個角落裡看到他們。我哥哥瑟巴斯欽。媽。還有，爸。費耶巴卡已經沒有任何值得我留戀的東西。只有流言蜚語。只有死亡。

沒有人關心支持過我。從以前到現在都一樣。於是我收拾行李，頭也不回地跳上往斯德哥爾摩的火車。

並發誓永遠不回去。

在斯德哥爾摩中央火車站，我站在一個垃圾桶旁，打開我的手機抽出ＳＩＭ卡扔進去。來自過去的陰影再也無法找上我。有人追趕上來的威脅就此解除。

那個夏天我在費多維斯坦*樓上租了一間公寓。奧斯特馬爾姆區的居民說到這個購物中心總是搖頭咂嘴稱之爲「社會黨人的錯，他們巴不得毀了我們可愛的奧斯特馬爾姆」。但我當時對此毫不知情。我之前都是在塔南謝德†的赫德密爾ICA超市買東西，費多維斯坦在我眼裡高檔得不得了。

我從第一眼就愛上了斯德哥爾摩。從我七樓的窗戶看出去，我可以看到四周那些裝飾繁複的建築、綠意盎然的公園、來往的光鮮房車。我告訴自己有一天我會住進其中一幢宏偉的十九世紀建築裡，和我的丈夫、三個完美的孩子和一條狗一起。

我的丈夫會是個藝術家。或者是作家。或者是音樂家。跟爸差愈遠愈好。世故、聰明、閱歷豐富。他穿著得體、身上總是帶著好聞的氣味。他對外威嚴，對我卻從來不會，因爲我是唯一眞正瞭解他的人。

那年漫長明亮的夏夜裡，我常常在斯德哥爾摩街道上漫走。我看到夜店打烊後有人在後巷打架。我聽到吼叫、哭喊、笑聲。救護車一路鳴笛奔向險境拯救性命。我讚嘆地盯看市中心區的妓女，看她們畫著八〇年代的妝容、踩著高跟鞋，看她們浮腫蒼白的皮膚和手臂上長袖上衣

* Fältöversten：位於奧斯特馬爾姆的購物中心。
† Tanumshede：位於費耶巴卡北方約十五公里的小城。

也遮不住的針孔。我跟她們要香菸，想像她們的生活。那種處在谷底的解放感。這就是屎坑谷底，不必擔心還會陷得更深。我偷偷幻想和她們一起站在街邊，瞭解一下那種感覺，也看看那些男人是誰。那些花錢來買五分鐘偷歡的男人，開著他們後座安裝兒童座椅的 Volvo 汽車、前座置物箱裡還放了備用尿布和濕紙巾。

我的生活從那時才眞正開始。過去像沉重鎖鏈纏在我的腳踝上。絆住我、壞了事、阻撓我前進。但我身體的每個細胞都活了起來，求新若渴。我一人對抗世界。遠離家，在一個我嚮往了一輩子的城市裡。我不只想逃離費耶巴卡，更是迫切地想要來到這裡。慢慢地，我把斯德哥爾摩變成了我的城市。它給我希望，有一天我或能療癒而後遺忘。

七月初，我的以前當過老師的房東太太決定去諾爾蘭看孫子。

「不准有訪客，」她離開前鄭重交代。

「不准有訪客，」我乖順地複述道。

那晚，我畫了妝，喝了她的琴酒和威士忌。還有櫻酒和阿馬魯拉奶酒*。味道令人作嘔，

* Amarula：以南非特產的馬魯拉果混合糖、奶油釀造而成的南非特產烈酒。馬魯拉果糖分極高，成熟後會自行發酵產生酒精，吸引許多動物前來取食。大象尤為其中之最，甚至不遠千里，阿馬魯拉酒瓶標籤上即印有大象圖樣，因而又稱大象酒。

但我不在乎，我只想要感受那股熱潮，那能夠讓我忘懷一切、奔竄過我全身的白熱暖流。

喝酒壯了膽後，我換上棉質洋裝，步行前往司徒爾廣場。我猶疑了一下，選定一家看起來不錯的戶外酒吧坐下了。我看到很多之前只在電視上看過的名人臉孔走過，笑語不斷、因爲酒精與夏日而迷醉了。

午夜左右，我加入對街夜店排隊進場的人龍。現場氣氛躁動，我不確定他們會不會讓我進去。我試著模仿其他人，學習他們的動作。後來我才知道，那些人其實也是觀光客。和我一樣不知所措，只不過故作鎮定。

我背後傳來笑聲。兩個年紀和我差不多的男生逕自走到隊伍最前面，和守門保鑣點頭握手。所有人用又嫉妒又嚮往的眼神盯著他們看。幾個小時的準備和幾杯粉紅葡萄酒下肚的傻笑，結果卻只能在索繩後方瑟縮發抖。事情其實可以很簡單，如果你是號人物的話。

那兩個男生和我不一樣。他們受到注意與尊重，他們屬於某個群體。他們是號人物。就在那當下，我決定要讓自己變成那樣的人。

其中一個男生回頭、好奇地打量排隊人群。我們的目光相遇。

我轉開頭，伸手到包包裡找香菸。我不想看起來一副呆樣，不想看起來像我自己——初進城的鄉下女孩第一次上夜店、暈陶陶的裝了一肚子偷喝的琴酒和阿馬魯拉酒。突然間，男生已經站到我面前。他頭髮剃得短短的，藍色眼珠溫柔和善。他有點招風耳。他穿著淺米色襯衫和深色牛仔褲。

「妳叫什麼名字？」

「瑪蒂妲，」我應道。

我討厭這個名字。這個屬於另一個人生、另一個人的名字。一個已經不是我的人。一個在我搭上開往斯德哥爾摩的火車那一刻，就被我拋在腦後的人。

「我是維克多。妳一個人嗎？」

我沒回答。

「往前走到保鑣那邊，」他說。

「我不在名單上，」我咕噥道。

「我也一樣。」

他綻開微笑。我挨挨擠擠走到隊伍最前面，身上衣料太少的女孩和頭上髮膠太多的男孩紛紛朝我投射羨慕嚮往的眼神。

「她是跟我一起的。」

夜店門旁那座肉山解開索繩，說道：「歡迎光臨。」

維克多在人群中緊握我的手，帶著我鑽進黑暗深處。其他人的影子、明滅的燈光、各式的色彩、隆隆的重低音、交纏舞動的身體。我們在長長吧檯的一頭停住腳步，維克多跟酒保打招呼。

「妳想喝什麼？」他問。

我嘴裡還有那些甜膩烈酒令人反胃的味道。我說：「啤酒。」

「很好，我喜歡喝啤酒的女孩。有格調。」

「格調？」

「是的。好樣，牢靠。」

他遞給我一瓶海尼根，舉高敬我。我對他微笑，喝了幾口。

「說說看，瑪蒂妲，妳人生有什麼夢想？」

「成爲一號人物，」我應道，想都不必想。

「妳已經是個人物了，不是嗎？」

「不是我想要的那個。」

「我不覺得現在的妳有什麼不好。」

維克多隨音樂搖擺舞動幾步。

「那你的夢想又是什麼？」我問。

「我？我想做音樂。」

「你是搞音樂的？」我得靠過去、拉高嗓門才能讓他聽到我的問題。

「ＤＪ。不過今晚不是我的班。明晚。我會在那邊。」

我順著他手指的方向看過去。在靠牆的一座小型舞臺上，跟維克多一起來的那個男生站在唱盤機器後面隨著音樂忘情擺動。一會後，他加入我們，自我介紹叫做艾科索。他看起來人不錯，不具威脅性。

「很高興認識妳，瑪蒂妲，」他說，對我伸出手。

我忍不住想到他們和費耶巴卡的男孩有多不一樣。圓滑，善於言詞。艾科索要了酒後就消失了。維克多和我又互敬一輪。我的啤酒幾乎見底了。

「明天上工前我們打算跟幾個朋友先聚聚暖個身，要一起來嗎？」

「也許吧，」我說，一邊打量他。「你爲什麼想要我去？」我動作刻意誇張地喝掉最後一口酒，暗自希望他會幫我再點一瓶。他點了。一瓶給我，一瓶給他自己。然後他終於回答我的問題。他的藍眼珠在昏暗中閃閃爍爍。

「因爲妳很漂亮。因爲妳看起來有些孤單。妳後悔了嗎？」

「不，一點也不。」

他從褲子口袋裡掏出一包萬寶路，遞給我一根。這我倒不反對，這樣我自己那包就可以撐久一點。賣掉老家繳清房貸和其他費用後剩下的一萬五千克朗已經所剩無多了。

他爲我點菸的時候碰到我的手。他的手膚色黝黑而溫暖。他移開手，我卻已經開始想念他的撫觸。

「妳有一雙憂傷的眼睛。妳知道嗎？」他說，深深吸了一口菸。

「什麼意思？」

「妳似乎懷有某種悲傷，我覺得很迷人。我從來就不信任那些整天嘻嘻哈哈的人。生活充滿樂趣，但不是時時如此。成天開開心心的人只會讓我覺得無趣。人本來就不該隨時都開心，因爲那樣世界就會停止前進了。」

守門兩個保鏢其中一個瞥了維克多一眼，他聳聳肩，很快吸了幾口菸後就把菸摁熄了。我也照做。但我沒有回答。我感覺他似乎是在取笑我。

一整晚喝的酒此時發揮效力，我的頭突然暈了起來。我決定留下一點紀念品。我傾身向前，一隻手按住他的後腦，把他的臉朝我的臉壓過來。這動作讓我看起來比實際自信許多。我們的嘴唇碰觸。他的嘴唇有啤酒和萬寶路的味道。他吻功不俗，溫柔而熱切。

「要一起回我那嗎？」他問。

✦

杰克穿著他的藍色睡袍坐在廚房桌前閱讀《產業日報》*。霏伊走進廚房時他頭也沒抬，但她已經習慣他壓力大的時候會這樣了。他工作責任重大、在辦公室裡夜以繼日，值得在週末早晨享受難得的清靜。

只是當杰克不想被打擾的時候，這打通四間公寓而來的一百二十坪空間就會顯得狹小不堪。霏伊在這樣的日子裡始終不知所措。

送茱莉安去利丁厄†的幼兒園同學家玩後單獨開車回家的路上，霏伊滿心期待和杰克共度週末早晨。就他們倆。回床上看個兩人一致認定又蠢又低俗的電視節目。杰克跟她聊聊這星期發生的大小事。手牽手去于高登島‡散步。

談天說地，像以前那樣。

她清理一早和茱莉安吃早餐的殘局。穀片在發酸的牛奶裡泡爛了。她討厭濕穀片的口感和酸味，強忍住反胃感用抹布把東西倒乾淨。

---

* 《Dajens Industri》：總部位於斯德哥爾摩的專業金融報刊。
† Lidingö：位於斯德哥爾摩東邊的富裕郊區。
‡ Djurgården：斯德哥爾摩中區鬧中取靜的島嶼，曾是瑞典國王的狩獵場，如今已開放成為深受市民與觀光客喜愛的綠色休閒之島，著名的瓦沙博物館（Vasa Museum）即位於此。

中島上滿布麵包屑，吃一半的三明治抵抗地心引力、面朝下黏在檯面邊緣。

「妳就不能收拾乾淨再出門嗎？」杰克頭埋在報紙裡說道。「我們總不該連週末都得要女傭來吧？」

「抱歉。」霏伊嚥下湧上的胃酸，用抹布把檯面擦乾淨。「茱莉安急著想出門，鬧了一下。」

杰克叨念一句，繼續讀報。他跑步回來後剛沖過澡。他聞起來很香，亞曼尼的 Code 古龍水，從他們認識前就是他的最愛。茱莉安沒看到爹地有些失望，但杰克在她起床前就出門跑步，母女離家的時候他還沒回來。這天早上諸事不順。霏伊提出的四種早餐選項都被茱莉安打回票，後來換穿衣服更是一場痛苦而汗流浹背的馬拉松。

至少現在廚房檯面都收拾乾淨了。一早戰事的痕跡已經不復存在。

霏伊把抹布扔進水槽，看著坐在廚房桌前的杰克。他高大、精壯、盡責、富有，成功男人的經典特質一應俱全；只有霏伊看得到，他在很多方面其實還是個男孩。

霏伊永遠都會愛他，不管發生什麼事。

「你差不多該剪頭髮了，親愛的。」

她伸手，才碰到一綹潮濕的頭髮，他就頭一扭閃開了。

「我沒有時間。公司這次擴展非常複雜，我必須全神貫注。我不能像妳一樣五分鐘就上一次髮廊。」

事。

霏伊落坐在他旁邊的椅子上。她雙手放在大腿上，試著回想自己上次剪頭髮是什麼時候的事。

「想談談嗎？」

「談什麼？」

「康沛爾。」

他的目光緩緩地從報紙移到霏伊身上。他搖搖頭，嘆氣。她後悔開口。後悔自己沒有繼續清理廚房檯面的麵包屑就好。然而，她還是深吸一口氣。

「你以前都會——」

杰克臉一皺，放下報紙。他額前稍長了幾公釐的頭髮掉下來蓋住他的臉，他不耐煩地甩頭。她爲什麼就是不肯放過他？只管回去繼續清理她的廚房。只管把自己弄得瘦瘦美美的、只管默默支持他。他已經埋頭工作了一整星期。她瞭解他，明白他很快就會把自己關進塔樓書房裡繼續工作。爲了她和茱莉安。爲了讓她們擁有美好的生活。因爲這是他們共同的目標。不只是他的，而是他們的。

「和妳談康沛爾有什麼好處？這已經不再是妳聽得懂的事了。資訊是有保鮮期的，妳以前懂過並不表示現在還懂。」

霏伊把玩手指上的婚戒，轉過一圈又一圈。

如果她沒開口，這個週末早晨或許就能照她夢想中的過。但她偏偏非得開口問那個蠢問題，毀了一切。她早該知道的。

「妳會知道瑞典現任商業部長是誰嗎？」他說。

「米蓋爾．丹貝，」她不假思索答道。快速且正確。

她看到杰克的臉色就後悔了。她爲什麼就是不懂得閉嘴呢？

「好。有一條新法即將施行。妳知道是什麼嗎？」

她知道。但她緩緩搖頭。

「不知道？妳當然不會知道，」杰克說。「根據新法，我們公司必須在合約到期前一個月通知訂戶。在此之前都是合約到期後自動續約。妳知道這意味著什麼嗎？」

她知道。她大可以當場提出簡報，系統化分析新法對康沛爾的衝擊。但她愛他。她坐在她的百萬克朗廚房裡，和只有她知道是個男孩裝在男人身體裡的丈夫一起，一個她深愛勝過一切的丈夫。於是她搖搖頭。她沒有告訴他，光是利山多——康沛爾擁有的一家小型電力供應公司——就會失去兩成過去原本靠自動續約留住的客戶。換算成數字，這意味著一年短少五億克朗的營業額，亦即兩億克朗的盈利。

她只是搖搖頭。

「妳什麼也不知道，」長長的沉默之後杰克終於說道。「妳現在可以讓我好好讀報了吧？」

他舉起報紙。回到那個她曾花了三年在瑞典經濟學院學習的股票估價、股份發行、公司收購等等數字構成的世界。三年的大學生涯，然後中輟。爲了杰克、爲了公司、爲了他們的家庭。

她轉開水龍頭開始洗抹布，然後用手撈起篩孔上軟爛的穀片和麵包屑扔進垃圾桶裡。她聽到背後傳來杰克翻報紙的窸窣聲。她輕輕關上垃圾桶蓋以免打擾到他。

斯德哥爾摩，二〇〇一年夏

維克多．布隆脖子後面有一個淺棕色的胎記，寬厚的肩膀曬成古銅色。他睡得很熟，我得以好整以暇觀察他和我們所在的房間。窗子沒有窗簾，房間裡除了雙人床之外就只有一張堆滿髒衣服的椅子。窗外射進來的陽光在白牆上大方舞動。

我赤裸的雙腿包在一條骯髒微濕的床單裡。我一腳踢鬆，然後把床單拉起來當作浴巾裹住身體，小心翼翼打開房門。維克多和艾科索合租的公寓裡沒什麼家具，空蕩蕩的兩層樓，位在雅德區*的巴丁街上。一樓有個小花園，放了一張桌子、幾張木頭椅子和一個黑色的圓蓋型烤肉爐。小桌上有一個芬達汽水空罐，裡面塞滿菸蒂。

艾科索房間傳來隆隆打呼聲。客廳和廚房都在一樓，我於是下樓煮了咖啡，然後從昨晚扔在門口地上的包包裡撈出我那包菸。我端著咖啡和香菸走進小花園，坐在木頭椅子上。

泰辛公園在我眼前展開。太陽低掛在天空，我瞇起眼睛。

* Gädet：位在奧斯特馬爾姆以東的住宅區，以大批現代主義公寓建築與大片休閒綠地著名。

我不想把自己搞得黏人又煩人。維克多邀我參加今晚的聚會大概只是說說。只是要把我弄上床的說詞。我以前在酒吧裡聽過更誇張的。維克多似乎很享受我的陪伴，我也確實和他玩得很開心。但一切最好到此爲止。我把菸蒂按熄塞進芬達罐子裡，站起來準備去找回衣服穿上。我身後的門突然開了。

「原來妳在這裡，」維克多帶著濃濃睏意說道。「有菸嗎？」

我遞給他一支菸。他坐在我剛剛坐的椅子上，被陽光照得睜不開眼睛。我落坐在他旁邊的椅子上。

「我正打算要走，」我說。

我預期在他臉上看到鬆了一口氣的表情。感謝老天我不是那種粘人型的女孩、那種搞不清楚退場時間的女孩。

但維克多出乎我的意料。

「走？」他驚呼。「爲什麼要走？」

「我又不住在這裡，」

「所以呢？」

「你和艾科索不會想看到我賴著不走吧？我明白這只是一夜情，你有你自己的事情要忙。我不想當那種不知道什麼時候該離開的煩人女孩。」

維克多轉開頭，眺望泰辛公園。我忍住想摸摸他頭上刺刺的短髮的衝動。他房間裡有張他頂著一頭濃密捲髮的照片。他坐在那裡半天不說話，我感覺自己似乎看穿了他。他跟其他男孩一樣好懂。

他終於開口：

「我不知道妳以前住的地方的規矩、或是那些男孩通常怎麼對待妳，但我覺得妳很棒。妳很不一樣，很真實。妳想走當然可以走，但我真的希望妳多留一會。我本來是想去 7-Eleven 買些果汁和可頌，然後一起曬曬太陽，晚點再叫披薩。」

「好啊。」我沒給自己時間考慮直接應道。

一隻黃蜂從我臉前飛過去。我揮開牠，雖然我從來沒怕過黃蜂。值得害怕的事情還多得是。

「『好啊』？說真的，妳以前到底都遇上哪一種男生啊？」

「我家鄉那些男孩……我不知道該怎麼說。他們通常只想打炮然後閃人，差不多就這樣。他們隔天還有隔天的事得辦。」

我沒提到他們看我的眼神。他們說的話。我沒提到我必須背負的羞辱，雖然那份羞辱其實屬於別人。比起其他，把我的身體供給想要的人根本算不了什麼。

維克多以手遮陽。

「妳來斯德哥爾摩多久了？」

「一個月。」

「歡迎。」

「謝謝。」

七點左右，人們開始陸續出現在公寓裡。他們看起來年紀多半比我大，我一開始感覺有些格格不入。維克多消失在人群裡，有段時間我就和艾科索站在花園小桌旁邊。我手裡有酒有菸，聽他說前一年夏天和維克多搭歐洲火車周遊歐陸的故事聽得捧腹大笑。兩個女孩從屋裡走出來，自我介紹叫做茱莉亞與莎拉。茱莉亞有一頭棕色長髮和綠眼珠，穿著件漂亮的深藍色洋裝。莎拉穿了件牛仔裙搭白背心，金髮紮成鬆散的髮髻。

「想到秋天要回學校我就他媽的煩，」茱莉亞說，身子前傾。「我根本想輟學，或者至少休學一年，但我爸不准。我每次提起學校就抓狂。老天，我超恨隆德*！」

「可憐的小乖乖，」莎拉說，一邊吹起煙圈。

「眞希望我成績夠好可以上經濟學院。算了，別管這些鳥事了。今晚好好開心一下！」

茱莉亞挺直腰桿，看著我的模樣彷彿剛剛才發現我還在這裡。

「妳做什麼的？」

* Lund：位於瑞典最南端斯科納省的歷史古城，為隆德大學所在地。

我清清喉嚨，呼出一口煙。我沒打算和剛認識五分鐘的人聊我的未來計畫。

「目前沒什麼事。」

「聽起來不錯。想繼續讀書？」

我確實申請了斯德哥爾摩幾家大學，於是點點頭。然後我想起我的銀行戶頭，存款餘額低到令我心驚。

「是有在考慮。不過申請結果還要一陣子才會出來，」我說。

「妳怎麼認識艾科索的？」

這問題來自莎拉。她朝艾科索的方向點點頭。

「我昨天剛在佛陀酒吧認識維克多，妳們知道他吧。」

「妳昨晚在這過夜嗎？」

我點點頭。

她們默默抽完手上的菸，站起來。

「茱莉亞之前和維克多在一起過，」她倆走遠後艾科索說道。

「之前？」

「一直到三個月前吧，差不多是這樣。今天是她從隆德回家後第一次見到維克多。」

茱莉亞和莎拉也跟來了佛陀酒吧。她們一直待在維克多身邊，不停陰沉沉地打量我。我酒喝愈多，不爽的感覺也愈強烈。

維克多從ＤＪ臺走下來休息一下。他站到我和艾科索旁邊。我迎上茱莉亞瞇起的眼睛，展開雙臂摟住維克多。他吻我，我輕輕嚙咬他的下唇。他問我要不要和他一起回ＤＪ臺。他摟腰帶我穿過人群。這花了一點時間，因爲不時有人攔下他說話。我們終於回到ＤＪ臺。他戴上耳機，調整幾個控制鍵，開始隨音樂擺動。

我也一樣。然後我拉起他的一隻手，伸到我洋裝底下、探進我雙腿之間。我沒有穿內褲。

「今晚要不要回我那？」他問。

「如果你想要我去的話。」

他深深看我一眼，讓任何口語回答顯得多餘。

「我們回你那做什麼？」我挑逗他。

維克多大笑，換了音樂。

這種感覺好奇妙。我感覺好自由。我可以隨心所欲做我想做的事。不再有過去的陰影擾亂我身邊和心裡的一切。不再有那些人拉扯我、絆住我。我一點一點慢慢地把自己變成了另一個人。

我望著舞池裡的人們，閉上眼睛回想費耶巴卡的日子。那些如影隨形的好奇目光，混雜了著迷與同情，揮之不去、沉重、令人窒息。這裡沒有人知道。沒人盯著我看。我屬於這裡，屬於斯德哥爾摩。

「我去上一下洗手間，」我吼道。

「ＯＫ。我再十分鐘下班。待會門口見？」

我點點頭，走向盥洗室。我加入排隊人龍，爲維克多只屬於我一人的事實對自己微笑。舞池傳來的樂聲隆隆作響，震動了牆上的鏡子。

我看著鏡中的自己。我的金髮顏色看起來比平常淺了些，我感覺自己膚色健康、神清氣爽，看起來比幾星期前成熟了許多。洗手臺前的女孩拿了一罐粉紅髮膠噴霧對準自己頭部，甜膩香氣撲鼻而來，和洗手間裡的汗臭、酒氣與衣服上的菸味形成清新對比。

我身後的門開了，樂聲霎時變大。

我感覺有人拍我的肩膀，於是轉過身去。我瞥見茱莉亞的臉，下一刻就有酒水迎面潑來。一顆冰塊擊中我的額頭，掉到地上彈開了。我兩眼一陣扎刺，又驚又痛地用力眨眼。

「搞什麼鬼啊？」我大叫，往後退。

「妳這個小賤貨，」茱莉亞扔下一句，轉身走出去。

有女孩笑出聲。我用紙巾擦乾自己。我感覺羞辱像蠕蟲似地在我體內爬竄。我感覺像舊的我。那個畏縮起來躲在暗影裡的我。那個被太多祕密壓得喘不過氣的我。

然後我挺直身子，望向鏡中的自己。我拒絕回到從前。

一星期後我收到一封信。我被斯德哥爾摩經濟學院的ＭＢＡ班錄取了。我影印了一份錄取信，找到茱莉亞的地址，買了信封，把影印信連同維克多拍的拍立得相片——我趴跪著，他在我身後，表情因愉悅而扭曲——一起放進信封裡。親手把信放進茱莉亞父母家的信箱裡時，我腦中只有一個想法：我永遠不會再讓人這樣羞辱我。

一個月之後，我以我的中間名註冊進入經濟學院就讀——霏伊是我媽最喜愛的書的作者名字。瑪蒂妲從此不復存在。

✦

一名侍者從霏伊背後快速走過，想必正要趕往那個大肚腩男人的桌邊。他們對這型的男人向來不敢怠慢。說來也不意外，這些男人看來離心臟病發大約只有一盤瑞德貝里牛肉*的距離。

她看著坐在她對面的阿麗思。霏伊剛認識阿麗思和她那群貴婦圈友人時，霏伊曾私下稱她們為母鵝，因為她們的人生目的就是為她們的男人生蛋。專心致志產下繼承人，然後用套著 Gucci 華服衣袖的翅膀竭力保護她們那些備受寵溺的後代。之後，等到孩子們開始去上精心挑選的幼兒園，她們便轉而把時間花在發展恰當的興趣上。瑜伽。做指甲。籌辦晚餐派對。監督女傭確實執行清潔工作。確保奶媽與保母小組聽命行事。注意自己的體重。或該說是減重。維持性致高昂。還有最重要的：在她們老公以和客戶晚餐為由、穿著胡亂塞進褲腰的襯衫晚歸時，要學會睜一隻眼閉一隻眼。

一開始她只是嘲弄她們。笑她們缺乏基本知識，笑她們對生命中真正重要的事物缺乏興趣，笑她們的野心僅止於搶購最新款的 Valentino 卯釘包以及選擇期中假期到底要去聖莫里茲

* Beef Ryeberg：瑞典經典國民美食。菲力牛肉切塊以奶油煎熟，佐以煎馬鈴薯塊、炒洋蔥組合成盤上桌，華麗版則再加上芥末奶油醬與生蛋黃。

還是馬爾地夫。但杰克卻要她和她們**「維持良好關係」**。尤其是翰里克的太太阿麗思。於是如今她固定會和母鵝們聚會。

霏伊和阿麗思互相無多好感。但個人觀感無關緊要，她們的丈夫是被某商業雜誌形容爲「最佳拍檔」的多年好友兼創業夥伴，她倆注定躲不開彼此。

阿麗思．貝延道爾三十一歲，比霏伊年輕三歲。她有著高聳的顴骨和十歲女孩的腰圍，一雙長腿宛如名模海蒂．克隆踩高蹺。她還已經生下一對模樣完美的漂亮兒女。生產的時候說不定全程保持微笑，陣痛間隔時還爲即將從她整整齊齊一分爲二的香香陰毛中間竄出來的小小奇蹟編織可愛嬰兒帽。因爲阿麗思．貝延道爾不只年輕美麗苗條香噴。她還充滿創意與藝術天分，她舉辦的小型精緻藝展可是全體母鵝都得攜伴出席的，否則就等著上阿麗思的黑名單。這張名單等同是斯德哥爾摩上流社會的關達那摩監獄。

陪同阿麗思走進瑞胥餐廳的是另一個叫做伊芮絲的長腿女郎。她先生耶斯伯在金融界，搞股票交易的。目前看來不成氣候，但頗有潛力；在耶斯伯眞正闖出名號之前，伊芮絲只能算是阿麗思貴婦團的見習生。她的命運在接下來幾個月內應該就能確定。

她們都點了沙拉——當然都是小份的——以及三杯卡瓦氣泡酒。她們一邊優雅地小口進食，一邊微笑更新彼此孩子的近況。孩子是她們除了丈夫之外唯一的話題。

「耶斯伯決定復活節要休假，」伊芮絲說。「妳們能相信嗎？我們結婚四年以來，他一年從沒休超過一星期的假。但他前幾天回家給我驚喜，說已經訂好去塞席爾群島*的假期。」

霏伊感到嫉妒的刺痛。她用一口卡瓦酒嚥下去。

「太好了，」她說。

她暗自納悶，這耶斯伯是做了什麼好事才需要這樣大動作減輕良心負擔。

餐廳幾乎滿座。觀光客坐在窗邊桌位，心滿意足搶到位子，鼓脹的購物袋放在桌下。他們故作若無其事狀，卻邊進食邊睜大眼睛悄悄打量周遭，認出名人便壓低頭竊竊私語，對和電視主持人、藝術家、政客同處一室沾沾自喜。他們認不出眞正大權在握的人。那些在幕後操控局面的人物。但霏伊卻能一一指認。

「塞席爾群島很漂亮，」阿麗思說。「充滿異國風情。那裡現在夠安全嗎？我記得好像……鬧過一陣子。」

「塞席爾群島在中東嗎？」伊芮絲口氣不太確定地問道，一邊用叉子撥弄盤裡的一塊酪梨。

---

* Seychelles：由一百一十五個島嶼組成、位於印度洋的東非島國，在一八一四年至一九七六年取得獨立前為英國殖民地。塞席爾共和國以其豐富獨特的自然資源著稱，觀光業極為發達，是舉世知名的奢華度假勝地。

霏伊又喝了些卡瓦酒以免笑出來。

「差不多就在那附近吧？八成又是ＩＳＩＳ在鬧事。」

阿麗思對著霏伊喉嚨發出的咕嚕聲皺了皺鼻子。

「不會有事的，」伊芮絲說，叉子撥弄的對象換成了水煮蛋。「耶斯伯絕對不會讓我和小歐瓦置身險境。」

小歐瓦？爲什麼有人會想給孩子取這種聽起來更適合十八世紀梅毒纏身的海盜的名字？沒錯，霏伊不得不承認茱莉安這個名字也有點假掰。但這名字是杰克提議的，而且茱莉安唸起來好聽、也夠國際化。爲孩子的全球競爭力鋪路不嫌早，從還在子宮裡就開始。他們決定歐瓦這名字時顯然忘了考慮這一點。不過這問題不難解決。幾個月前，茱莉安幼兒園的瑟克斯頓就突然變成了亨利。可憐的三歲小男孩一定被搞糊塗了，但父母當然不能讓這一點小事阻礙了孩子的國際化之路。

霏伊喝完杯裡最後的卡瓦酒，悄悄示意侍者再送一杯來。

「當然，他絕對不會讓你們置身險境，」阿麗思說，一邊姿態妖嬈地咀嚼一片生菜葉。然而她在某健康雜誌上讀到每口食物都需咀嚼至少三十下，妖嬈姿態很快變成了母牛反芻。霏伊悶悶不樂地看著自己的盤子。她已經清空那份迷你沙拉卻還是餓得要命。她渴望地看著送往鄰桌的食物。瑞德貝里牛肉、肉丸、義大利麵。一盤盤美食降落在西裝筆挺的大塊頭紳士面前的桌上。這型男人禁得起多扛幾磅體重在身上。窮人肥，富人稱作有分量。她強迫自己移開目光。阿麗思在座的場合，肉丸搭配淋上肉汁的馬鈴薯泥自是免談。

「被綁架幾星期對妳不是正好嗎，伊芮絲？」霏伊說。「吃的全都是超級食物，妳要是好聲好氣拜託，他們說不定還會弄一塊瑜伽墊給妳。」

她看著伊芮絲原封未動的沙拉。

「妳不該拿這種事開玩笑。太可怕了。」

阿麗思搖搖頭，霏伊嘆了口氣。

「塞席爾是位在印度洋的島群。我們離中東比那裡還近。」

一陣沉默。伊芮絲和阿麗思專心盯著眼前的沙拉。霏伊則看著自己那杯眼看又要見底的卡瓦酒。

「妳們認得出那是誰嗎？」伊芮絲低聲說道，身子前傾、眼睛盯著餐廳大門。

霏伊試著搞清楚她說的是誰。

「喏，就剛剛走進來那個。現在正在跟酒保說話。」

霏伊看到了。那是歌手約翰·翟山提斯。杰克的最愛。他近年混得不太好，甚至淪爲八卦雜誌話柄，分手、破產、出席一些不成氣候的B咖派對。他和他的女伴——一個二十四、五歲的漂亮女孩，穿著皮夾克、染了一頭黑髮——落座在她們對面的桌位。

「兩杯啤酒，」他對侍者說道。「先這樣。」

阿麗思和伊芮絲白眼以對。

「他是怎麼弄到桌位混進來的？」阿麗思咕噥道。「這地方愈來愈不行了。」

伊芮絲不安地動了動身子，腕上的 Cartier 金手環哐噹作響。

霏伊望著約翰．翟山提斯。她籌劃杰克的生日派對已經一陣子了，要是能請到翟山提斯來表演杰克應該會很高興。她站起來。阿麗思和伊芮絲驚恐地看著她走向過氣歌手的桌子。

「抱歉打擾了。我是霏伊。」

約翰．翟山提斯上下打量她。

「哈囉霏伊，」他歪嘴微笑。「別擔心，妳一點也沒有打擾到我們。」

「五月四日是我先生杰克的生日，我計畫在哈索貝肯*爲他舉辦派對。他非常崇拜你。不知道你那天有沒有空，願不願意來爲他唱幾首歌？」

「杰克．阿德罕？那個企業家？」

黑髮女孩噘嘴，但約翰．翟山提斯坐直了。

霏伊對他微笑。

「是，就是他。他掌管一家叫做康沛爾的公司。」

「我很清楚他是誰。當然，沒問題。我不知道他喜歡我的音樂。」

---

* Hasselbacken：位於于高登島歷史極為悠久的老牌飯店。

「他從十幾歲起就超迷你的了。你每一張專輯他都有。而且是黑膠版。」

霏伊笑了。

「這顯然不是接受商業雜誌訪問時拿來說嘴的話題，」約翰說。

女孩大聲嘆氣，站起來以平板的語調宣布自己要去洗手間。

霏伊坐在她空出的座位上。她很想喝掉侍者剛剛送上來的啤酒，但強忍住。她可以從眼角瞥見阿麗思和伊芮絲正瞪著她看。

她等不及想告訴杰克。她或許應該保密、給他一個大驚喜，但她太瞭解自己，明白自己不可能守得住祕密。

「我可以……不知你方便留個電話給我嗎？我好跟你聯絡細節，比如說演出費等等。」

「當然。給我妳的號碼，我傳訊給妳。」

他在手機上輸入訊息，雙唇露出一抹依稀還有當年魅力的微笑。傳說他沉迷的不只是酒精，還因此多次進出勒戒中心。不過眼前的他看來非常清醒。

霏伊的手機震動了。她瞄了一眼手機，看到一個眨眼的表情符號。她回到她的桌子。

「妳跟他說什麼？」阿麗思壓低聲音問道。雖然她應該一字不漏都聽到了。

霏伊要不是知道她額頭打了玻尿酸，她會以爲自己看到阿麗思擔憂皺眉。

「我請他來杰克的生日派對表演。」

「他？」阿麗思嘶聲道。

「是啊，他。約翰．翟山提斯。杰克超愛他。」

「杰克不會高興的，」阿麗思說。「到時會有很多公司客戶在場。場面不會太好看。」

「我很清楚我先生喜歡或不喜歡什麼，阿麗思。妳顧好自己家庭就好，我的我自己會照顧。」

霏伊離開瑞胥餐廳時緊緊揪住身上的外套。冰寒的風自尼博維肯灣吹過來。天空灰撲撲的。人們匆忙拱背加快腳步。舒特曼的三折特賣已經接近尾聲，店裡空蕩蕩的。保母還有一小時才會離開。她正要往司徒爾廣場走去時，一輛指甲油般鮮紅的保時捷Boxter突然緊急煞車，搞得後面那輛斯德哥爾摩計程車隊的司機狂按喇叭抗議。保時捷的車窗開了。克莉絲．尼道爾一手放在方向盤上、朝副駕駛座探過身來。

「漂亮小姐想不想搭個便車？」她用誇張輕薄的口氣問道。

杰克不喜歡克莉絲，霏伊神經質地四下張望，但那兩個全身Gucci的女人還在瑞胥餐廳裡討論她令人震驚的的行爲。突然間，霏伊明白自己有多麼想念克莉絲。她那直截了當的幽默感，她的笑聲和那些關於隨意的性愛與徹夜狂歡的誇張趣聞。她倆曾經形影不離。

霏伊拉開車門跳上車。豹紋皮椅在她調整坐姿時嘎吱作響。

「車不錯嘛，」她說。「挺低調的。」

克莉絲抓起副駕駛座底下的購物袋，順手扔進狹小的後座空間。又一輛車喇叭聲大作。

「死白癡，」克莉絲說，對著後照鏡比過中指才甘願踩下油門。

霏伊搖搖頭，笑了。和克莉絲在一起總讓她感覺年輕了十歲。

「他媽的有錢卻不能叫人他媽的給我滾，那有錢還有什麼意義？」克莉絲念念有詞，一邊看後照鏡。

「這句又是從哪冒出來的？」

「我從電視上學來的。」

她轉頭看霏伊，霏伊倒希望她專心看路。

「在妳回去當妳的好太太、做那些等妳又老又失禁的時候一定會後悔的事之前還有多少空檔時間？」

克莉絲顯然沒有注意到她們前方的號誌燈已經轉紅，霏伊緊張地揪住安全帶。

「差不多一小時。」

「很好。」

克莉絲冷不防急打方向盤、來了個一百八十度大迴轉，千鈞一髮閃開迎頭撞來的巴士。霏伊把安全帶抓得更緊了。

「我們去于高登島，」克莉絲說。霏伊只能點頭。

她們找到一家還開著的餐廳點了咖啡。一如往常，克莉絲對其他客人朝她投射來的目光視若無睹。克莉絲固定爲《Elle》雜誌撰寫關於女性企業家的專欄，也是電視談話節目的常客。

她上星期才剛剛上過TV4瑪露*的節目。

畢業後——不像霏伊，克莉絲完成學業拿到了學位——克莉絲開設了她的第一家美髮沙龍，從這裡開始建立她的女王集團，一個以「所有女人都值得王室級尊寵」的想法爲原點發展出來的美髮帝國。她原本受訓成爲髮型設計師，後來就以此兼職支持自己完成經濟學院的學位。她認識霏伊的第一天就宣布將來要建立自己的事業帝國。克莉絲畢業五年後，女王美髮沙龍在斯堪地納維亞的主要城市共有十家分店，但她收益最大來源還是她領導研發的美髮產品。這些產品環境友善、品質頂尖、包裝精美，在全歐各大零售通路都買得到——這當然得歸功於克莉絲天生是個絕佳的銷售員。她甚至已經開始嘗試進攻龐大而利潤豐厚的美國市場。

「我不懂你怎麼受得了每星期和那個了無生氣的殭屍和她的葬禮大隊吃午餐。」

「妳是說阿麗思？她其實沒那麼糟……」

霏伊知道克莉絲知道她在說謊。但杰克絕對不會原諒她和克莉絲同聲共氣一起反阿麗思。

克莉絲學生時代曾和阿麗思的丈夫翰里克有過一段短暫卻濃烈的戀情。霏伊、杰克、克莉絲、翰里克曾是形影不離的四人組。但一天克莉絲卻在報紙上讀到翰里克和阿麗思訂婚的消

* Malou：Marie-Louise von Sivers (1953-)，瑞典知名記者與節目主持人。

息。他最終選擇了繁衍後代、金錢、乖順，而非愛情。

在那之後的許多年，克莉絲只把男人視爲可拋棄的玩伴。霏伊知道克莉絲傷得很深、甚至到今天還在爲失去翰里克黯然神傷，雖然她永遠不會承認。但杰克把和諧表面下的一切都告訴霏伊了，那些關於翰里克的荒唐種種。他個性害羞，但隨著時間過去與個人財富的成長，翰里克漸漸變成另一個人，並且急於補償之前虛度的時光。或者，照杰克向來的說法：「只要還有一口氣在的，翰里克都願意上。」

「隨便，妳說了算，」克莉絲說。「但妳不覺得有點怪嗎？」

「哪裡怪？」

「儘管翰里克賺了幾千幾百萬給她花，她卻還是找不到醫生幫她切除掉屁股上那根掃帚柄。」

霏伊忍不住笑出來。

「不過說眞的，霏伊，我還眞不懂妳怎麼受得了。我知道妳在康沛爾草創時期扮演多麼重要的角色。全部他媽的點子根本是妳想出來的，協助翰里克和杰克設計公司組織架構的也是妳。但他倆在商業雜誌上大吹大擂康沛爾的成功之道時卻從沒提過妳。康沛爾是他們的成功，不是妳的。妳爲什麼只能待在家裡做……唔，天知道妳把時間花到做什麼事去了！完全是浪費資源！妳是我見過最聰明的人，甚至比我聰明！」

「妳不要再說了。我很喜歡我的生活。」

她的喉頭被湧上的怒氣堵住了，一如她懷孕末期那種反胃感。她很愛克莉絲，但她拒絕忍受她企圖說杰克的壞話，不斷扭曲事實。克莉絲完全不懂杰克爲她和茱莉安做的一切。她看不到他爲她們做的犧牲、那些困難的決定、那些拚鬥事業的精力與時間。她爲建立康沛爾所做的一切沒有得到正式承認又怎樣？杰克知道。翰里克也知道。這就夠了。

對公司而言，杰克和翰里克以及他們獨特的合作情誼的神話愈是深入人心愈是好事。但克莉絲沒有家庭，她光忙著從一個男人跳到下一個男人。她不知道什麼叫做爲全家人負責以及隨之而來的必要犧牲。克莉絲從來不必妥協。

「我希望妳說的沒錯，」克莉絲說。「但萬一他離開妳呢？我剛說過，妳是我認識最聰明的人。妳當初怎麼會同意簽下那份婚前協議？拜託告訴我，茱莉安出生後你們變更過協議內容？至少給妳多一點保障？以防萬一？」

霏伊微笑。克莉絲爲她想這麼多眞的是貼心。

她搖搖頭。「那是翰里克的主意，不是杰克的。杰克根本不想要什麼婚前協議，但公司股東強烈要求。」

「萬一離婚，妳可是得淨身出戶，一毛錢都拿不到。」克莉絲講得又慢又清楚，像在對孩子說話似的。她以爲她是誰？只不過因爲她沒有找到像杰克這樣的伴侶。

霏伊深吸幾口氣才開口回應。

「我們不會離婚。我們幸福得不得了。妳必須接受這是我的生活，我照我想要的方式去過它。」

克莉絲久久沒說話，然後舉起雙手做談和狀。「抱歉，妳說的沒錯。是我越界了，不該好管閒事！」

她露出令人無法抗拒的微笑。霏伊明白克莉絲純粹出自善意。她不想跟她鬧翻了。

「聊點有趣的吧。想不想一起去哪度個週末？就妳和我？」

「太棒了，」霏伊說，低頭看時間。她得走了。「不過先讓我問問杰克。」

她對克莉絲拋出飛吻，一邊叫計程車。

她朝餐廳外跑去，一路感覺得到克莉絲的凝視。

斯德哥爾摩，二〇〇一年八月

我躺在床上寫日記，記錄我所有的情緒與感覺。瑪蒂妲不復存在的事實解放了我。沒有人認識她。沒有人知道發生過什麼事。如果有人問起，我就告訴他們我父母都過世了。車禍。我也沒有任何兄弟姊妹。夠接近事實了。我沒有任何兄弟姊妹。不再有了。

但瑟巴斯欽不時還是會入夢來。夢中的他總是遙不可及。我伸長雙臂卻怎麼也搆不到他。我閉上眼睛，依稀還聞得到他的味道。

夢到瑟巴斯欽時我總是一身冷汗地醒來。我在我腦裡可以清清楚楚看到他。他的深棕色頭髮和清澈的藍眼珠。他長得跟爸很像，雖然性格完全不同。我總是要花上一些時間才能再次睡著。

但霏伊這個新身分給了我力量。我還沒打算跟維克多坦承祕密，我不覺得他能懂。所有人見到的都是這個全新自信的我，這個和瑪蒂妲毫無相似之處的我。我最主要的擔憂是來自監獄的信，我再也不會收到了。那些信我一封都沒打開過。但我記得看到信封上爸的字跡時心裡的恐懼。而今他不再掌握我的行蹤，再也聯絡不到我。他不復存在。他屬於瑪蒂妲的世界。

我抓來包包，把日記塞進夾層再拉上拉鍊。

要不是這些夢，我或許能說服自己過去已經死了、埋葬了。但這只是謊言。瑟巴斯欽在夜裡找我。一開始活生生的，睜著那雙穿透人心的藍眼。然後垂吊在繩圈上。

✦

星期天早晨。霏伊急匆匆收拾茱莉安的早餐殘局，以免杰克起床看到。其實茱莉安也不至把廚房搞成像被轟炸過的珍珠港，但霏伊能理解杰克說的一早走進沒整理的廚房的不悅感。

她決定不拿跟克莉絲一起度週末的事去煩杰克了。提出來只會弄僵場面、甚至吵起來。

她沒跟克莉絲承認的是，她和杰克的關係最近陷入了低潮。所有夫妻伴侶難免都要經歷的。杰克工作的負擔與責任如此重大，她也絕對不是世界上第一個覺得丈夫的工作佔去他大部心思的女人。她當然希望他能有更多的精力與時間，爲她、也爲茱莉安。但她拂去這個念頭。她屬於這個很可能是世上最舒適優渥的國家的上層階級。她不必工作、不必擔心帳單或是幼兒園接送時間或是累人的家務——有一整組奶媽保母女傭隨時待命爲她處理一切。她大可跑去逛街購物大買特買，連戰利品都不必自己提，自會有人爲她親送到家。

但杰克有的卻只是無窮無盡的責任，讓他有時顯得唐突冷漠。雖然只是對她。但她知道這只是暫時。再過幾年他們就會有更多時間好好相處。他們會有更多時間享受生活，去旅行，去實現夢想。

「妳以爲我喜歡這麼忙嗎？」他會這麼說。「我當然寧可在家陪妳和茱莉安，完全不需擔心怎麼付帳單。但很快了，親愛的，很快就只有妳和我了。」

他已經很久沒再這麼說過了，但承諾就是承諾。她相信他。

茱莉安捧著 iPad 躺在沙發上。霏伊爲她接上無線耳機才不會吵到杰克。他向來淺眠，所以霏伊教會他們的女兒早上要盡可能維持安靜。

她坐在女兒身邊，爲她撥開臉上的髮絲，毫不意外地注意到茱莉安正在看第一千遍的《冰雪奇緣》。她開電視把音量轉小、打算收看早餐新聞。她喜歡感覺茱莉安的體溫，感覺母女間的親暱。

臥房門開了，霏伊聽到杰克往廚房走來。她仔細聆聽他的腳步聲，試圖猜測他的心情狀態。她屏息等待。

杰克清清喉嚨。

「妳可以來一下嗎？」他用剛起床還有些無力的聲音說道。

霏伊快步走進廚房，對他微笑。

「這是怎麼回事？」他用手指了指。

「什麼？」

她討厭聽不懂他的話、討厭感覺他們溝通有問題。他們一直都是杰克與霏伊。同進同出平起平坐，一個彼此相知甚深的兩人團隊。

「這種檯面不是讓妳在上面做三明治用的，」杰克說，手滑過大理石檯面。「至少我不會這麼做！」

他舉起手。他的掌心沾了一些麵包屑。

她怎麼會這麼蠢？這麼不小心，犯這種不該犯的錯誤。

霏伊抓來抹布。她的心跳得好用力、連耳膜都感覺得到脈動。她擦掉剩下的麵包渣，用另一隻手接住、扔進水槽裡。她很快地偷瞄杰克一眼，打開水龍頭用刷子把水槽沖刷乾淨。她把抹布掛回原位，把水槽刷放回時髦有型的銀色刷架裡。

杰克沒有任何動作。

「要咖啡嗎，親愛的？」她問。

她打開收放 Nespresso 膠囊的櫃子，直接拿出兩個紫色膠囊，杰克的最愛。一個是 lungo，一個是 espresso，裝在同一個杯子裡，淋入些許奶泡。杰克喜歡濃咖啡。

他轉頭，望向客廳。

「我每次看到她，她都是抱著3C螢幕。妳得多花點精神。讀書給她聽，陪她玩。」

幾滴咖啡沿著白色杯緣流下來，霏伊用手指抹乾淨後再送進杰克手裡。他卻似乎沒注意到。

「妳知道翰里克跟我怎麼說嗎？他說莎嘉和卡爾一天使用 iPad 的時間不超過一小時。他們把時間花在去博物館、上鋼琴課、上網球課還有閱讀上。莎嘉另外還學了芭蕾，一星期三天，在安娜莉．阿爾罕科的舞蹈學校。」

「茱莉安說她想踢足球，」霏伊說。

「免談。妳看過那些踢足球的女孩的腿嗎？跟樹幹一樣。還有，妳難道想讓她跟郊區來的小孩一起踢球、場邊還有家長在對裁判大罵粗話？」

「好吧。」

「好吧什麼?」

「茱莉安不會去踢足球。」

霏伊一隻手放在他胸前，整個人靠上去。她的手往下滑過他的小腹、探向他的胯間。

杰克詫異地看著她。

「住手。」

她從烤箱玻璃門看到自己蒼白臃腫的手臂的映影。難怪杰克不想碰她。她放任自己身材變形太久了。

霏伊把自己鎖進浴室裡。她脫光衣服從各個角度檢視自己的身體。她的乳房垂頭喪氣，像插在花瓶裡四散下垂的鬱金香。她該和杰克談談隆胸手術的可行性嗎?她知道阿麗思做了。重點是要做得有品味，不要搞得俗不可耐或是兩顆海灘球。

她的小腹很久不會平坦過，她的雙腿鬆弛蒼白。她臀部一使力皮膚就會出現許多小凹槽，像月球表面。

她抬高視線。她的眼眶凹陷皮膚油膩，和頭髮一樣都失去了光澤。她甚至稱不上有髮型。她靠近鏡子，發現幾根特別粗捲的白髮。她立刻拔掉扔進馬桶沖掉。

希望杰克還沒有開始覺得她帶不出場。他會跟朋友抱怨嗎?他們會不會取笑他?她從現在開始要吃得更健康，每天運動一次——不，兩次。她要戒掉葡萄酒、戒掉美食大餐、戒掉晚上等待杰克回家時的零食。

他敲門。

「妳要出來了嗎？」

她驚跳。

「再一下就好，親愛的，」她聲音沙啞地應道。

他沒有走開，她開始緊張起來。

「我知道我最近比較忙，」他說。「星期三一起去吃個晚餐，好嗎？就妳和我？」

霏伊裸身站在浴室裡，淚水湧進眼眶裡。她很快穿上衣服。她的杰克。她深愛的親愛的杰克。

她開門。

「當然好，親愛的。」

兩小時後，霏伊站在卡爾廣場的ＩＣＡ超市肉櫃前，考慮著午餐菜單。一切如常。誇大的價錢。吼叫的小孩和嗡嗡作響的冰櫃風扇。昂貴外套與皮草大衣的氣味——這裡沒有人工合成料的容身之處，Stella McCartney 是唯一例外。夠昂貴的設計師品牌。

霏伊拿起一包鴨胸肉，朝結帳櫃檯走去。她特地挑了麥克斯負責的櫃檯。他星期天通常都在。

她看著他爲她前面一位顧客拿起商品一一掃描，看著他堅實的臂膀。他應該是感覺到她的目光，突然回頭對她露出微笑。

輪到霏伊結帳時，他的微笑更是加深了。他的眼睛閃閃發光。

「斯德哥爾摩最美麗的女士今天過得如何？」

霏伊兩頰泛紅。她知道他對他大部分的女性顧客都說同樣的話，但依然。他**看到**她了。

她踩著比來時輕快的腳步離開超市。

她一到家就先處理食物。肉類不宜離開冰箱太久。

「妳剛就這樣出門？」

霏伊轉身。杰克站在門口，皺著眉頭。

「你是指什麼？」

杰克指指她身上的衣服。

「妳不能穿著家居服出門採買。萬一妳遇上我們認識的人怎麼辦？」

霏伊關上冰箱門。

「結帳櫃檯的麥克斯似乎還挺喜歡的。他說我是斯德哥爾摩最漂亮的女人。」

杰克下巴緊繃。霏伊意識到自己說錯話了。她該知道杰克禁不起這種玩笑。

「妳公然跟櫃檯員打情罵俏？」

「沒有，我從不打情罵俏。我愛你，杰克，你知道的，但別人要恭維我我又能怎麼辦？」

杰克嗤之以鼻。

霏伊看著他踩著僵硬的腳步走向書房。雖然肚裡糾結，她卻對他發這頓脾氣感到某種奇異的滿足感。他在乎，她想，他眞的在乎。

茱莉安睡著了。霏伊和杰克躺在床上。他腹部擱著筆電，而她正在看第五頻道的重播節目。

「要我關小聲一點嗎？」

杰克調整眼鏡、稍微放倒筆電螢幕看了電視一眼。

「不必麻煩了，」他心不在焉說道。

女主持人手裡拿著提詞卡，正在介紹來賓。

「那是麗莎．約卡布松嗎？」他問。

「是啊。」

「她以前還蠻漂亮的。現在老了。變肥了。」

杰克把筆電螢幕調回原位。

他睡著後，霏伊用一手遮擋 iPhone 光線、一邊上維基百科查詢麗莎．約卡布松。她比霏伊還年輕兩歲。

斯德哥爾摩，二〇〇一年八月

經濟學院的新生入會儀式向來是祕密，參與者被要求守密，校方因而無從得知這些二年級新生得遭受到多少羞辱、吞下多少酒精。雖然參加入會儀式不是強制要求，但我卻別無選擇。我下定決心願意付出一切代價，只要能成爲團體的一份子，能得到接納、得到歸屬感。如今我終於是一張白紙，可以從頭開始，有機會可以這麼做了。

我們總共有十五人，全是女孩，集合在赫嘉公園水邊一小塊草地上。差不多一樣人數的二年級生也來了，全都是男孩。他們帶來好幾個裝滿道具的 IKEA 購物袋。他們要我們排成一排，一一檢視我們。我們被要求脫掉全身衣物只留下內衣褲，然後在頭上套上他們發給我們的挖了洞的黑色垃圾袋。排在我旁邊的是一個高大豐滿的女生，有著滿臉雀斑和蓬亂的紅髮。

「跪下！」二年級男生中的非正式領袖喊道。他名叫米蓋爾，是知名地產大亨的兒子。他留著金色妹妹頭，有一雙小小的豬眼睛，看似很習慣發號司令。我們速速照做。

「很好，」他說。他拿出一顆棕殼雞蛋。「妳們要用嘴巴傳送蛋黃，一個一個傳下去然後再傳回來。最後回到第一個人，由她負責把蛋黃吞下肚。就是妳。妳叫什麼名字？」

「克莉絲，」我旁邊的女孩說道。

米蓋爾用膝蓋敲破雞蛋，把蛋白倒到草地上，用蛋殼盛著蛋黃遞給克莉絲。她接過來，毫不猶疑地讓蛋黃滑進嘴裡，轉身面對我。我們四唇交接，男孩霎時爆出歡呼。蛋黃滑進我嘴裡，我努力忍住乾嘔。我轉向左邊，把蛋黃傳給下一個女孩。

「妳等下眞的要吞掉？」我問克莉絲。

她聳聳肩。

「我是從索隆圖納來的，更糟的我都吞過。」

我咯咯笑了。她一臉無動於衷。

「妳會去派對嗎？」

「會。雖然我完全受不了這幾個拿雞毛當令箭的屁孩。他們只是藉機剝削一些緊張又還容易被左右的女孩。這些天才根本是校園廢渣。所以這入會儀式才會一開學就趕快舉行，趕在我們發現他們其實全是魯蛇之前。兩個星期之後，這些女孩沒人會再多看他們一眼。」

「那妳爲什麼在這裡？」

「因爲我想一次摸清這些傢伙底細，才會知道哪些拐瓜劣棗該敬而遠之，」她說得直截了當。「對了，妳的嘴唇眞不賴。萬一我待會喝醉了卻找不到人親熱，我就去找妳。」

我發現自己竟有些期待。下午剩下的時間就在各式各樣和酒精有關、設計來爲這些傢伙助性的活動中度過了。他們在我們頭上倒醃鯡魚的汁液，讓我們必須穿著內衣褲衝進水裡。他們在輸掉遊戲的女孩額頭上畫上大大的「○」字，而喝得最醉的女孩則贏得讓他們在胸部、後腰和臀部上簽名的殊榮。愈來愈多女孩衝到一旁嘔吐，但他們只是拚命繼續灌我們酒。

這一切直到天黑後才停止。我們最後一次下水，然後他們就把衣服還給我們。他們弄來一輛舊巴士送我們去眞正的派對現場，那些拒絕參加入會儀式的新生早把會場塞得半滿了。

我們魚貫上車時，那些男孩全都皺起鼻子。我們渾身飄散嘔吐物、海水、醃鯡魚的氣味，還有酒臭。兩個女孩醉得不醒人事，讓人抬上車後放平在走道地板上。其中一個女孩的胸罩滑掉了，暴露出粉白的胸脯和深色奶頭。男孩們笑著指指點點。其中一人從座位上跳起來，手裡拿著一個數位相機。克莉絲反應快如閃電。她一伸手擋住他的去路，然後整個人站到他面前。

「你以爲你要往哪裡去，小屁孩？」

「她又不在乎，」他含糊說道。「她睡著了。不要擋我的路。」

克莉絲雙手抱胸嗤之以鼻。我注意到她頭髮裡夾了條海草，但她的氣勢顯然主導了場面。巴士搖搖晃晃，但她卻像棵大樹穩穩站著，彷彿雙腿在巴士地板紮了根。男孩比她高一顆頭，這時卻猶豫了起來。

「何必掃大夥的興，我不過開個他媽的玩笑。妳誰啊？哪來的女權主義者嗎？」他說，把女權主義者一詞說得彷彿是什麼髒東西，咧嘴對她詭笑。

克莉絲聞風不動。所有人目光都在他們身上。

「算了，我也懶得了。」

他故作輕鬆地笑笑，假裝自己沒有剛剛跟女孩戰了一回合還落敗了。

「你要去哪裡？」克莉絲對著他拖著腳步往巴士後方走去的背影喊道。

我屏息。她還沒打算放過他嗎？

「去坐下啊，」他說得有些心虛。

「想都別想。給我回來。」

他轉身，不太情願地朝她走了幾步。

「上衣脫掉，」克莉絲說。

「什麼？」男孩睜大了眼睛。「我才不要。」

他四下張望尋求支援，但所有人只等著看好戲。

「脫掉你那件醜上衣——沒人跟你說 polo 衫已經過氣很久了嗎——然後交給我。動作快，你沒看她快冷死了嗎？」他認輸，照她說的做了，然後搖搖頭回到座位上。他的粉紅色 polo 衫底下原來藏了一具蒼白肥軟還有副男性女乳的身軀。他看起來不自在極了。克莉絲搖醒女孩，拉高她的雙臂爲她套上衣服。

「那給我，」她坐回我旁邊時說道。她大口豪飲幾口啤酒。

「幹得好，」我低聲說，把酒瓶塞到雙腿中間。

「謝了。讓那個可憐的女孩穿上那件醜死人的上衣根本算犯罪，」她咕噥道。

送茱莉安去幼兒園後，霏伊在奧斯特馬爾姆區漫無目的走走逛逛。不能再整天待在家裡了。她要盡量動，燃燒脂肪減輕體重。她無論如何不能繼續走下坡了。

她的肚子發出老大不高興的咕嚕聲。她早餐只喝了一杯沒加糖的黑咖啡，這樣才能在走路時燒掉更多卡路里。食物的影像不斷閃過她的腦海，像美食萬花筒。如果現在就回家，她一定克制不了自己搜刮食物櫃狂嗑一頓。她加快腳步，沿著卡爾大道往休姆勒花園走。她感覺自己背後汗濕了，不禁皺臉。她受不了流汗。但，就像阿麗思說的：「流汗就是脂肪在哭泣」。只是她從不曾在阿麗思身上看過任何一小滴汗水。

十九世紀建築森然羅列，堅定不搖。天空一片湛藍，太陽把還來不及被踩黑的新雪映照得閃閃發亮。除去汗水不說，這是她幾個月來感覺最積極的一刻。杰克突如其來的晚餐邀約是個轉捩點。她必須確保這眞的**是個**轉捩點。

他倆關係遇到瓶頸絕大部分是她的責任。該是讓自己變回他想要的樣子的時候了。這是他們婚姻新章的開端。

她下定決心回絕克莉絲的週末之旅邀約。家裡需要她，跑出去度一個無意義的週末未免太過自私。她拒接克莉絲的電話，很淸楚克莉絲會有什麼反應。

霏伊加緊腳步。她以爲自己感覺得到體重從身上剝落，一步一步，一公克一公克。她的衣服吸飽了惱人的汗水。

一群奧斯特拉里爾高中的學生站在酒紅色的牆邊偷抽菸。兩個女孩和兩個男孩。灰煙從他們談笑的嘴裡、鼻子裡冒出來。他們看似無憂無慮。幾年前，在另一個時空、另一段人生裡，這大可能是她、杰克、翰里克和克莉絲。

杰克，隨和、好人緣、愛開玩笑的杰克。逍遙帥氣的男孩，總是迫不及待趕往下一場應邀出席的派對；各種社交活動的黑帶高手，有他在就有笑聲。翰里克則是策略家與思考者。他出身斯德哥爾摩郊區，家境拮据，完全靠一顆聰明的腦袋才得以脫離那個環境。他就讀經濟學院的同時也在皇家科技學院修習工業經濟學。

霏伊行經朵瑟烘培坊。蛋糕、餡餅、肉桂麵包層層疊疊堆在櫥窗裡。她嘴巴開始分泌口水，必須強迫自己轉開頭去。她加快腳步逃開了。她在尼博街稍作停留。她推開摩科咖啡館的門，點了一杯綠茶。不加糖。少了甜味的茶汁苦澀可憎，但她還是喝下了，因爲她曾在哪裡讀過綠茶有助燃燒卡路里。她瀏覽咖啡館裡成疊的雜誌，找到一本上星期的《產業日報》週末特刊，封面人物正是翰里克與杰克。精心拍攝的封面照片裡的搶眼道具是一組老式摩托車與邊車，兩人太陽眼鏡與皮夾克一應俱全。杰克騎在摩托車上，翰里克頭戴飛行員皮帽坐在邊車裡。大大的微笑，開心的表情。

《萬億克朗帝國大反擊》，標題是這麼寫的。霏伊打開特刊，翻讀報導。名叫伊凡·烏格拉的記者跟隨兩人貼身訪問一整天。怪的是杰克竟沒跟她提過這件事。他接受過不少訪問，但少有像這樣的規模。

文章從杰克在布拉希島的辦公室拉開序幕。他娓娓道來公司草創時期他個人的艱辛歷程。他說他當時住在柏什姆拉*，白天上課、晚上研究撰寫商業計畫書。最初的計畫是要讓康沛爾成為一家強力電話營銷公司。

「如果想要成功，我知道我必須為了公司和翰里克犧牲一切。沒有時間、沒有金錢做任何其他事，只有工作、工作、更多工作，為康沛爾，也為養活自己。想要大贏，就得冒大風險。」

事實是杰克除了康沛爾以外什麼工作也不必做，因為她為了養活兩人中斷學業，在瑪德蓮咖啡館打全工。杰克的說詞是他們一起想出來的公關策略，對公司形象有助益。

報導大致就以相同的脈絡口吻繼續下去。二〇〇五年，康沛爾成功從全國第一的電話行銷公司轉型成為投資公司。他們收購小型企業，改組增進獲利效率後轉手出售獲取巨額利潤。他們也常常將收購來的公司解體後分部門售出，獲取大過整體出售的收益。這意味著多年下來他們得罪了不少人，但他們的獲利成果說明一切；在一個成敗論英雄的世界裡，杰克．阿德罕和翰里克．貝延道爾是企業界一致公認的天才。

稍後，他們出售所有資產，轉而投資電力供應與照護事業：養老院、庇護住宅與學校。同

---

* Bergshamra：位於斯德哥爾摩之北的郊區，行政上隸屬 Solna 市。

樣是成果斐然。杰克與翰里克點石成金，所有人都想認識這兩個年輕的米達斯王。一路下來，他們始終保留公司最初的名字，霏伊提議的名字。這名字爲他們帶來好運，不可輕易變更。

草創時期，也就是霏伊打工養活杰克、同時幫忙爲康沛爾奠定基礎那些年全被一筆勾消。有時她不禁納悶杰克和翰里克是否還記得，還是他們也已經開始相信改寫版的公司草創史。關於她的那部分不符合杰克與翰里克所代表的公司形象，兩個年輕、大膽、不屈不撓的創業家。這個草創故事中兩人完美互動互補的媒體形象，當時也是霏伊提出來的。杰克的貴族背景，他帥氣的外表與光鮮的造型；翰里克的郊區藍領家庭出身，粗獷英氣，白手起家一詞的具體化身。完美組合。霏伊隱身幕後確實有理，避免把簡單有力的媒體訊息複雜化了。

記者陪同杰克在于高登島晨跑。伊凡．烏格拉鉅細彌遺報導了他們跑了多遠多少公里。跑步途中杰克對康沛爾股票將要上市的臆測一笑置之。

報導最後一頁有一張杰克在辦公室的照片。他坐在桌後傾身向前，手指著文件專注談話中。站在他身邊離鏡頭更近的是伊娃．藍朵夫。她穿著淺藍色鉛筆裙，頭髮往後紮成緊緊的馬尾。

伊娃最早是在出版界嶄露頭角。她設法讓公司轉虧爲盈，提高營運效率，提出新的解決方案並挑戰那些堅持「事情向來都是這樣辦」的人。她改變架構推倒高牆。霏伊三年前在一場派對上認識她，伊娃提起自己想要尋找全新挑戰的念頭。霏伊對她的野心與反應之快印象深刻。兩星期後，杰克在霏伊的引薦下對伊娃提出工作邀約。一年後她被指任爲康沛爾新任財務長。

霏伊對杰克指出，有女性任高階管理職對公司形象有助益。但不會是她，因爲茱莉安還小，他倆的共同決定是讓霏伊留在家裡。

霏伊手指輕輕滑過照片，沿著伊娃的身體，脊椎、後背、那雙纖瘦而曬得均勻好看的小腿、一直到她的黑色高跟鞋。她是霏伊曾夢想自己成爲的一切。她倆只差五歲，但說差二十歲也不以爲過。她坐在摩科咖啡館裡——而不是在辦公室中大展長才、美麗而有成——啜飲著難喝的綠茶、渴望著櫃檯的丹麥麵包。她怏怏闔上特刊。她已經做了選擇。爲了杰克，爲了他們的家庭。

杰克回家的時候，霏伊正穿著一套嶄新運動服在電視前的瑜伽墊上做小狗抬腿式。他把公事包扔一旁，站在她後方。空氣中充滿干邑白蘭地和其他酒類的味道。霏伊做完運動，站起來走向他。她試圖吻他，他卻把頭轉開了。

「玩得開心嗎？」她問。

她肚腹裡的糾結又回來了。

杰克抓起客廳桌上的遙控器關掉電視，YouTube 上的初學者瑜伽影片瞬時消失。

「妳找了約翰．翟山提斯來我的派對表演嗎？」他說。

「我以爲——」

「他是個酒鬼，霏伊。妳正在籌劃的不是我的畢業派對。到時會有客戶在場。投資人。那些因爲我父親的因素而一輩子看不起我的親戚們。我要趁這個機會讓他們看到我有多成功，看到我和我那個廢渣父親一點也不像！」

他大口喘氣，聲音已經拉高到假音的程度。

「結果妳竟然跑去邀請約翰．翟山提斯來表演，好像我們是什麼天殺的白種垃圾！」

霏伊往後退幾步。

「你常常聽他的音樂。你擁有他所有專輯。我以爲你——」

「把約翰．翟山提斯搞到我的派對上演唱？我們不想和那種人扯上關係。他是個酒鬼。就像我父親。」

他落坐在沙發上，大聲嘆了口氣。

「是我的錯，」他說。「我從頭就不應該把派對的事情交給妳全權處理。老天，妳甚至讓茱莉安在麥當勞辦她的生日派對！」

霏伊想說那是茱莉安想要的、所有孩子也都玩得非常開心，但淚水刺痛了她的眼睛。

「我怎麼會以爲妳有那能力籌辦一個在哈索貝肯的三百人派對！」

「我可以的，杰克，你知道我可以的。不要管約翰．翟山提斯了，我也還沒打電話給他。讓我爲你辦這件事。我想要給你一個完美的生日之夜，你一直夢想的那種夜晚。」

「太遲了。」

「什麼意思？」

「我已經聯絡了活動策劃公司，他們會搞定一切。妳可以回去做……妳的運動。」

他指指她的衣服。她胃裡的糾結愈發沉重。

他走向音響，抽出幾片CD，走進廚房扔到垃圾桶裡。

她不用看也知道是哪幾片CD。

霏伊雙手撫過自己的臉。她怎麼會蠢到這個地步？她怎麼會沒想到這會傷害到杰克？她應該要思考得更周全才對。畢竟，她比任何人都還瞭解他。

她捲起瑜伽墊，關了燈。她洗臉刷牙時杰克已經睡著了。他躺在床的另一邊，背對她面向窗戶。她上床，在不擾動他的狀況下盡可能靠近他，深深吸入他的氣息。

她過了好一會兒才終於沉沉入睡。

他倆之間的氣氛到隔天還是很僵。

杰克坐在廚房桌前工作，霏伊躺在沙發上看實境秀。

門廳電話鈴聲大響，霏伊第一次決定放任不管。她聽到廚房傳來嘆氣聲，然後是不耐煩的腳步聲。鈴聲停了。

幾分鐘後，杰克滿臉不快地站在她面前。

「找妳的，」他說。

霏伊伸手，但杰克逕自把電話放在桌上就轉身走回廚房。她拿起電話，感覺自己像回到十五歲。

「妳一直沒回我週末之旅的事，」克莉絲說。「妳跟杰克提過了沒？」

「噢，嗨。等我一下。」

霏伊從沙發上爬起來、閃進浴室鎖上門。

「哈囉？」

她坐在馬桶蓋上。

「最近不太方便，」她說。「家裡很多事要忙，我還得籌辦杰克的生日派對。也許明年夏天再看看？」

克莉絲嘆氣。

「霏伊，我……我聽一個在公關界的朋友說他們公司剛接下杰克派對的籌劃工作。」

霏伊用腳把體重計從洗臉檯底下推出來。站上去。沒多也沒少。她註定要肥一輩子。

「嗯，是我覺得自己可能沒時間把事情辦到最好。我現在沒空多說，太多事等我處理。」

「霏伊……」克莉絲的聲音如此溫暖，在電話線彼端。

霏伊想起她豪放的笑聲，在那個她倆和杰克與翰里克出去玩的夜晚。克莉絲一時興起提議要霏伊一起跳上桌面跳舞。杰克握住霏伊的手。緊緊握住。

「嗯哼？」

「我們可不可以還是離開一趟？好讓你換個角度看這一切？不必管杰克的派對了。我知道世界上沒有任何一個活動策劃人可以做得比妳好。」

霏伊把體重計踢回洗手檯底下，暗自立誓一星期內都不會再量體重。改變是需要時間的。

「我一直在想一件事，」克莉絲繼續說道。「我的公司用得上像妳這樣的人才。一個聰明、有商業頭腦並且懂女人的人。有沒有興趣復出職場？既然茱莉安已經上托兒所了？」

霏伊閉上眼睛，不想看到自己的鏡中影像。

「是幼兒園，克莉絲。」

「什麼？」

「是幼兒園，不是托兒所。還有，答案是不，我不想要也不需要去和妳共事。如果我想復出職場，妳難道不覺得我自己有辦法？」

「但是——」

「妳知道妳有什麼問題嗎，克莉絲？妳自以爲比我好、比我強。妳以爲所有人都嚮往妳那種毫無意義的生活，但我實在看不出來有什麼好玩的——搞上一個二十四歲的健身教練、卻醉到隔天醒來什麼也不記得。既可憎又難堪。與其對我說教，妳不如想辦法試著長大。我愛我的丈夫，我愛我的女兒，我有自己的家庭！我想和他們在一起。我覺得妳嫉妒我、嫉妒我的生活。我覺得一切說穿了就是這麼一回事。我很清楚爲什麼沒有男人想跟妳定下來！還有——」

克莉絲掛斷電話。霏伊盯著鏡中的自己。她已經認不得鏡中回瞪她的女人是誰了。

斯德哥爾摩，二〇〇一年八月

派對現場是一幢位在廢棄工業區裡的小屋，角落裡搭建了臨時吧檯，俗氣的流行音樂震天價響、從外頭就聽得到。派對開始沒多久就有學生開始親熱，或是成雙成對溜到樓上的小房間裡。

我先前喝的酒已經完全醒了，我挑眉望向一臉無聊的克莉絲。我發簡訊給維克多問他在做什麼。我邊微笑邊打字。我們前幾天剛談到我搬去他在雅德區的新公寓的事。我其實剛在威臘街租了間一房公寓，只是我根本很少回去。

「我不想再白白受宿醉之苦了。我要進城去找點眞正的樂子，」克莉絲說。

我看一眼周遭這學生版的所多瑪與蛾摩拉。

「我可以一起嗎？」

「當然，我來叫計程車。我們先回我那清理一下。我們臭死了。」

克莉絲在聖艾瑞胥廣場租了間一房公寓。三十五平方米*的空間裡到處散亂著衣服。床沒鋪，牆上空蕩蕩，只有一層書架上頭參差放了幾本教科書。如果我懷疑過她是怎麼進到經濟學院來的，答案就躺在她書桌上。一張高中畢業考成績單被隨意扔在帳單與廣告傳單之中。2.0。滿分。我毫不意外。

我們快快沖澡。

「妳奶子眞漂亮，」我套上她借我的褲子走出來時她這麼說道。「身材也好得要命。眞高興看到有人沒在甩厭食症美感那一套。」

「謝啦，」我弱弱地應道。

這是我第一次受到另一個女孩對我的胸部或是身體其他部位的讚美。

「可以跟妳借一件胸罩嗎？我的全是鯡魚味……」

我舉高我的胸罩。

「妳要胸罩做什麼？這就像蓋著罩套開法拉利。妳就好心賞那些女同志和直男一些福利，解放妳那對漂亮寶貝吧。」

「燒了我的胸罩？」我咧嘴笑開。

---

* 約合十點五坪

「這就對了，好姊妹！」克莉絲高呼，抓起她自己酸臭的胸罩在頭頂揮動。

我笑了，看著倚在門口牆壁上的全身鏡中的自己，聳聳肩。透過克莉絲的眼睛看自己，我突然喜歡自己多了。

「所以我們要去哪裡？」

「學校附近的便宜酒吧。值得認識的男生都在那裡。喏，除了那些信託基金小子和銀行家的兒子——他們已經在自己圈圈搞近親交配太久了。眞正有趣的男生都在那裡。妳試試這件！」

克莉絲扔了一小團灰色布料給我。

「這是什麼？茶巾嗎？」我口氣懷疑，不甚確定地舉起洋裝。長度連我的屁股都蓋不住。

「少就是多，寶貝，」克莉絲說，一邊塗上一層又一層的睫毛膏。

我套上洋裝。暴露的部位比遮住的多多了。領口說是低胸都算客氣。我轉身。背後一片空。

「辣，辣，辣！」克莉絲對著擺姿的我讚嘆道。「如果穿這件還打不到炮，那妳就永遠別想了。」

「我是有男朋友的人，」我說。

「不重要的小事，」克莉絲輕蔑道。「過來坐下，我幫妳弄頭髮。妳一副剛從史卡拉搭巴士進城的土樣。」

她揮動手裡的剪刀和電捲棒。

我心裡存疑，卻還是照她說的做。沒人反駁得了克莉絲。

一小時後我們推開恩喜酒吧的門走進去。一如克莉絲的預測，這裡聚集了許多高年級生。我認得其中幾張臉孔。

「找地方坐下，我去買啤酒，」克莉絲說，擠過人群往吧檯走去。

我心裡過意不去，讓她付了計程車資和啤酒錢。但我還不起這份人情。獎學金付完房租與食物後所剩無幾，我正急著找打工機會。

我在後方找到一張空桌。離這有些太近的喇叭正大聲放送綠洲合唱團的〈Don't Look Back in Anger〉。

酒吧大門打開了。戶外區的吧檯已經停止供酒，一些客人站在門外，顯然正在考慮要不要進來。我檢查手機。沒有維克多的消息。

克莉絲在桌上放下兩杯浮著一層泡沫的啤酒，杯外凝結密密的小水珠。早先喝的酒引發的宿醉讓我的頭又脹又痛，但啤酒很快趕走了這種不快感。克莉絲用手指在我酒杯外的水霧上畫了些什麼。我轉過杯子，看到她畫了一顆心。

「這是做什麼？」

「幸運符，」克莉絲聳肩道。

我抹掉它。在我的上一段人生裡，運氣從不曾發揮過任何作用。

我舉杯，大口喝下大半杯冰涼的啤酒。希望能藉此遺忘。瑪蒂妲不復存在，我是霏伊，就只是霏伊。也許霏伊的運氣會好些？我在杯上畫了另一顆愛心。

克莉絲嚷嚷抱怨入會儀式上那些男生有多幼稚。兩個人推門走進來。

「妳有在聽嗎？」克莉絲說，戳戳我的手臂。

我敷衍地點點頭。杯子上的愛心隱約還在。克莉絲翻白眼，轉頭看看是什麼讓我分了心。

「噢！」她喃喃道。

「怎麼了？」

「妳不知道那是誰嗎？」克莉絲說，用拇指比比門口。

「不——我該知道嗎？」

我渴望再來一杯啤酒，但只能等克莉絲先表示。

「杰克．阿德罕，」克莉絲低聲說道。

對我全然陌生的名字。我用手指抹掉殘餘的愛心。

✦

門鈴在六點半響起。是約漢娜，茱莉安最喜歡的保姆。杰克還在工作，霏伊利用時間換上她的 La Perla 內衣和杰克喜歡的 Dolce & Cabbana 黑洋裝，精心打扮一番。

「妳看起來美極了，」約漢娜彎腰脫鞋時說道。

「謝謝妳！」霏伊說完轉上一圈，惹得客廳沙發上的茱莉安開心地咯咯笑。

「約會之夜最棒了，」約漢娜說。「你們要去哪？」

「提爾塔葛倫*餐廳。」

霏伊前晚訂的位。她喜歡聽到餐廳領班和其他職員聽到她的名字、聽到她說她和她先生杰克·阿德罕計畫一訪時說話聲調的改變。

茱莉安正在看《搗蛋街的蘿塔》†。霏伊坐到她旁邊，抱抱她，跟她解釋今晚約漢娜會送她上床睡覺，因爲她和杰克可能會晚歸。

約漢娜坐在茱莉安的另一邊，一手摟住她，問她今天怎麼樣、做了些什麼事。茱莉安靠在約漢娜身上，開始興高采烈地說起來。

---

* Teatergrillen：位於尼博街的高檔法式海鮮餐廳。

† Lotta on Troublemaker Street：《長襪皮皮》作者阿斯特麗德·林格倫的童書作品，全系列共五冊。

霏伊對約漢娜露出感激的微笑。她和杰克非常需要今晚。

霏伊期待看到杰克看到她今晚裝扮的反應，希望他的臉會亮起來、就像他們剛在一起的時候那樣。她走進更衣間，穿上她的YSL高跟鞋，然後走到放酒的小桌前倒了一杯威士忌。她一手拿著酒杯，敲上書房的門。她深深吸一口威士忌酒氣，推開門。她喜歡威士忌的氣味勝過入口的滋味——那味道令她反胃。

杰克坐在桌前，專心盯著電腦螢幕。塔樓書房一如往常的靜謐祥和。窗外的黑暗看似凝結成固體。

「什麼事？」他喃喃問道，頭也沒抬。

他的頭髮蓬亂。他工作時總會用手扒頭髮。霏伊把威士忌放在桌上，用兩根手指推到他面前。他抬頭，一臉詫異。他兩眼疲倦，充滿血絲。

「怎麼了？」

她退後幾步，原地轉了一圈。這是她很久以來第一次感覺自己還不錯。

「我穿了你喜歡的洋裝。你在米蘭買給我那件。」

「霏伊——」

「等等，你還沒看到最精彩的部分，」她說，撩高裙子露出黑色蕾絲底褲。

底褲要價兩千克朗，黑色絲料配上無比精緻的法國蕾絲。M號。再加把勁她就可以回去買S號。甚至XS。

「妳看起來很漂亮。」

杰克甚至沒有抬頭。

「我幫你挑好西裝了。喝完這杯威士忌就去換上吧。先去格蘭德喝一杯，之後我在提爾塔葛倫訂了位。計程車再半小時會到。其實也可以散步過去，不過這鞋不好走路……」

她指指腳上的黑色高跟鞋。

杰克臉上閃過一抹陰影。霏伊看到塔樓房間窗子上自己的映影。裹在黑色Dolce洋裝裡的可悲形影，穿著高跟鞋、懷抱著更高的期待。他忘記今晚要出去的事了。小酌、談天、歡笑。幫助他想起自己曾多麼喜愛她的陪伴。想起他倆在巴賽隆納、巴黎、馬德里、羅馬一起過的夜晚。在斯德哥爾摩最初那幾個月，他倆曾經如膠似漆形影不離。

她咬唇強忍眼淚。牆壁似乎朝她步步逼近，壓迫得她喘不過氣來。窗玻外的黑暗像黑洞威脅著要吞噬她。杰克的表情愈來愈凝重。她痛恨讓他憐憫她。在他眼裡她想必像條喘吁吁的狗兒，一心一意只想討人關注愛憐。

「我完全忘記了。最近公司事情實在太多。妳一定無法相信翰里克……」

她強迫自己微笑。不要給杰克添麻煩、不要公主病。要愉悅順從。不要礙事。但她從窗玻反射看到自己僵硬的笑容。像張扭曲的面具。

「我瞭解，親愛的。你繼續忙你的。我們可以改天。一點也不是問題。我們還有一輩子的時間。」

杰克的臉抽動一下。小小的抽搐，他壓力大時常犯的毛病。
「對不起，我一定會補償妳。我保證。」
「我知道。別放在心上。」
霏伊嚥下口水，在他看到她眼裡淚光前轉身離去。她小心翼翼地關上塔樓書房的門。
茱莉安坐在沙發上，試圖爲一頭紅髮的約漢娜編辮子。
「妳好會，」約漢娜喃喃道。
霏伊通常喜歡跟約漢娜聊天。但此刻她只想要她走。她已經快要忍不住淚，喉頭的硬塊卡得愈來愈緊。
「媽咪教我的，」茱莉安說。
「眞好。我們今晚要來讀什麼書？」
「《馬蒂》。或是《皮皮》。」
上星期跟杰克那段對話之後，霏伊就去阿卡德米書店把找得到的阿斯特麗德．林格倫的作品全部買回家。
霏伊清清喉嚨。約漢娜抬起她那張滿是雀斑的臉。
「你們要出發了嗎？」她問。
「計畫改變了，晚餐改期。公司臨時有事。」

霏伊試著想微笑，但她體內的黑暗不斷擴張，漲起又落下。

約漢娜頭歪一邊。

「太可惜了，妳打扮得這麼漂亮。妳還要我送茱莉安上床嗎？」

「不用了，沒關係。」

霏伊嚥下喉頭的硬塊，看著茱莉安緊抓住約漢娜的手臂。她從皮包裡抽出兩張五百克朗紙鈔遞過去。約漢娜伸出另一手阻擋她。

「眞的不需要，眞的，我才來十五分鐘。」

「妳空出了整晚的時間。收下吧，我幫妳叫計程車。」

茱莉安開始抽鼻子，不停拉扯約漢娜的手臂。

「我不要約漢娜走！我要她留下來！」

約漢娜彎身，摸摸她的臉頰。

「我後天去幼兒園接妳的時候我們就再見面啦。回家的計程車上我再讀書給妳聽。」

「妳保證！」

「我保證。再見囉，小甜心。」

約漢娜離開後霏伊關上門，脫下高跟鞋扔在門廳地板上，然後抱起茱莉安走進浴室要她刷牙。

「水吐出來。刷好我們就去讀馬蒂。」

「我要約漢娜讀給我聽！她讀比較好玩！」

「約漢娜不在這裡。只有我，沒得選。」

霏伊抱起茱莉安走進她的房間。她扭動掙扎、不停踢中霏伊的手臂。霏伊胃痛，喉頭的硬塊幾乎要她窒息。

她把茱莉安放倒在地板上，狠狠搖晃她。用力。太用力了。

「夠了妳！」

哭聲突然停了。

茱莉安詫異地抬頭看著她。霏伊從不曾在茱莉安面前發過脾氣。總是對她微笑、輕撫她、說她是全世界最棒的小女孩。她體內的黑暗鬆動了。在深埋之處蠢蠢欲動。另一個時代。另一段人生。

茱莉安蜷縮在床上。霏伊知道自己必須安慰她，說她很抱歉，撫平一切。但她找不到話說。她對自己感到無比驚駭。

她閉上眼睛試圖找回自己。但她的過去追上她了，逼她看到自己有多渺小。逼她看到真正的她。

「晚安，」她靜靜說道，關燈轉身離開。

霏伊在ＮＫ漫無目的地閒逛。這家歷史悠久的老牌百貨公司是少數能提供她平靜的地方之一。每當窒息感變得太強烈，唯一能幫助她平息體內騷動的就是在精品專櫃的空調空間裡徘徊遊蕩、手指輕撫過那些美麗的衣料。

店員認得她。年輕女郎用她們早早被膠原蛋白注射毀了的嘴唇努力露出微笑。這些她明白願意付出任何代價來跟她交換位置的女人。在她們的眼裡她擁有一切。銀行裡億萬存款、社會地位、一個能保證她上流社會位階的丈夫。

NK幾乎空無一人。每回走到瑞典之虎*專櫃前她總會想到外相安娜．林德†，想到凶手如何穿過店面逃逸。那超現實的一刻，醜陋現實衝破天下太平的表象。全世界猝然停滯，愕然凝視瑞典。向來被世人視爲某種理想社會的國家，沒有問題、沒有犯罪，住民皆是穿著比基尼的長腿大胸金髮美女，IKEA 家具環繞、阿巴合唱團歌聲響徹。虛假程度和她一樣的假相。不眞實猶如安娜．林德重傷倒臥老虎裝與白色免熨襯衫之間那一幕。

霏伊輕撫過一件標價將近一萬克朗的黑色連身褲裝，胃裡空攪得愈發難受。她近來只靠喝訂購的果汁度日，完全不吃固體食物。一天五瓶。有綠色、黃色、白色和紅色。根據廣告宣

* Tiger of Sweden：創立於一九〇三年的瑞典知名設計師品牌，以剪裁合宜的男女西服套裝聞名，一般暱稱為「Tiger suits/老虎裝」。

† Anna Lindh（1957-2003）：瑞典社會民主黨政治人物，一九九八年起任瑞典外相，曾被視為接任首相的熱門人選。不幸於二〇〇三年九月十日在NK百貨公司遇刺，送醫後於翌日身亡。

稱，果汁富含每日必需營養素且美味可口。事實是難喝極了。尤其是綠色那瓶。她得捏著鼻子吞下、強忍住嘔吐衝動。想要咀嚼的慾望快把她逼瘋了。

她靠果汁過了兩星期，只偶爾放縱自己吃一點水果。搞得她不但非常容易疲倦，而且常常對茱莉安和杰克失去耐性。她在網上讀到這種節食法的常見副作用包括極端的情緒波動，但她一直拒絕相信。不過就是節食，不該造成問題。人的潛力無窮。登月。擊敗希特勒。建造馬丘比丘。小甜甜布蘭尼二〇〇七年身心崩潰後又東山再起。所以霏伊當然禁得起一點飢餓的考驗、不至於把情緒發洩在摯愛的家人身上吧？自從霏伊那晚脾氣失控之後，茱莉安一直有些脆弱焦慮，但她就是無法和女兒談這件事。她不知道該說什麼。時間會療癒所有傷口，她試著說服自己。她自己就是範例。

她離開NK的時候腦中念頭依然不停翻攪，害她差點撞上一個直對她微笑的女人。

「嗨！」麗莎．約卡布松說。「眞高興再次見到妳！妳家可愛的女兒最近如何？」

「謝謝妳，她很好，」霏伊說。

她火速搜尋記憶，試圖想起自己何時曾沒隔著電視螢幕見過這位主持人。

「杰克呢？」麗莎側著頭做同情狀。「可憐的傢伙，工作實在太勞累了。他眞幸運，有像妳這樣的女人照顧他。」

麗莎繼續述說霏伊是多麼棒的賢內助，說得她心情霎時好了起來。她到底有多渴望讚許？

「我們應該找天一起吃個晚餐，就我們四個，」麗莎說。

霏伊想起她曾有個男友，是個還算成功的綜藝節目製作人。她和杰克在某次舞臺劇首演會上被迫跟他們多聊了一會。

「再看看吧，」霏伊簡短應道，麗莎的微笑有些動搖。「我恐怕得先走了。」

斯德哥爾摩是一座叢林，而她和少數幾個億萬富翁的太太就是叢林之后。霏伊知道人們分析她說的每一個字、發出的每個音，配合地皺眉或假笑，只因她是杰克的妻子。

她知道麗莎隨時可以爲杰克拋棄男友。或者是任何像杰克的男人。女人追逐錢和權。像麗莎這種假女性主義者和其他女人毫無二致。

霏伊擁有的金錢就是她的權力，權力的滋味甚至壓過了她肚子的空礙聲。不管她有多麼鄙視自己這種感覺。

她離開麗莎，搭電扶梯下樓來到香水部門，經過大幅海報上削瘦的模特兒和她們迷濛的眼神與半啟的嘴唇。她再次想起那些她還擺脫不掉的體重。

自從忘了晚餐約會那晚之後杰克就沒再碰過她了。她每晚躺在屬於她那邊的床位時，他甚至不會多看她一眼。

她的肚子又叫了。

她拿出手機傳訊息給他。

我愛你！她加上一個愛心符號。

她打開杰克的臉書主頁，發現他換過頭像了。他的臉書頭像原來是他們一家三口一年前站在卓寧霍姆宮*前拍的全家福照。新頭像是康沛爾網站上的專業個人照。她按出所有按讚的名單，再按進每個年輕女子的頁面檢視簡歷。像是同一個模子印出來的：飢渴、熱切、獵人。她們全都苗條削瘦，有著昂貴的豐滿雙唇與完美造型的長髮。

霏伊強迫自己把手機收進包包裡。

站在香水專櫃後方的店員目光隨她移動。她拿起一罐Gucci香水噴在空氣中。她想要找一瓶新香水，更甜美、更年輕一點的香氣。她往後退幾步，一瓶粉紅色的YSL香水吸引了她的目光。她拿起一條試紙，輕按兩下壓頭。好多了。這讓她隱約想起了某種無以名之的什麼。

店員終於盯累了，轉開頭。她拿起一盒香水放進購物籃裡。當然是香水，不是便宜版的古龍水。

她手機響了。是杰克終於回應了嗎？

妳一直沒聯絡我。約翰・翟山提斯。

霏伊嘆氣。她原本希望她遲遲不聯絡他時他自會明白情況。

我邀了別人。也許下回。

她正要把手機放回包包裡，手機突然又叮了一聲。

* Drottningholm Palace：現任瑞典國王卡爾十六世的私人宅邸，部分廳室仍對外開放參觀。

見面談？

不。正要去電影院。

電影院？她怎麼會想到電影院？她小時侯曾經很喜歡去電影院。她、瑟巴斯欽和媽會打扮一番進城去到格列伯斯托，喝咖啡吃蛋糕，一晚連看兩部電影。瑟巴斯欽總會在黑暗中握住她的手。然後他們會裝了一肚子爆米花和汽水踏上歸途，媽和瑟巴斯欽一路討論剛剛的電影，一直聊到進馬魯特之後的那座小橋——橋下年年都可以看到天鵝領著寶寶悠閒划水。

霏伊聳聳肩。她的思緒似乎愈來愈會找上黑暗的道路。

手機在她手中再次發出叮聲。

電影讚，哪家？

里哥列托。

很好。待會見。

霏伊搖搖頭。她在做什麼？她怎麼會跟約翰·翟山提斯去看電影？怎麼是他？但無論如何，有人想見她的感覺總是好。這也許可以幫助她不去想杰克和他們取消的約會之夜。

霏伊推開里哥列托厚重的大門時，約翰·翟山提斯已經坐在長凳上等她了。她考慮轉身溜走，但又怕他已經看到她了。

「妳終究決定來了。」他的聲音粗啞、口氣倒雀躍。「本來以爲會跟派對演出一樣沒了下文。」

霏伊在他旁邊坐下，中間空出一段距離。

約翰．翟山提斯一如往常穿著深色T恤和牛仔褲。他手臂上掛著一件深棕色皮衣，手裡拿著一桶最大號的爆米花。

「我說過，計畫變了。」

「也許等他下回再過生日吧，」約翰說，臉上依然掛著微笑。

他挪近她。

「妳要看哪部電影？」

他身上隱約飄著古龍水、皮革和啤酒的氣味。她的身體以某種連她自己都意外的方式回應他的氣味。

她指指海報。布萊德利．古柏一雙藍眼直視電影院內部。

「我想看那部，」他說。

「你到底爲什麼想見面？」她說。「你想要我怎樣？」

「我只是覺得能談談也不錯，」他說，站了起來。「我在瑞胥餐廳看到妳，感覺妳很眞。不像其他那些……」

他沒把話說完。

霏伊深呼吸。

「抱歉，我不是故意兇你。今天正巧心情不好。」

「在所難免。人人都有自己的祕密，都有自己的狗屁倒灶得面對。唯一差別是我的鳥事全上了八卦小報。」

她皺眉。他想說什麼？他知道什麼她有祕密還有她自己的狗屁倒灶得面對？

「就像我的歌，」他說，看懂了她的表情。「〈祕密〉。聽過吧？『人人都有自己的祕密，自己的狗屁倒灶得面對』。這是歌詞。還是妳沒聽過這首？」

放映廳的門開了，約翰朝裡面點點頭。霏伊連續深呼吸幾口氣，想像瑟巴斯欽和媽邊吃紙桶裝的大號爆米花邊看浪漫喜劇。短暫的自由。

他們買了票，霏伊跟在約翰身後走進空蕩的放映廳。他們在後排坐定後霏伊再次拿出手機。杰克還是沒回她。她愈來愈焦慮。他不再愛她了嗎？他不再受她吸引了嗎？

電影開始的幾分鐘，霏伊強烈感覺約翰在看她。她也不知道爲什麼，但和他坐得這麼近似乎對她有種莫名的影響。不假思索地，她伸出一隻手放在他褲襠上。她眼睛盯著螢幕上布萊德利・古柏俊美的五官，單手解開他的褲扣，不無意外地發現他沒穿內褲。他倆都沒說話，但他沉重的呼吸聲在在刺激著她。她彎下腰去，用嘴包住他。她聽到他的呼吸愈發吃力沉重，卻荒謬地繼續往嘴裡塞爆米花，伴隨間歇的呻吟。霏伊感覺得到自己濕了，忘了自己在吸誰的老二，她在吸杰克，吸得他終於明白自己有多幸運。她閉上眼睛站起來，拉下自己的長褲與內褲。她跨站在他硬挺的陰莖上方，約翰的、杰克的，往下接受他。他以她夢想已久的方式充滿了她，觸及到她幾乎已經遺忘的地方。她緊閉雙眼，移動得愈來愈快，喃喃呻吟：

「幹我，杰克，噢，幹我。」

她攀上高潮的一刻約翰也在她體內注入溫暖黏糊的種子。有那麼片刻，霏伊麻木地蜷縮在約翰．翟山提斯的懷中。然後她站起來。他的精液流出來。不過幾分鐘前的興奮快感，此刻卻感覺如此低賤污穢。

她拿起包包，頭也不回地離開電影院。

斯德哥爾摩，二〇〇一年八月

「這個杰克．阿德……阿德什麼的到底有什麼特別？」我對著剛在我面前放下又一杯啤酒的克莉絲說道。

「阿德罕，」克莉絲說，一邊坐下。「妳在開玩笑嗎？」

「好，撇開顯而易見的不談。他長得很好看，相當符合刻板印象的那種好看。」

「好看根本算不了什麼。他有貴族血統，來自一個名聲有污點的家族。學校的每一個人都想跟他做朋友，一切都繞著他轉。女孩都想要他。連我都想把他幹到暈過去，」克莉絲冷冷說道。

我剛剛喝了一大口啤酒，趕緊用手捂嘴以免噴滿桌。克莉絲這句話或許沒那麼好笑，但在酒精天旋地轉催化下，克莉絲說的每一句話都爆笑至極。

就在那刻，杰克和他的朋友出現了。他們似乎想找地方坐下。我們佔走了最後一張桌子，不過還有幾張空椅。

「現在是什麼狀況？」克莉絲咬牙低聲問道。她背對他們，但她看出我神情有異。

「他們在找地方坐下……然後……」

克莉絲睜大眼睛，緊緊閉住嘴巴。

「他們過來了，」我低聲說。

「幹！不要看他們！不要盯著他們看！笑。好像我剛剛說了妳這輩子聽過最好笑的笑話那樣！」

我往後靠在椅背上開始假笑。我覺得蠢極了。克莉絲也在笑。笑得又大聲又跨張，好像已經瀕臨瘋狂邊緣那種笑法。杰克．阿德罕和他的朋友耐心等我們笑完。

「我們可以坐下嗎？」杰克說。「我們保證不打擾妳們。」

他朋友站在他後面，手裡的啤酒杯握得有點太緊，身子微微搖晃，醉眼惺忪地望向她們。

「當然，」克莉絲淡淡說道。抬頭看人時還故作驚訝狀。

杰克落坐在我旁邊，他的朋友則坐在他對面的凳子上。他伸出一隻不太穩的手。

「我叫翰里克。」

「瑪蒂……霏伊，」我說，還不太習慣我的新身分。

脫胎換骨並不容易。比我預期的還要難。

我轉身，對杰克重複同樣的握手招呼。他微笑。燦爛開朗的微笑，一雙藍眼深深看入我內心。他很好看，我無可否認。但我有維克多，而且我不是那種女孩。何況，我要是膽敢試對杰克採取行動，克莉絲八成會用啤酒杯砸我的臉。

「很高興認識妳們。」

所有人互相握過手後，克莉絲身子往前傾，口氣刻意地問我對美國新任總統小布希有什麼看法。我翻白眼，發表一段基本上是簡述當天《產業日報》社論的演說。杰克與翰里克很快加入辯論，針對我的論點挑起議題，杰克站在我這邊，翰里克則否。酒吧裡布萊恩．亞當斯正在高唱〈Summer of 69'〉，意味著我其實只能聽到他們說的片段。

一會後，我已經完全忘了克莉絲告訴我關於杰克的一切。他只是一個隨和好聊的男生。翰里克又買了一輪啤酒。

「謝謝妳們讓我們一起坐，」他說，把兩杯啤酒推向我們。

他的目光離不開克莉絲。她卻一副不願降尊紆貴的模樣、看都不看他一眼。

酒保高喊酒吧還有半小時就要關門，還要點酒就快。克莉絲在椅子上挪了挪身子。

「我去上洗手間，」她帶歉意說道。

翰里克立刻站起來，讓出空間好方便她下桌。杰克轉向我。

「妳們接下來有什麼計畫？」

我猶豫了。我瞄了一眼手機。維克多依然無聲無息。

「噢，我不知道。克莉絲好像還想去下一站，我大概也會跟著去一會。你們呢？」

杰克神情專注到讓我有些不舒服。他確實能影響我，不知怎麼地鑽進了我皮膚底下。我不知道自己對這有什麼想法。

翰里克還站著，四下打量酒吧。

「我們可能會回去翰里克的公寓繼續喝。歡迎妳們一起來。」

「也許吧，我得先問問克莉絲。」

「當然，」杰克說，藍眼睛直視著我不曾稍離。妳是做什麼的？或者妳還是學生？」

他的睫毛濃密，襯托一雙藍眼顯得愈發熱切。我們的大腿在桌下碰碰撞撞。

「我是經濟學院的學生，」我簡單應道，啜飲一口啤酒。

我無法掩飾對自己成就感到的驕傲。在發生了那麼多事情後，我還能維持成績，完成許多人奢望的夢想——而且是在沒有任何優勢的情況下——進到斯德哥爾摩經濟學院就讀。

「眞的嗎？我也是。妳是新生？」

「是的。」

我緩緩轉動啤酒杯，納悶克莉絲跑哪去了。

「妳覺得如何？還喜歡嗎？」

他全部注意力都在我身上，這讓我有些坐立不安。我喜歡藏身暗影。維克多從不會這樣看我，這也是我可以和他輕鬆相處的原因之一。他樂於讓我的祕密維持祕密的狀態。但杰克卻彷彿看穿了我。

「喜歡，」我緩緩說道。「不過開學才一星期，所以其實還很難說。」

克莉絲回來了，一派自信地坐回原位。她好奇地看著我們。

「他……呃，杰克是吧？」我不確定地說道，他點點頭。「杰克想知道我們有沒有興趣一起過去……翰里克家？不過我們還有地方要去，不是嗎？」

我顯然藏不太住真正的想法。

克莉絲的眼神顯露她非常欣賞我的努力。但出乎我意料地，她只是聳聳肩。

「再說吧。看看囉，」她說。「我想先去跳舞。」

「我們可以去司徒爾幫*，」翰里克建議道。

「我沒那耐性排隊進場，」克莉絲說完嘆口氣，甩動一頭紅髮。

「沒問題。杰克可以把大家弄進場，」翰里克說。「是吧，杰克？」

「當然，」他說，目光依然沒有離開我。「不必擔心。」

他站起來，對我伸出手。我瞄一眼手機。沒有訊息。維克多突然感覺沒那麼重要了。我把手機扔回包包裡，握住杰克的手。

一如杰克保證的，店門保鑣揮手要我們不必排隊直接進場。往ＶＩＰ區走去的路上，杰克被攔下來好幾次，有時是男生跟他打招呼、有時是女孩傻呼呼地對他搔首弄姿。我試著說服自己我對杰克的魅力免疫、看這麼多男男女女臣服在他的魅力之下只是覺得有趣。

---

* Sturecompagniet：斯德哥爾摩知名大型夜店。

進到ＶＩＰ區後，他先繞場一圈打招呼，到處握手彷彿他是正式出訪的總統。克莉絲、翰里克和我站在吧檯前等杰克繞完場。翰里克爲大家點了些調酒和一口酒。夜店裡眾人酒醉的程度已經達到高峰，對著彼此耳朵嘶吼噴口水。女客穿著超級迷你洋裝或緊身上衣加短裙。男客穿著淺色薄料襯衫搭牛仔褲或卡其褲。我穿著借來的洋裝狀況還相當好，可以感覺到人們的眼光在我身上流連。我受到打量、評估，卻享受這樣的關注。從杰克偶爾進入我視線範圍的短暫片刻裡，我可以看到這對杰克的影響。

「他常常就是這樣消失了嗎？」克莉絲在吵雜中對翰里克嚷道。他正隨著音樂節拍稍嫌笨拙地擺動。

「是啊，他認識所有人，」他嘆氣，隨而臉色一亮。「妳們能一起來眞是太好了，不然我就得一個人站在這裡了！」

我朝他靠近一些好聽得更清楚。

「所以說那些人也都認識他嗎？」我說。

「不。有時連我都會自問是不是眞的認識他。我們朋友多年，也計畫一起創業。」翰里克倚著吧檯，啜飲幾口調酒。「從來沒有人有機會深入瞭解他，不過這也是大家爲他著迷的原因。但這只是我的推測。另外就是他的貴族血統和沒落豪門的背景，再加入一點精彩——並且相當公開——的家族衝突與悲劇，嘿，馬上就……」

他話都已經說不清楚了，低頭又用粉紅色吸管啜飲幾口調酒。然後他挺直身子，推推眼鏡。

杰克停在吧檯另一端的一群女孩面前。他玩笑似地舞動幾下，女孩爆出笑聲。他走開後，女孩們目光飢渴地望著他的背影。

杰克走到我們身邊，雙臂各摟住我和克莉絲的腰。我感覺他的手碰觸我的皮膚的熱力。他的拇指上下滑動。一股震顫竄過我全身。

「你們不想跳舞嗎？」他朗聲問道，轉身面向翰里克。「你怎沒帶她們去舞池？所有事情都得要我來嗎？」

翰里克兩手一攤。「你明知我舞跳得不好。」

「我很不幸知之甚詳。還有斯德哥爾摩各大夜店的老闆也都知道。」

翰里克臉紅了，但似乎很樂意配合演出。他倆的關係裡沒有一絲緊張敵意。

杰克對他眨眨眼。「再喝一杯，然後就去跳舞？」

翰里克看來有些累了，但他點點頭。「當然。」

杰克揮手示意酒保。酒保靠過來，和他握手交談幾句。突然間我們面前就出現了四個一口杯的酒。

「老闆請客，」酒保喊道，拍拍杰克肩膀然後轉身招呼下一位客人。

我們舉杯互敬，然後仰頭一口灌下，臉霎時皺成一團。杰克放下杯子時，一手順勢環住我的腰、碰觸我的小腹。我緊張地瞥了克莉絲一眼。她似乎什麼也沒注意到，只是忙著跟翰里克說話。他們看來處得不錯。我發現自己手裡不知何時又多了一杯調酒，酒精消除了剩餘的抑制力。唯一重要的只有杰克的手，在那裡、在此刻，在我的小腹上感覺如此溫暖舒適。

我發現自己還想著維克多。想自己和一個才認識幾小時的男生像這樣站在這裡是何等不恰當的事。因爲我愛維克多，我很確定我愛。

此外我也不想爲了毫無意義的調情而毀了我和克莉絲剛萌芽的友情。克莉絲是如此強悍耀眼的一號人物。她對杰克的興趣遠遠高過我的。

但在此同時，杰克卻似乎擁有某種讓我頭暈目眩的能力。他的手往下滑，停在手指恰恰碰觸到我髖骨的位置。而我想要他繼續往下。我倏然明白自己必須主動制止這一切。在一切開始之前。我抽身，注意到杰克有些意外，雖然他極力隱藏。

「我得走了，」我說，把喝了一半的調酒放回吧檯上。

「這麼快？我們等下還要回翰里克那繼續喝。」

「我得回去了，」我堅定說道。「回我男朋友那。」

「啊，妳有男友，」杰克說，似乎覺得有趣，但我感覺自己聽到了一絲失望之情——不過這當然很可能只是我自作多情。

「是啊。」

「我想我還是跟妳一起走。」

「什麼？爲什麼？」

他指指我背後。我轉身。克莉絲和翰里克緊緊相擁，舌頭探進彼此嘴裡。克莉絲一手放在翰里克後腦、把他壓向自己。

我轉回來面對杰克。

「我走了。再見。」

杰克拉住我的手臂。

「等等。讓我送妳回家。妳住哪？」

「雅德區。我男朋友住那，我今晚就睡在那裡。你爲什麼想跟我走？你剛聊過的那些女孩應該可以隨你挑。我無法想像有哪個會拒絕你。」

我朝舞池點點頭。女孩們正隨甜心寶貝的最新單曲奮力扭動身軀。

「那不是我想要的。我想跟妳回家。妳有趣。妳漂亮。妳很不一樣。」

「我是嗎？」

我感覺胃裡的糾結又出現了，想起自己曾一次次被稱爲「不一樣」。和現在不同的那種不一樣。迴然不同。

「是的，」杰克說。「我也喜歡妳的名字。很適合妳。」

他直視我的眼睛，小男孩似地懇求。我嘆氣。

「好吧。不過我們改回我家。威臘街。你只能到門口。」

杰克神情一亮。

今晚是個溫暖的夜晚。我們穿過圍在夜店門口的半圓形人牆，沿司徒爾街走。杰克點了菸遞給我，然後又往自己嘴裡放一根點著了。我們離開夜店後就沒說過一句話。即便如此，這份沉默感覺如此舒服自在。

一輛計程車駛過。我看杰克一眼，他對我微笑。我們轉進休姆勒花園。

「你們兩個要開什麼樣的公司？」

「還沒有具體想法。我們還在腦力激盪中。只確定一旦有了夠好的點子，我們就要投入一切，弄出一份專業的創業計畫書，找投資人，變成百萬富翁。」

「投資人？」

「是的。我們想要自己管理公司。我的父母不可能。我爸……我跟我爸很少聯絡。至於我媽跟她新任老公住在瑞士，每年就是寄寄聖誕卡，僅止於此。而我們需要資本。辦公室、員工、行銷、公關，全都需要現金。」

他的口氣起了幾難察覺的微妙變化。我不知道這有何意味。杰克的目光追隨對街的一個男人。他深深吸一口菸。這已經是我們走的短短這段路的第三根了。

「翰里克和我立誓要在三十歲之前達到財務完全獨立。」

他吹了個煙圈。

「你們取好名字了嗎？爲你們這個尚未存在的公司……」

我對他咧嘴笑、表示我在開玩笑。

他相當認真回應我隨口問起的問題。

「我們想過幾個，不過都覺得不夠好。我想要公司名字能夠指出我們是最好的，無人能比。」

杰克又吹了煙圈。

「康沛爾如何？Compare，比較？」我思索片刻說道。「這是個充滿自信的名字，顯示公司不怕比較？」

杰克停下腳步，看著我。

「我喜歡，」他緩緩說道。「感覺很不錯。」

「等你們決定採用了再來謝我就好，」我對他微笑道。

我們已經走到卡爾大道，而我不住打哆嗦。夜風愈來愈涼，我沒穿任何外衣。

音樂自前方幾公尺一扇大開的窗子流洩而出。同棟樓的大門突然被推開。一對男女腳步不穩地走出來。杰克火速幾步向前，在門關上前用腳頂住，然後用手拉開、戲劇化地對我彎腰行禮。

「你在做什麼？」我說，雙手抱胸。

「續攤派對！」

「你認識住在這裡的人嗎？」我詫異道，隨他進了門。

「很快就會認識了。妳也是。來吧。」杰克牽著我的手，帶領我走上寬大的石階。「我們上去喝幾杯就走。」

「你在開玩笑對不對？」我咯咯笑了，任他拉著我走。「你打算就這樣上樓按門鈴？」

「是的。」

杰克半跑半走上樓，一路拉著我。

「你瘋了。」

我大笑。

杰克轉身，飛快吻了我，輕輕的接觸卻像通了電。

我得稍停片刻才能繼續跟著他走向音樂來處的那戶公寓門牌上寫著「林奎司特」。我們按門鈴，應門的是一位三十多歲、雙頰緋紅帶酒意的女人。她的背後：音樂、笑談、杯觥交錯。杰克展露他最迷人的微笑，而我害羞地躲在他背後。

「嗨妳好！」他朗聲說。「我們路過聽到你們在開趴，聽起來超棒的！不知道你們方不方便讓我和我女朋友進來暖暖身子？」

他稱我是他女朋友時我嚇一跳，但努力不動聲色。聽到那幾個字讓我的肚腹湧現一股暖意。女人爆出大笑。她點點頭，往旁邊退一步。

「請進，我是夏洛忒。」

我們自我介紹。其他客人都沒脫鞋，我們於是照辦。夏洛忒帶領我們走進一個掛著超大晶亮吊燈的房間，裡頭約有四十個穿著光鮮的賓客。夏洛忒站在吊燈正下方，舉起手中酒杯。

「各位！這兩位是杰克與霏伊。他們覺得我們的派對似乎很好玩，決定上樓來看看！」零星笑聲。有人大喊「歡迎！」，另外有人喊說「給他們倒酒！」在我回過神來之前，我已經站著跟一個大我十歲左右、說話有些大舌頭的日本律師茱莉亞聊了起來。

他們全都如此快樂、開放、友善、都會。我很快忘記了我的羞怯——瑪蒂妲絕對受不了這樣的場合。霏伊則熱愛這些人、這些對話與氛圍、在巨大吊燈底下起伏的聲浪。霏伊融入這樣的情境。

我同時清楚意識杰克就在附近。我感到安全。和茱莉亞談話過程中我始終清楚他在哪裡。整個房間似乎傾往他所在方向。他傾倒眾生。他四處走動、談笑風生、為空杯注入酒液彷彿他是派對主人。他做任何事都帶著某種令人著迷的從容自信。我從不曾接近過像杰克．阿德罕這般光芒四射的人物。

我們眼神相遇。他眨眼、微笑，朝我舉杯。香檳泡泡讓吊燈映照得閃閃發亮。

有人搭上杰克的肩膀，他於是轉過頭去。我突然開始想念他。他的目光、那些默契相通的片刻、他的微笑。我轉而聆聽茱莉亞講述她在斯德哥爾摩最大的律師事務所的工作條件有多糟糕種種。我感覺周遭似乎變冷了，只因杰克目光不在我身上。有人塞給我一杯香檳。

一小時後賓客開始陸續離去。窗外天色已經微微轉亮。我們是最後離開的幾個人。杰克拿出一瓶還剩一半的白酒，直接就嘴喝。

「這瓶在路上喝，」他咧嘴笑開。

「這算贓物吧，」我回嘴道。

「嘿！」

他又灌了幾口酒，然後把酒瓶遞給我。我想起他的嘴唇包覆瓶口的畫面，想像自己可以在微溫的酒液中嚐到他的味道。

我們漫步穿過寂靜的城市，不曾停止對話。我笑啊笑、笑到幾乎沒有時間呼吸換氣。杰克轉述對話，唯妙唯肖地模仿派對賓客說話的模樣。我告訴他克莉絲和巴士上那個男孩的事。

我們太快就來到我公寓的門外。沉默終於降臨。突然間，我感到既不眞實也不自然，怎麼可以就這樣輸入密碼開門入內獨留他在門外。

「喏，就這樣，」杰克說，幾乎羞怯不安起來。「回頭見了。」

「好。」

「再見了，霏伊，」他說，像某部好萊塢廉價電影的臺詞。隨而轉身。

「等一下！」

他停住腳步，轉身，手扒過頭髮，好奇地看我。

「什麼事？」

「嗯……沒事……」

他再次轉身。開始走開。舉起酒瓶。

我沒有移動。我等待他再一次轉身。再看我最後一眼。揮手。急奔回來。再次吻我，好好吻我。我還記得他嘴唇的感覺。

✦

但他只是點了菸，踩著從容沉穩的腳步朝卡爾大道走去。然後左轉，消失了身影。

霏伊一手牽著茱莉安、一手推了臺空的購物推車，走在卡爾廣場的ＩＣＡ超市的走道裡。管家生病請假兩天，霏伊決定親手做晚餐給杰克一個驚喜。她最拿手的波隆那肉醬義大利麵。祕訣是要用上芹菜還有三種不同的洋蔥，然後好好熬煮一段時間。

年輕窮困那些年，她通常每星期一煮一大鍋，足以撐到星期四。她在推車裡放進紅洋蔥、黃洋蔥、珍珠洋蔥還有芹菜。

「我要推推車，」茱莉安說。

「妳確定妳推得動嗎？」

「可——以，」茱莉安說，一臉不耐煩。

「好吧寶貝。」

霏伊放手讓她推推車，摸摸她的頭髮，站在人來人往的超市裡細看女兒的臉。她好愛她，愛到有時覺得心臟都要爆炸了。

「覺得太重就跟我說，」她說，朝肉櫃走去打算買絞肉。

茱莉安推著購物車跟在後面。

她們經過一對老夫妻身邊，老先生正在幫大約同齡的老太太從架上拿罐頭。霏伊的目光離不開他們。他把罐頭遞給靠在助行器上的老太太。她拍拍他的手，手上的婚戒在日光燈照射下散發光澤。

霏伊想知道他們結婚多少年了。這就是她和杰克共同的未來嗎？她心中一直有幅相當清楚的畫面。一起變老、形影不離，一起發皺變弱。雖然現在他們正在經歷瓶頸，終究也是會走到這裡來。如果她現在上前詢問，她相信老夫婦一定可以告訴她他們一路走來經歷的低潮與難關。那些終於克服的難關。

茱莉安抬頭。

「妳為什麼在哭，媽咪？」

「因為這實在太甜蜜了。」

茱莉安滿臉不解。

「什麼太甜蜜？」

「看他……噢，沒事。」

老夫妻轉進另一條走道消失了。

霏伊拿齊最後幾樣原料，領著推推車的茱莉安走向結帳櫃檯。晚報標題大聲吹噓他們破解了簡單快速減重法的祕密。她拿起一份《快報》，然後最後一次確認東西都買齊了。她早已放棄果汁節食法，之後短短三天內減掉的體重就全部回來。還多加一點。

她挑了由一個年輕漂亮、動作快速有效率的女店員負責的收銀櫃檯。一個女人在輸送帶上放了一盒衛生棉條。店員拿起棉條掃描時，霏伊猛然想起自己月經遲到了。遲很多。她的月經兩星期前就該來了。她趕走腦中關於約翰．翟山提斯的任何想法。應該是果汁害的，不過她最好還是確認一下。

然後就輪到她們了。

「請問你們有賣……」她瞥一眼正盯著店門口一隻小型貴賓狗看的茱莉安。「驗孕棒?」

「在那邊的販賣機,」店員說,一邊用手指。

排在她後面的客人嘆氣、看著她走過去。她按鍵選擇醫藥用品,然後點選驗孕棒。茱莉安依然目不轉睛看著小狗。霏伊拿了兩盒回到櫃檯。

「總共四百八十九克朗,」店員掃描後說道。

霏伊拿出她的美國運通卡結了帳。

「不好意思,」她說,「請問妳知不知道……麥克斯今天是不是沒上班?」

店員眉毛一揚。她在微笑嗎?

「麥克斯被開除了。聽說是因爲他騷擾客人。」

「我知道了,」霏伊說。「謝謝妳。」

他抓緊茱莉安的手快步走出店門。

是杰克讓麥克斯丟了工作。她很確定。這應該表示他還很在乎她,是吧?雖然發生了這些事?

茱莉安拿起報紙,看了看頭版的圖片。

要是她眞的懷孕了會發生什麼事?杰克會有什麼反應?他倆初識時他曾說想要四個孩子。

但茱莉安出生後他似乎就沒興趣再添孩子了。他們甚至不曾討論過這件事。她自己又怎麼想？她想要更多孩子嗎？是的，她想。尤其是現在。爲茱莉安添個弟弟或妹妹或許正是他們需要的催化劑，讓他倆回到彼此身邊、終結眼前這不上不下的尷尬局面。

而且茱莉安會受益良多，有個小手足可以當她最好的朋友。她一直想要有個姊妹，一個盟友。

霏伊很快趕走這個想法。她早已學會關閉某些念頭，不讓自己胡思亂想。無能爲力的事情多想何益？

回到公寓後，茱莉安把報紙和外套扔在門廳地板上。霏伊把外套掛回掛鉤上，然後拎著購物袋走進廚房開始整裡。她從眼角看到茱莉安從房間走出來，手裡拿著 iPad 一屁股坐到沙發上，腳上還穿著靴子。

「先脫鞋再坐下，」霏伊說。

沒有回應。她放下鍋子走向客廳。她直接動手開始脫掉茱莉安又濕又髒的冬靴。

「我不想脫！」

茱莉安胡亂踢動，踢中沙發、在上頭留下骯髒的泥印。該死了，這下她得趕在杰克回家前拆下椅套清洗烘乾。她態度愈發強硬。連地毯都沾到泥巴了。

「我不要！我不要！我不要！」

茱莉安不斷尖叫、死命亂踢。

霏伊終於脫掉靴子、把茱莉安抱下沙發，但她立刻又躺回去，同時繼續嘶吼。霏伊回廚房拿來抹布。也許還來得及把泥巴擦掉。她不管茱莉安。幸好沙發上的印子擦掉了八九成，她接著彎下腰去對付地毯。茱莉安踢中她，她設法抓住她的腿。

「不可以這樣！」

「我可以！」

黑暗掩至。既陌生又熟悉。霏伊硬嚥下一口唾沫。拳頭幾次開合。

茱莉安應該也感受到不同了，因爲她現在只是瞪著霏伊，用鼻子大聲吸氣。

霏伊再次用抹布擦拭地毯。把頭髮往後撥開，轉開頭背對茱莉安。

「妳很肥，」茱莉安說。

霏伊轉身。

「妳說什麼？」

茱莉安挑釁地瞪著她。

「肥子。」她指著她。「妳是個肥子。」

霏伊朝她靠近一步。

「不，我不是。妳不可以說這種話！」

「是的，妳就是！爹地說的！」

「爹地說我很肥？」

她的聲音幾難聽聞。突然間她不知道能做什麼，只是無助地站在客廳中央。茱莉安似乎明白自己鬧過頭了，開始啜泣。

霏伊蹣跚踱開。她感覺天旋地轉。她甚至不知道自己身在何處。她聽到背後傳來茱莉安抽抽噎噎叫喚她的聲音。

她把自己鎖進浴室。她額頭頂著門，就這樣過了幾秒鐘。讓冰涼的木料舒緩她。她拿出驗孕棒。茱莉安站在浴室門外，邊敲門邊尖叫。霏伊把長褲與內褲拉下到腳踝處。她坐在馬桶上，用牙齒撕開包裝。她把驗孕棒握在雙腿之間，放鬆肌肉，讓溫暖尿液流過塑膠棒，也不管尿液噴濺到手指。門外的茱莉安開始嘶吼。

斯德哥爾摩，二〇〇一年八月

我坐在巴士上，看著外頭車流呼嘯而過。空氣溫暖潮濕。司機打開天窗讓空氣流通，但效果有限，我只感覺些許微風拂過肩頭。坐在我旁邊的豐腴女人留了一身汗，腿上還抱著一個哭嚎不止的孩子。

巴士經過休姆勒花園。我和杰克那晚走過。我在腦海中重播過一千遍那晚的情節。在那之後我只要有機會就往中國城去——克莉絲是這麼稱呼經濟學院與諾拉里爾高中之間的區域，暗自希望能遇到杰克。但他始終不曾現身。

除此之外，我人生第一次覺得日子如此刺激而充滿樂趣。課業部分倒容易，向來如此。打從上學以來，這一直是我的庇護所，一個我可以輕易勝任的場域。教授對我讚賞不已，課程趣味盎然。我過得再好不過。

課餘時間裡，克莉絲和我幾乎形影不離。我倆都不是特別需要用功的學生。不過克莉絲是因爲只求及格。我則是從小就有過目不忘的能力，任何課文多讀幾次就可以全部背起來。

維克多從我生活的主角降格成了龍套角色。我也說不出到底哪裡變了，但從我遇到杰克那晚後，我對維克多的感覺就開始轉淡。我保持距離。以不存在的考試爲藉口沒空跟他見面。我開始不接他的電話，事隔多日才回電。我一直拖延搬去和他一起住的事，直到他終於不再問起。

我的冷淡改變了維克多，讓他變得可悲而缺乏安全感。我愈冷淡，他就愈是著急而黏人。我們的關係氣數已盡，但他卻像溺水的人拚死命攀住我。他想到就打電話給我，送我禮物做出各種愛的宣言，不時問我在哪裡、正在做什麼。他突然開始詢問我的過去、我的家人、我認識他之前的人生。我拒絕回答。我能說什麼？我的冷漠與不願分享逼得他愈發絕望。我成了他極力想破解的密碼。他彷彿以爲只要解開密碼我就會重新愛上他。

這一切最糟糕的部分是：維克多根本沒有任何不對。他帥氣、善良、對生活有野心。他待我如公主。他忠誠而可靠——在斯德哥爾摩叢林裡這是何等罕見的特質。

但他不是杰克．阿德罕。我明白我必須跟他分手。我一直在拖延。但我不能再拖了。巴士終於抵達泰辛公園站時，我已經下定決心。我不想傷害他，但我必須停止這一切。

「不好意思，我要下車，」我說。

抱著孩子的女人吃力地站起來讓我過去。她看來疲倦而厭煩。她的層層肥肉在緊身白T底下清晰可見，從牛仔褲腰擠了出來。她懷裡的孩子鼻子底下掛著兩串葡萄似的鼻涕。老天。我永遠不要變成這種母親。我的孩子會很完美。杰克和我的孩子。我皺眉，爲自己厚臉皮的白日夢羞紅了臉。但這些日子以來我所有的夢都是關於杰克，不管是睡還是醒。我的生活早已沒有維克多的位子。

門咻一聲開了，豔陽霎時籠罩住我。維克多一如往常會在泰辛公園裡等我。我想像他從他的公寓走出來。開心期待，以為我們要一起去吃披薩，然後回家做愛。看電影，再做一次愛，然後一起睡著。但這一切都不會發生。

我理智上為他覺得難過，實則完全無感。我對杰克的渴望掩蓋過所有其他，讓我變得漠然。何況新版維克多只會惱怒我。他成長於小小的保護泡泡中，一切於他是如此理所當然。他的天眞是最早吸引我的特質，如今讓我無比厭煩。他對生活一無所知，而我卻知道太多。維克多根本不知道我是誰。或者，我是什麼。

他穿著丹寧襯衫和淺色卡其褲。他咧嘴笑開，傾身向前在我臉頰留下一吻。

「我好想妳，」他說，一邊摟住我。「妳用功過度了。想吃哪家披薩？瓦哈拉還是提多拉斯？」

「我有事想跟你談，」我說。「我們坐下說。」

我拉著他走向一張綠色長凳。維克多轉頭面對我，摘下他的太陽眼鏡。他小心翼翼地把眼鏡收進襯衫口袋裡。他目光閃躲。

「怎麼了？妳沒事吧？」他問道，彷彿眞的不知道我要說什麼。

不遠處有一群醉漢邊喝葡萄酒邊在玩地擲球。開心、喧鬧。

我聽得到自己口氣有點冷淡，於是努力假裝傷心。維克多眼神空洞地直視前方。

「嗯……是因為我做錯了什麼嗎？」

他不自在地挪了挪身子。不願迎上我的注視。吞口水。然後再吞一口。

「不，不是因爲你做的任何事。」

我突然不敢直視他，害怕藏不住自己的不屑。我轉開頭看那場「地擲球」賽。他們醉得太厲害了，球滿地亂滾，但他們還是開心歡呼。他們後方有個小女孩跌倒在碎石地上。她媽媽趕緊跑過去，爲她擦掉受傷膝蓋上的沙土，一把抱起她、摟緊她。

「有我可以改變的地方嗎？或許妳只是需要時間？」

他的聲音變得濃濁。他或許終於聽懂我的話，離落淚已經不遠。我舉目四望。他要眞的哭出來我就馬上站起來走開。我受不了人哭。我這輩子的眼淚都已經流光了。

「不。對不起，我已經不愛你了。」

「但我還很愛妳！和妳在一起是我這輩子最美好的事。妳是我認識最棒的人。」

他的手蓋在我的手上。搓揉、按摩。彷彿這樣就能讓我回心轉意。彷彿需要安慰的人是我不是他。

人們最大的問題，我突然明白，是他們總會把自己的悲傷投射在別人身上。試著要分享。他們以爲只因擁有同一種DNA，我們就一定也會對相同處境感到悲傷。但悲傷不會因爲分享而變得比較容易面對。事實恰恰相反。一切只會變得更沉重。而維克多甚至不知道什麼是眞正的悲傷。

「好，我知道了，」他說，點點頭。「但妳可不可以和我回家，我們好好談談？我無法忍受坐在這裡，旁邊有這們多人。讓我擁有最後一夜。就一夜。然後妳就可以從我生命中消失，我會毫無異議讓妳走。求求妳……」

他緊緊握住我的手、緊到我發疼。我知道我該說不。該告訴他這不會有何幫助。但這是最容易脫身的方法，於是我接受了。

走回他公寓的路上我有很多反悔的機會，但我想如果讓他一口氣把想說的都說盡，或許可以讓分手容易一些。在此同時我又想避免那些即將發生的尷尬對話，我不想聽到他的愛的宣言、他的指責抱怨。他需要答案，我卻無言以對。我只知道我的心已經另有所屬，我已經前進而他還留在原處。

一回到他的公寓，我立刻自願再次出門買披薩。今晚將是漫長的一夜，最好還是先填點肚子。維克多沒回應。他垂頭喪氣坐在床角，一言不發。

「我很快就回來，」我說，避開他哀怨的目光。

我從包包裡掏出皮夾，走出門。就讓他擁有最後一夜吧，然後我就自由了。

二十分鐘後，我回到公寓。我把披薩放在他一房公寓的餐桌上，而他始終用奇怪的眼神看著我。幾乎是勝利的目光。他坐在相同的位子，沒整理過的睡床一角，但他身邊有樣我認得的東西。我心跳漏拍。我的日記。維克多翻了我的包包。我的筆記本也在。我讀書時會隨手在上頭記筆記，最近則亂畫了一堆幼稚的塗鴉。杰克的名字框在愛心裡。我的名字後面加上他的姓。傻氣，可笑。但看在維克多眼裡顯然不然。

「我知道妳的底細了，」他冷靜說道。

他的話聲死板。他體內有什麼東西碎裂了。

「我知道妳是誰了。問題是，**他知道嗎……**」

他口中的「他」字聽來像是控訴。恐慌席捲我全身。不能有人知道。我的日記描述了我的前段人生。事實如果散布開來，一切都將變調。我必須再次承受我還是瑪蒂妲時承受的那些目光與指點。我將承受相同的羞辱。沒有人再會用相同的眼光看我。尤其是杰克。

「妳背叛了我。妳和杰克·阿德罕上床了。我有權告訴他。他知道我們的事嗎？他知道妳其實有男友嗎？」

我知道解釋無用。跟他辯解我們沒上過床只有過飛快的一吻並不會改變任何事。

維克多像頭受傷的動物，他黑暗的眼底充滿恨意與絕望。我明白他什麼事都做得出來，只要能報復我。爲他自己討公道。讓我也感受到他正在經歷的撕心裂肺之痛。他會公開我的眞實身分，對杰克也對全世界。我以霏伊身分存在的新生活就此終結。一切就此終結。

冰寒的冷漠取代恐慌。我曾經如此熟悉的感覺。奇異的平靜降臨。我明白自己別無選擇：我不能讓維克多阻撓我。

我迎上他的目光，滿心只有恨意。我付出了極高的代價才走到今天這一步，而他坐在那裡，彷彿是什麼天殺的正義使者。他對我一無所知，那些我必須承受的痛苦、那些我被迫去做的事、那些目睹之後就必須背負一輩子的景象。

但我不露痕跡。男人很單純。男人極易操縱，維克多自不例外。我曾經做過，也可以再做一次。

我靠著他坐下來。我握住他的手，輕聲對他說話，充滿暖意，用拇指一次次劃過他的手背。我感覺他放鬆下來，即便並不情願。

「你想怎麼做都可以。我瞭解。我瞭解你受了傷，心很痛。但眞的沒有背叛你，也不想我們在這種情況下分手。我們就照你說的吧，共度這最後一晚。一整夜，甚至明早。然後你想怎麼做就做吧。想報復我就去吧。告訴杰克一切。你有權這麼做。但在那之前我想和你共度這最後一夜。」

我感覺他開始軟化。他想要相信我。無法拒絕最後溫存的機會。我懂他。我懂男人。

我們吃了披薩，喝了兩瓶葡萄酒。我始終啜飲同一杯，大部分都是維克多喝掉的。我們在沙發上做愛。他用力而粗暴的幹我。我沒有阻止他。我閉上眼睛想像杰克。我在心中叫喚出他的臉，靈魂彷彿出竅，任由維克多一次次插入我體內，嗚咽著。完事後，他翻身背對我。我起床清洗，感受擦拭時下體傳來的疼痛。我回到房間時他已經睡著了。沉沉地睡著了。

我走到陽臺上點了菸。城市上方的夏日夜空閃閃爍爍，我依稀聽到話聲與音樂。抽完一根菸後，我又點了一根。我進房，看到維克多仰躺在床上，張開的嘴巴發出輕微鼾聲。我戳戳他。沒有反應。酒精與情緒風暴徹底榨乾了他的精力。我把點燃的菸放在靠近枕頭的床單上，然後眼看廉價的易燃布料著了火。一開始只是悶燒，隨而竄出火光。

那股冰寒的冷漠開始褪去。恐慌蔓延，在我兩側太陽穴無情捶打。我轉身快步離開。門關起來那刻，我瞥見整張床與窗簾都燃起了火光。

✦

走進外頭的夏夜時，我感覺快吐了。微笑人群離我太近、談笑話聲震耳欲聾。我抓緊包包。我再次自由了，我的日記平安回到了我手中。

驗孕棒出現兩條線。我體內有個小小的胚胎，一條新生命。半個杰克。他一直想要兒子，一個繼承人。也許她終於能為他做到了。

霏伊坐在廚房桌邊，手輕撫過腹部，什麼事也做不了。她想起自己已經好幾小時不曾進食了。做好的肉醬原封不動擱置在爐子上，因為杰克還沒回家。她沒有理由不吃了。肚裡的孩子需要營養才能成長。她站起來，走向爐子。她用手指插入肉醬。還是溫的。她盛了一些義大利麵到盤中再淋上滿滿醬汁，站在中島旁吃光一整盤。她閉上眼睛咀嚼食物，感覺營養與慰藉感蔓延散開，身體終於放鬆下來。進食的感覺太美好了，淚水湧入她的眼眶。

等孩子生下來再擔心體重吧。眼前最重要的事是攝取足夠供給兩人的營養。

和上回一樣，她分娩後立刻就會開始運動，但這回她還打算一停止哺乳就要進行嚴格的節食計畫。她不會陷入凡事以寶寶為重的模式裡，杰克與他們的婚姻才是第一優先。他們的兒子會是嶄新的開始，對他們婚姻而言、也對她身為女人與妻子而言。

她又盛了一盤，端到餐桌上。

一小時後公寓大門開了。霏伊滿滿期待之情。她出聲喊他，他探頭看廚房。霏伊站起來走向他。她知道他眉心那道憂慮紋馬上就會消失了。

「我有好消息要跟告訴你，親愛的，」她說。「來，先坐下。」

杰克嘆氣。「我真的很累，可不可以等……」

「不可以。跟我來。」

霏伊不能等。

他揚眉，但還是在廚房桌前坐下了。她忽視他的無奈表情，知道自己接著要說的話一定能振奮他。

「什麼事？」

霏伊對他微笑。

「我懷孕了，親愛的。我們就要有另一個孩子了。」

他的表情並沒有改變。

「說不定是男孩，」她說。「你一直想要個兒子。」

霏伊輕撫小腹，再次微笑。他一直很喜歡她的微笑，說她的微笑充滿感染力。但他只是疲憊地用手揉臉。

「怎麼了？」霏伊說。

她喉頭的硬塊回來了。

「現在不是好時機，霏伊。我不要另一個孩子。」

「你是什麼意思？」

他怎麼了？爲什麼沒有很開心？

「我只是覺得有茱莉安就夠了。」

「但是……」

她的聲音細微到幾難聽聞。她不認得杰克的眼神。

「時機不對，我很抱歉，但妳得去……嗯，妳知道的……」

霏伊搖搖頭。

「你要……你要我去墮胎？」

杰克點頭。「我知道這事很煩人，但時機眞的不對。」

她想衝過去，搖晃他。但她知道這都是她的錯。她沒讓他先做好心理準備。他需要時間接受事實。

杰克站起來。

「好嗎？」他說。

霏伊嚥下硬塊。他爲她和茱莉安做了麼多。她眞的有權利要求更多嗎？

「嗯，我瞭解，」她說。

杰克的表情軟化了。他靠過來在她額頭一吻。

「我要去睡了，」他說。

他開始往臥房走去，突然又停下腳步回頭。

「我明天打電話給我的醫生。這事得儘快處理。」

臥房門關了。霏伊倏地跳起來。她衝進浴室、掀開馬桶蓋。義大利麵與肉醬從胃裡一湧而上，番茄的酸味裡混合了苦澀的膽汁。她按下沖水鈕，然後把頭靠在冰冷的陶瓷表面上，讓眼淚湧上來。

斯德哥爾摩／巴賽隆納，二〇〇一年九月

我沉沉睡了足足二十四小時，後來才讓尖銳的電話鈴聲叫醒。是艾科索。我聽到他用破碎的聲音告訴我，維克多在睡夢中被香菸未熄引發的大火燒死了。眼淚湧上，我哭到全身顫抖不止。

我被迫做了我做的事，我別無選擇，但代價如此高昂。

掛掉電話後，我躺在床上、雙臂環抱膝蓋，專心呼吸。吸，吐。

維克多的話聲依然在我耳中迴盪。「**我知道妳是誰了。問題是，他知道嗎……**」維克多不可能為我保守祕密。他活著，霏伊就得死。

幾天後，窗外開始落下豆大雨滴。終於解放了。雨水終於洗去像條濕毯般籠罩斯德哥爾摩的窒息熱氣。

克莉絲出城去了。她父母邀她前去他們在馬約卡島的度假公寓同住，我在斯德哥爾摩再次落單。我送了簡訊告知他維克多的死訊，她立刻表示要趕回來陪我。但我跟她保證我沒事。

我埋頭在微觀經濟學、宏觀經濟學、統計學、財務分析裡。大學是唯一要務。掌握課業，成績拔尖。這一切全在我，沒人能為我擔起任何工作。而且我已經下定決心。我要為自己創造

一個全新的生活。經營事業、旅行搭商務艙、賺取遠超過需要的金錢、有一個帥氣的丈夫（杰克）和乖巧的孩子；我將擁有房子和公寓，全都位在我曾讀過或在電影上看過的精彩城市裡。

我全都想要。我全都會得到。

我的電話正放在床頭充電，此時突然響了。應該是克莉絲，打電話來跟我報告她的西班牙探險記最新發展。我躺到床上，接起之前先瞥了眼螢幕。是一個我的手機不認得的號碼。

「哈囉？」

「嗨！」

「請問哪位？」我說，雖然我一下就認出了這個聲音。

「我是杰克，杰克・阿德罕。」

我閉上眼睛，不想聽起來太熱切。

「噢，嗨……」我猶疑道。

「妳在忙嗎？」

他聽起來很興奮。很開心。我聽到背景裡有音樂聲。

「一點也不。有什麼事嗎？」

我努力維持若無其事的口氣，翻過來仰躺在床上。

「我想問妳想不想去哪走走。今晚。我得離翰里克遠一點。」

「好啊。要約哪家酒吧？」

「酒吧？不，我是說去遠一點的地方。」

我笑出來。他瘋了。

「去遠一點的地方？」

「是的，去幾天。星期天再回來。打包幾件換洗衣物，我在中央車站等妳。我們去巴賽隆納。」

「好。」我發現自己屏住呼吸。

「妳要來？」他有些意外。

「是的。」

「那我們三十分鐘後見。」

我掛上電話，不是很清楚自己答應了什麼。我跳下床，開始打包行李。

飛機降落時我們都已經喝醉了。我們在阿蘭達機場就開始喝，飛越歐洲大陸時調酒更是一杯接著一杯。我們排隊等計程車花了點時間，但也順利上了車。我不時傻笑、腳步有些不穩，卻非常清楚感受血液正急速竄過我全身上下的每條血管與毛細管。

「**加泰隆尼亞飯店，por favor。**」我們坐進後座後杰克對司機說道。「**Est en el Born, lo conoce usted？**」

車子啟動，而我感覺杰克的手放在我大腿上，灼燒我的皮膚。

「我不知道你會說西班牙文。」

「妳不知道的關於我的事可多了，」杰克對我眨眼道。

他的手沿著我的大腿往上，我全身血液霎時全部竄往胯部。

「那是什麼樣的飯店？」

「妳不會失望的。」

我微笑，轉開頭。杰克怎麼可能會讓我失望呢？

漆黑的九月夜晚燠熱而潮濕。人們穿著夏季服裝走在路上，尋找涼爽的歇腳處、晚餐、友伴。我搖下車窗，享受夜風吹拂我的臉。我需要冷靜一下。

我唯一一次離開瑞典是去了丹麥，全家一起的開車旅行。但那次假期最後提早結束了。我現在不想想起那件事。我讓吹過我的臉的夜風一起帶走那些記憶，告訴自己我可以用新記憶取代舊記憶。我們身上的每個細胞都可以更新、都會被取代。記憶一定也可以。

「我喜歡這個城市。妳會發現的，在這裡呼吸變得容易多了，」杰克說著閉上了眼睛。

他長長的深色睫毛襯著他的臉頰有如扇子。

「你來過？」

他睜開眼睛看著我，閃亮的街燈與霓虹招牌映在他深藍色的眼瞳裡。

「兩次。」

我想問他那兩次是不是和這次一樣。問他是否曾坐在另一輛計程車上，帶著未曾出口的承諾把手放在另一個女孩的大腿上。也許這是杰克．阿德罕的標準手法。也許他正對我使出他的慣用誘惑伎倆？但這不重要。和杰克在這座城市共度三天，前景誘人，不值得浪費在無謂的嫉妒與胡思亂想上。我在這裡。杰克的手在我的大腿上。

我們轉進一條大道，停紅燈，然後進入城市如畫般的一角。街道愈發窄仄，橡膠車胎吱嘎駛過鵝卵石路。我們停下來讓路給來向車輛。我的腋下汗濕了，但我閉上眼睛，讓聲音充滿我。笑聲、餐具碰撞、熱情專注的談話、音樂。到處都是酒吧、餐館、咖啡廳。哈希什菸的甜美氣味。

我想握住杰克的手、捏捏它，然後望進他眼底告訴他，他有多棒、我有多高興和他一起在這裡。但我已經下定決心不主動踏出這一步。不強求任何進展。

「到了，」杰克說。

外色外牆，玻璃大門，上頭是斗大字母排出飯店名字：Hotel Catalonia Born。一個年輕的門僮急急上前，繞到側面爲我打開車門。

「Gracias，」我道謝微笑。下車那一刻我就已經想念起杰克手的溫度。

「妳學得很快，」杰克付車資時說道。

門僮提起我們的行李，我們走進飯店，杰克開始用簡略的西班牙語和櫃檯接待員溝通。他終究放棄改用英文。我們填寫了一些表格，交出我們的護照。影印機隆隆輾過，護照回到我們手中。

「都好了，」杰克說。

接待員召喚等在一旁的門僮，我們跟隨他進了電梯來到五樓。我走進房間，發現杰克爲我們訂了套房。我從沒見過這樣的房間。

「太棒了，」我說，我想故作世故的意圖霎時拋到九霄雲外。「天啊，這裡可以裝下十間我的小公寓！」

寬敞的房間中央有一組沙發，沙發正對面是超大型平面電視，一旁則有酒類一應俱全的飲料推車。對外牆壁由全景窗取而代之，數哩之內的城市美景盡收眼底。

我拉開蓋住陽臺門的厚重窗簾，開門走出去。城市燈火在我下方閃閃熠熠。聲音與氣味往上飄送。熱氣有如柔軟的天鵝絨。附近公寓傳來吉他樂聲。海洋漆黑無盡，擁抱海岸線靜躺在前方。

「妳覺得如何？」杰克問。

他在我身後停下腳步，用雙臂環住我，頭靠在我肩膀上。「我不知該怎麼說，」我應道，轉身直視他的眼睛。我想撲向他、親吻他、脫光我倆身上的衣服、跨坐在他身上感覺他充滿我。

「我認識飯店老闆，」杰克說。

「瑞典人？」

「是的。我們不必付任何費用。」

「你在開玩笑吧？」

「我從不開錢的玩笑，」杰克說。「出去吃點東西吧？」

我們出飯店後往左走。我的鞋跟一直卡進鵝卵石裡，腳步有些不穩。杰克扶住我的手臂。離開飯店前我補過妝，換了內衣褲再穿上一條黑裙。我感到美麗。我不需要擔心杰克想不想要我。他不時用飢渴的眼光看我。一部分的我想要提議跳過外出覓食、直接留在飯店房間大幹一場。但我對這城市的好奇心還是戰勝了。

街角站著好幾群人。粗啞的笑聲在小巷裡迴盪。一名穿著足球衫的黑眼男子朝我們靠過來。

「哈希什？」

杰克討價還價一番。男人以手勢溝通。他們很快成交，杰克遞過去幾張紙鈔換來一個小包裹。他打開包裝，拿出一坨棕色的東西。

「聞聞看。」

我閉上眼睛，吸一口那香甜的氣味。我從沒抽過哈希什菸。事實上我從沒試過比香菸或酒精更強烈的東西。但這裡是巴賽隆納，和杰克一起，一切感覺如此自然。杰克就是我的麻藥，一種想讓我嚐遍世上各種麻藥的麻藥。

他小心翼翼地把東西包回去，塞進牛仔褲口袋裡。音樂愈來愈大聲，我們來到一處廣場。

餐桌椅沿著建築外側排開，人們抽菸、喝酒、用餐。

「這裡好嗎？」他指指廣場。

「當然，」我說。我忙著讓自己浸淫在周遭氛圍中，無暇做任何關於用餐地點的決定。

我們挑了張桌子坐下。一個穿著白襯衫黑領結的侍者走上前來。杰克點了塔帕斯。他喝啤酒，我要了莫希多調酒。

我們的酒來了。杰克探身，從我的酒杯裡挑走一片薄荷葉放進嘴裡。

「告訴我，妳是什麼樣的人，霏伊？」

「你的問題得再問清楚一點。」

「妳樣樣得天獨厚。漂亮、酒量好得像男生，而根據我的消息來源，妳是這一屆最聰明的學生。翰里克說要邀妳一起加入我們的創業計畫。妳一定有哪裡不對。妳是不是男人假扮的？還是妳有腳掌外翻的問題？」

他靠過來假裝要往桌下看。

我笑了，踢他一腳。桌子一陣搖晃，他也跟著一起笑開。

「而且妳還很有幽默感。妳高興來到這裡嗎？」他問。

他神色一正。有些嚴肅，還有一絲看似缺乏安全感的表情。他的一雙藍眼直視我，看進我眼底。我不禁顫抖，移開目光。我不能讓他知道我有多爲他瘋狂，還不能。像杰克這樣的男人須得要自己爭鬥獵捕，才會覺得值得。否則他們只會在得手後消失無蹤。

我也很清楚不能讓他知道瑪蒂妲的事。但這不是問題。隨著日子一天天過去，關於過去的記憶也漸漸褪散。現在只剩瑟巴斯欽偶爾還會出現在我夢裡，但頻率也愈來愈低了。

「城市本身是不錯，但遊伴還有改善空間，」我說，以挑釁眼神看著他。

「是這樣嗎？」

杰克把玩他的啤酒杯，看著我咧嘴笑開。

「所以說妳的男朋友呢？」他好奇問道。

我看到維克多躺在床上，床單燃起火光。

「結束了，」我簡短道。

杰克不曾見過他，不清楚任何細節。我也不想多做解釋。

燭光在杰克眼裡閃爍。

侍者端來一盤風乾火腿與薄片三角形起司。我用手拿起一片火腿，感覺油膩但入口即化。

「我喜歡在這裡。我不曾來過西班牙。」

「妳去過哪些地方？」

「丹麥。還有費耶巴卡。」

「妳就是從那裡來的？」

「是的，費耶巴卡。不是丹麥。」

我回想起那趟丹麥之旅。樂高樂園。不出意料以災難收場。

「那裡如何？」

「恰恰是這裡的相反，」我說，指指廣場。「空蕩的街道，想出門只有唯一去處。每一個人都知道每一個人的每一件事。」

「妳父母還住那嗎？兄弟姊妹呢？」

杰克伸手拿火腿，目光不曾離開我。

我腦中浮現瑟巴斯欽的臉。鼻青臉腫，那可怕的一晚。

我嚥了幾口唾沫。

「我父母都過世了，我是獨生女。」

侍者送來更多食物。馬鈴薯塊、大蒜油漬蝦、橄欖、番茄醬汁肉丸。

我舉起酒杯。蘭姆酒燒灼我的喉嚨。這杯莫希多酒精成分很高。完全不像司徒爾廣場那些昂貴又吝嗇的調酒。我發現自己看來或許有些消沉。我努力想控制表情，但從斯德哥爾摩就開始攝取的酒精卻讓事情變得不太容易。我點了根菸爭取時間。

「我將來想跟妳一起去那裡。」

杰克沒有追問我剛剛的話。我為此更愛他了。

「不，你不會想的。」

「會的，我會。我當然會。我喜歡認識新地方。能認識愈多地方愈好。」

還有女人，我暗想。我沒說話。

「我有朋友以前都去費耶巴卡過暑假。感覺是個好地方，」他說，拿了塊白麵包沾大蒜蝦油。

「那你的祕密又是什麼，杰克？」我改變話題道。

我再啜飲幾口莫希多。天上的星星似乎離我們更近了。

「我爸是個酒鬼兼賭鬼，」他很快說道。他撕下更多麵包去沾大蒜油。「他是個他媽的魯蛇，把繼承來的家產敗掉大半。敗家子。但他剝奪不了我的姓。確實，我的姓氏為我帶來很多機會。但我該謝的是我家族的其他成員和祖先。」

「我完全不知道。」

「這不是你會拿來印在名片上的事。知道這些的人不多。有人問起我就說他住在國外。這樣比較容易。但這在斯德哥爾摩上流圈圈不是祕密。大家都知道我老子的事。」

「你母親呢？」

「她再婚了。她的新婚丈夫也是個混帳，但至少是個清醒的混帳。她挑男人的品味顯然不怎麼樣。也許這就是看身家挑男人必然的結果吧。他們住在瑞士。我十六歲就離家了。我伯父卡爾安排我住進他名下的公寓，每月給我生活費支付水電與食物，條件是我必須上大學。」

「兄弟姊妹呢？」

「沒有，我是獨生子，跟妳一樣。」

杰克用手扒過頭髮，但瀏海很快又落回原位。一個男人挨桌賣玫瑰花束。杰克搖搖頭，他便往下一桌去了。

「妳很好聊，」杰克說。「這些事我通常不會主動談起。」

「好巧。我也在想一樣的事。不知道是爲什麼？」

這是謊言。我有太多事沒有告訴杰克了。

「也許我們其實很像。」杰克點了菸，深深吸了一口。「其他人或許不瞭解妳我有多孤獨。」

我被杰克以孤獨形容自己的事實懾住了。我看到的杰克總是讓人們圍繞著。

「我們怎麼相像？」我好奇問道。

他認爲我們相像。我幾乎反應不過來。

「我們喜歡人，但只到一定程度。我們清楚他們的遊戲。我們跟著玩，假裝自己和他們一樣，假裝快樂。但事實是，我們……」他不語，專注看著我。「霏伊，妳是個浪漫的人。妳以爲沒有人看得出來。妳故作冷淡，假裝漠然。但妳想要妳的世界更豐富，更美麗。妳不會甘於平凡乏味的人生。妳想攀頂，想擁有世界。妳有野心。所以妳才沒留在費耶巴卡，所以妳才會搬去斯德哥爾摩。這也是我們彼此吸引的原因。我們是一樣的人。飢渴。但妳的頂峰之路有一項阻礙：妳是女人，而這是個男人的世界。」

我想抗議，想告訴他你錯了。但內心深處我知道他是對的。於是我吞下抗議。只是點點頭，張嘴正要說話的時候卻讓侍者打斷了。他送來更多食物擺滿桌面。魷魚、炸香菇、海鮮飯、羊肉香腸、蛋黃醬。我的空酒杯被收走，換上一大杯紅酒，杰克則又要了一杯啤酒。我們享受滿桌美食，我突然發現自從走出我的公寓後我就不曾看過時間了。

吃飽後我們又坐了一小時。食物多到根本吃不完。我們喝酒，聊天。隨著時間分秒過去我就陷得更深更愛他。我的頭彷彿在旋轉。因爲酒精，也因爲這全新的感覺。飽食而滿足的肚腹沉甸甸的。我從不曾如此時此地這般快樂。星星已經進駐到我心中。

我吸一口菸，然後看著白煙冉冉上升夜空。

「明天我們去海灘，」杰克說。「或者妳想在飯店頂樓的泳池游泳就好？」

「到時再看吧。」

我無法選擇。我都想要。

「妳說得對。我們到時再看。」

他結帳，帶我走回飯店。窄巷裡的人變少了。我故意在鵝卵石上踉蹌幾步，製造理由靠在他身上。

回到我們的套房時，我才想起還沒看過臥房。我推開門，調亮燈光。和客廳一樣，通往陽臺的牆壁換成了全景窗。牆上掛著現代風格的畫作。兩張皮革扶手椅。還有一張巨大的床。玻璃牆前有一座老式浴缸，底座是四隻鍍金獅爪。

「杰克！我們房間裡有浴缸！」我大叫。「你看！」

他出現在我後方。

「我知道。有一天我的家也會有一樣的浴缸。」

「我也想，」我說。

「很好，那我們有共識了。」

「什麼共識？」

「關於我們家擺設的共識。」

我假裝沒聽到他的話。我對他還不夠瞭解，摸不透他的遊戲規則。我不知道他什麼時候是認真的、什麼時候又是在開玩笑。我不是那種上層特權階級出身的天真女孩，生活在高高圍起的柵門後方、習慣馬術場的環形跑道永遠耙整得平平順順。我知道生活不是永遠都有快樂結局的童話故事。但此刻，生活確實是童話故事。這對像我這種人來說已然足夠。

我走向浴缸，轉開水龍頭，感覺水溫。

「要試試浴缸嗎？」

「現在？」

「是的。」

我轉身背對他，從頭上脫掉我的上衣然後拉下拉鍊讓裙子落地。我還穿著高跟鞋。他的目光灼燒我的背後，而我享受這種掌控局面的感覺。我緩緩解開胸罩絆扣，脫掉內褲。我踢掉高跟鞋，身上終於什麼也不剩。我從鏡子反射中看到他站在那裡，無法動彈。一切由我主導了。

他落坐在床上，開始脫去鞋子與長褲，目光自始至終未曾離開我。我喜歡這種感覺，獨佔他。讓他受我操控。

「要過來了嗎？還是你需要幫忙？」

「我可能需要一點幫忙，」他說。

我緩緩轉身，感覺酒氣衝上腦門。我走向他，爲他拉掉T恤和長褲。他有副健美的身軀。肌肉勻稱、膚色古銅。他雙臂與胸膛的肌肉在皮膚底下起伏。我站在他面前，然後屈膝跪地，直視他的雙眼。他傾身向前，試圖吻我，但我轉開頭，拉住他的內褲。他抬高身子讓我脫掉它。他的陰莖昂然挺立。我彎腰，用嘴巴包住他。一秒，兩秒，三秒。我始終注視著他。然後我突然仰頭鬆開。

「先洗澡，」我說，挑逗他，朝浴缸走去。

他站起來跟隨我。浴缸半滿，水溫適中、微微散發氯味。然後我感覺他的手碰觸我的上臂，緊緊抓住、幾乎太過用力。他拉著我走過房間，回到床邊。他讓我站在床腳，然後一把推倒我，我面朝下趴倒在床上。我扭動臀部，讓他知道我和他一樣急切、知道我是掌控他的人。他進入我，我倒抽一口氣。半秒的疼痛。但他很小心，給我時間。我撐起四肢趴跪在床上，他開始緩緩深入我體內。陽臺門開著，外頭的音樂與笑語聲傳了進來。車子喇叭聲。這些聲響僅只隱約穿透我耳中的轟鳴。我感覺他的雙手抓住我的腰，一次又一次戳刺我。老天，我好愛被他幹。

「用力，」我呻吟。「更用力！」

他一手放在我後頸，把我壓倒在枕頭上，照我說的做了。我全身顫動讓高潮快感竄布全身。片刻之後杰克大聲呻吟迎來他的高點。他趴倒，全身重量壓在我身上。我們就這樣躺了一會。靜靜的，消化我們剛剛經歷的猛烈激盪。

然後我們移向浴缸。杰克拿出那團哈希什捲成菸，我們躺在浴缸裡輪流抽。

「妳非常、非常、非常性感，」杰克說。

「你還算不錯，」我說。「在這種緊急狀況下。」

他朝我潑水，我尖叫，隨而轉成串串笑聲。

之後我們裸身鑽進被單底下。他用一隻手臂圈住我、把我摟得更近。他的手指滑過我的身體，但刻意避開我的胸部、臀部和陰部。每回似乎要往那些方向去，總是突然改向。我不耐起來。我的呼吸愈發沉重。局面不再由我控制了。我一陣頭暈目眩，明白自己把主控權讓給了他。我惶恐卻又興奮。

「晚安，我未來的妻子，」他低語道。

幾分鐘後我聽到輕柔的鼾聲響起。

我還想要。我把手放在他老二上，感覺它硬了起來，然後我鑽進被單裡含住它。他醒來，一把掀開被單。我不發一語跨騎到他身上，雙手放在他胸膛上、上身後仰。他雙手枕著頭，貪婪地看著我，同樣沒說話。

我再次高潮。我讓他射在我體內。

我翻身側躺。

「從此開始這才是我們互道晚安的方式，」我說。

✦

翰里克與阿麗思．貝延道爾的家位在利丁厄的戈夏格區，擁有自己的碼頭與海灘，看起來更像洛杉磯的豪宅。六百七十平方米*的房子裡從私人電影院、健身房、室內游泳池，到葡萄酒窖、撞球室、桌球室應有盡有，並至少有五間全套衛浴設備。寬敞的起居室天花板挑高十米，足以停上好幾輛大型卡車。

霏伊、翰里克、杰克、阿麗思在可以遠眺赫甘斯弗約登灣水景的餐廳享用燭光晚餐時，他們的孩子則在住家保姆陪伴下待在豪宅另一角。孩子們的房間位在離阿麗思與翰里克日常主要使用空間最遠的角落。

外頭正在颳風。潮浪拍岸，一波波朝他們襲來隨而又頹然退去。

阿麗思叫了外送，黎巴嫩佳餚排開在偌大餐桌上。霏伊瞥了一眼阿麗思。她穿了件紅色緊身洋裝，側面開衩正好讓所有人都可以看到她有如腳踏車架般突出的肋骨。她對滿桌美食視而不見，顧自啃著一片生菜葉。再不久她很可能拿著生菜葉光舔舔就好、甚至不吞下肚了。

霏伊品嚐前菜，喝著相對烈的阿瑪羅尼紅酒。她肚裡的孩子很快就會在金屬桶裡結束它短暫的生命。今晚稍後她將吞下從藥師那領來的第一顆藥丸。總共有兩顆。

---

* 約合兩百坪。

「還可以嗎？」阿麗思微笑問道。

她剛剛注視著霏伊吃下每一口食物。也許在腦中幫她計算卡洛里數、甚至開心地放在記分板上對照自己的負數總分。

「很棒，」霏伊說。「黎巴嫩菜是個好選擇。」

杰克發出笑聲。

「黎巴嫩還是別的都一樣，只要放到妳面前都會被妳吃光光，」他說。「妳全都照單全收。」

霏伊低頭看餐盤。這就是她丈夫眼中的她嗎？一個狼吞虎嚥照單全收的女人？

翰里克朝她靠過來。

「妳最近怎麼樣？」他說。「妳好久沒來公司看我們了。」

「我是想最好別去打擾你們。你們這麼忙。」

「也是，事情眞的很多。不過還是很歡迎妳來。」

「謝了，翰里克，我還是讓你倆自己照顧自己就好了。」

曾幾何時他倆竟聽起來如此陌生？像兩個不熟的朋友勉強寒暄塡補空檔？她、杰克和翰里克曾經一起度過那麼多歡樂時光。討論認眞話題。她曾與他們平起平坐，偶爾甚至超越他們——她曾多次指出他們構想中的企業結構與財務工具上的缺失。到最後，杰克與翰里克建構康沛爾所依據的營運模式大半出自霏伊的構想。而今她卻自覺像是被允許坐在大人桌的孩童。

「準備好出發了嗎，翰里克？計程車隨時會到。」

杰克站起來，擦擦嘴。他和翰里克跟幾個老友約好在市中心見面，叫了計程車順道送她和茱莉安回家。霏伊聽到茱莉安下樓的腳步聲。

「我還不想回家，」茱莉安說，滿臉乞求地看著杰克。「我想留在這裡。」

「好吧，那妳就和媽咪留在這裡。妳不介意吧，阿麗思？」

霏伊咬唇。她期待著回家換上舒服衣服蜷曲在沙發上，用一瓶紅酒淹沒對明天的憂慮。

「一點也不，孩子們樂得有伴，」阿麗思說。

一如往常，阿麗思和杰克說話時臉色明顯亮起來，勝過她看著自己丈夫時。

「很好，」杰克說，茱莉安快跑回樓上。

霏伊和阿麗思送她們的丈夫到門口。

「祝你們玩得開心囉，」阿麗思說，在翰里克唇上輕輕一吻。

「保母明天早上九點到，」霏伊說。

「瞭解。好，再見，」杰克說，轉身離去。

她們一起把髒碗盤放進洗碗機，剩菜收進冰箱裡。

「剩下就留著吧，管家明天會處理。」

她又拿了一瓶紅酒，兩人在景觀窗前的沙發上安頓下來。

「你們明天有事嗎？」阿麗思問。

「去看個醫生，就這樣。」

「不是什麼嚴重的問題吧？」

「不，不是什麼嚴重的問題。」

「不過杰克還眞體貼，陪妳一起去。」

霏伊含糊帶過。

阿麗思，一雙無辜大眼和一身完美皮膚的阿麗思。她對自己生活滿意嗎？她對什麼事物感到熱情嗎？霏伊懶得再繞圈圈說話了。她倆都被關進了黃金鳥籠。像一對孔雀。雖然霏伊近來自覺更像赫托爾耶廣場上那些髒兮兮的鴿子。長了翅膀的耗子，克莉絲常嫌惡地這麼形容它們。

霏伊不想跟籠中鳥說話。她想跟一個眞正的人對話。她們各又喝了一杯紅酒。

阿麗思滔滔不絕講述一個關於她兒子卡爾在幼兒園的無聊故事。阿麗思生命中除了翰里克與孩子們之外還有別的嗎？除了她們的生活型態與隨之而來的社會地位之外？這一切的後面還有個眞人嗎？眞的感覺？眞的夢想？或者有問題的其實是霏伊？爲什麼無法滿足於此？有那麼多人夢想擁有像她一樣的生活。想買什麼就買、不必工作、成功、擁有漂亮的孩子、應邀出席Louis Vuitton 的新店開幕酒會、隨時可以買下要價超過一般瑞典人單月薪資的設計師包包。

「如果沒有遇到翰里克，妳會做什麼？」她問。

「什麼意思？」

「妳會從事什麼工作？」

阿麗思想了很久。彷彿這是一個她從沒想過的問題。最後她終於聳聳肩。

「室內設計吧，我想。我喜歡把家布置得漂漂亮亮的。」

「那妳爲什麼不做？」

阿麗思甚至沒有設計自己家的室內裝潢。他們把事情全權交給一個設計過許多利丁厄豪宅的熱門設計師。

阿麗思再次聳肩。

「這樣孩子誰來照顧？」

霏伊睜大眼睛環視起居室。

「跟現在正在照顧他們的同一人。妳的住家保姆！不過，老實說，妳有沒有夢想過做其他的事？做妳眞正想做的事，除了孩子與翰里克以外的事？做妳自己？」

她喝醉了，她知道，但她停不下來。她想拉開阿麗思黃金鳥籠的門，哪怕只有一下子也好。她倆雖然過著看似相同的生活，但兩人的差異何其巨大。她受過足以獨當一面的良好教育，現在的生活型態是她和杰克理性討論過的結果，因爲他們都認爲這是對他們的家庭最好的選擇。她不像阿麗思，事事都得仰賴她的丈夫。

霏伊又喝了幾口酒。這孩子至少可以得到好一場宿醉作爲離別禮物。

她喉頭升起硬塊，咳了一聲。

「我是在做自己沒錯，」阿麗思說。「我不想改變任何事。」

她沾溼雙唇。她確實很像童話故事裡的人物。她的孔雀羽毛閃閃發亮。

「妳非常非常漂亮，」霏伊說。

「謝謝。」

阿麗思轉頭面對她微笑，但霏伊還沒打算放過這個話題。

「一旦不美了，翰里克就不會再多看妳一眼——這個事實不會困擾妳嗎？我們能待在這房子裡全都是因爲我們的美麗？因爲我們值得炫耀？像洋娃娃一樣？喏，我以前還算值得炫耀。」

「不要再說了。妳明知事實並非如此。」

「是的，事實顯然就是如此。」

阿麗思沒有回應，只是遞出空酒杯請霏伊爲她倒酒。在阿麗思的世界裡葡萄酒的卡路里顯然不算數。

沉默降臨。霏伊嘆氣。房子深處傳來孩子們的喧鬧聲。

「妳知道我一直很嫉妒妳嗎？」阿麗思喃喃說道。

霏伊詫異地看著她。阿麗思的眼裡出現了某種嶄新的、悲傷的什麼。她終於得以一瞥眞正的阿麗思了嗎？

「不，」她說。「我完全不知道。」

「翰里克說到妳盡是好話，說妳是他見過最聰明的女人。妳聽得懂他們的對話，妳懂生意。妳想吃什麼就吃，妳喝啤酒，妳能惹他們笑。就是這一點——妳能讓翰里克笑——最讓我嫉妒。他……喏，他尊重妳。」

霏伊變換坐姿。她無法不想到，阿麗思說的都是已經不復存在的事了。她描述的是過去。她早已沒有值得她嫉妒的東西。沒有值得尊重的東西。有時她甚至不禁懷疑起來，過去那個她眞的存在過嗎？或者全都出自她自己的想像？

某些不受歡迎的記憶片段有時會不請自來浮現腦海。那些她需要杰克卻怎麼也聯絡不上他的時刻。有些記憶，比如說茱莉安出生那天，痛苦到她甚至不敢靠近。於是她壓抑這些記憶，然後原諒。一次又一次。

霏伊在沙發上挪動身子，把酒杯放在一旁的茶几上。茱莉安跑進來詢問可不可以去泳池游泳。

「卡爾和莎嘉也要游嗎？」霏伊問，瞥了一眼阿麗思。

「要！」茱莉安強調道，用力點頭。

茱莉安離開後，阿麗思嘆了口氣。

「我知道翰里克娶我是爲了我的外表和背景。我沒那麼天眞。但他讓我快樂，也對我很好。我認識一些女人的處境還遠遠不如這。」她舉杯啜飲一口酒。「在這個該死的社會裡，女人甚至不被允許說出『想要被照顧』這樣的話。但這就是我想要的。我想要翰里克當我們的一家之主。我不在乎他偶爾出外打野食。」

她手一揮，差點把酒液潑灑在白沙發上。

霏伊的目光離不開她。

杰克說的那些關於翰里克的荒唐性事，她當初怎麼會覺得好笑？她從沒想過竟然知情。可憐的、美麗的阿麗思，放棄了她的權利。

「阿麗思，我……」她的良知在她兩鬢陣陣抽動。

「不必多說。我一直都知道。我想妳一定也知道。」阿麗思聳聳肩。「男人就是男人。但他總是會回來我身邊。睡在他身邊的是我，和他共進早餐的也是我。讓他陪著玩的是我們的孩子。我知道他愛我，以他自己的方式愛我。我是他孩子的母親。老實說，這對我來說早已不再是問題了……我已經習慣了。」

她望向窗外漆黑的海灣。

「這我永遠做不到，」霏伊說。

她肚子裡的暖意。杰克不像翰里克。她也不是阿麗思。

阿麗思轉頭正對她。

「但，霏伊，他……」

「不要說！」霏伊說，聲量大到讓阿麗思臉一抽。「我知道很多我們認識的男人都會偷腥。說起來女人也不在少數。如果妳可以接受，很好。但杰克和我是靈魂伴侶！我們一起建立了這麼多。如果妳敢暗示事實並非如此，我會毀了妳的一切！聽懂了嗎？」

阿麗思臉上的恐懼強迫霏伊控制自己的怒意。她不能讓阿麗思知道她是誰。她曾經是誰。

她站起來，身體劇烈搖晃了幾下。

「謝謝妳今晚的招待。我們要回家了。」

大門在她和茱莉安身後關上後，霏伊轉身，望進門邊的長窗。阿麗思還坐在沙發上，凝望著海灣。

斯德哥爾摩，二〇〇一年九月

坐在從阿蘭達機場駛出的計程車裡，我做好心理準備，或許杰克會就此消失，生活回歸正軌。快樂於我總是一點一點來。計程車朝斯德哥爾摩駛去，而我試著說服自己擁有過去幾天已經足夠。

北區市郊景色往後飛馳，杰克突然握住我的手。

「妳今天有什麼計畫？」

「我不知道，」我說。

我們經過亞瓦庫洛，計程車遇上市區車潮速度慢了下來。我不在乎塞車。恰恰相反。

「我也沒計畫。要不要一起去喝啤酒？」

我們去喝了啤酒。那晚我睡在杰克位在國王島區彭通亞許街的一房公寓裡。

隔天早上我們在床上一直待到午餐時間。聊天，看電影，做愛。到了下午我良心發現，把自己關在陽臺上做功課。巴賽隆納的週末固然美好，我還是有不少功課得趕上。

坐在沙發上看電視的杰克突然爆出驚呼。

「怎麼了？」我高喊，但他沒有回答。

我闔上書走進屋內。

杰克坐在螢幕前面動也不動。他的臉色異常蒼白。

CNN正在播出的畫面比我見過的任何場景都要駭人。飛機。爆炸的摩天大樓。直落百米的身影。人們跳樓。人們渾身血跡與粉塵在曼哈頓街頭茫然遊走。

「發生什麼事？」我無法置信地盯著螢幕。

杰克抬頭看我，眼裡有淚。

「一架飛機撞進世貿大樓。一開始大家以爲是意外，但突然又一架飛機撞上另一幢大樓。還有更多飛機遭到狹持。看起來應該是恐怖攻擊。」

「恐怖攻擊？」

「是的。」

新聞攝影棚內狀況混亂而困惑。我們彷彿被催眠坐在電視機前，感官因過度刺激而完全麻痺。恐慌，未知，徹底的無可預期。

杰克站起來鎖住前門，拿來一瓶威士忌與兩個酒杯。高樓一幢接著一幢倒下時，我們啜泣出聲。那悲涼與荒蕪、那麼多死亡。與我們的快樂恰成對比。

突然間我明白我必須靠近杰克，必須感覺他的力量、知道他可以保護我。我的傷疤在他手中安全無虞，他不知道傷疤在那裡，但也無所謂了。他的存在安撫了我。彷彿他自身的傷疤與我的相遇密合了。

我倏然明白一九四〇年代的嬰兒潮是怎麼回事了。男人女人在危機時刻尋求慰藉，深深受到本能、原始而基本的反應驅使。生育繁衍的保障，物種存續的基礎。

我拿來遙控器，按下靜音鍵。

杰克詫異地看著我。

「怎麼……」

我的眼神讓他沉默下來。我拉著他站起來，開始動手脫他衣服，一次一件，直到他完全赤裸站在我面前。然後換他爲我脫衣。我倆倒在沙發上。他進入我體內那一刹那我驀地充滿安全感。世上唯一重要的事就是躺在他身下、他的陰莖在我體內。像生命本身在我體內。我看到電視上的影像在我面前，在我視網膜上閃爍晃動。他們一次次重播一具具軀體從燃燒的高塔墜落的畫面。那些本應堅不可摧的巨大建築在煙塵火光中轟然塌陷。

我哭了。

但我需要更多。不夠。這有時令我我擔憂，彷彿永遠都不夠。

「更用力，」我說。

杰克停止動作。他沉重的呼吸平靜下來、漸趨無聲。透過薄薄的隔牆我們可以聽到鄰居正在收看相同的新聞節目。

「盡可能用力幹我，」我低語。「弄痛我。」

我感覺得到他的猶豫。

「爲什麼？」

「不要問，」我應道。「這是我現在需要的。」

杰克遲疑地望進我眼底，然後照我說的做了。他牢牢攫住我的臀部，用更強的力道戳刺進我體內。他的呼吸愈發沉重，拉扯我的頭髮。沒有保留、沒有任何溫柔的意圖。

我感到疼痛，但我歡迎疼痛。苦痛如此熟悉，彷彿覆蓋傷疤的乳膏。讓我感到安全。世界在燃燒，而苦痛是我的定錨。

九一一。

這日期在我生命中早有其地位。四年前的這一天爸因爲媽的謀殺案遭到逮補。離媽發現瑟巴斯欽在他衣櫥中上吊正好整整一年。

他死的時候我十五歲。也許我就是在那時變成了後來的我。也許我就是在那一天變成了霏伊。

杰克愈發猛烈衝刺，我可以感覺到他也在哭。我們在憂傷與苦痛中合而爲一，當他終於癱倒在我身上時，我知道我們剛剛分享了我倆都將永生不忘的一刻。

那天下午直到入夜，我們就這麼坐在沙發上，握著彼此的手，眼看世界陷入火海。

接下來一年是我一生中最美好的一年。我們在這一年內爲我們共同的生活打下基礎，建立杰克與我之間永遠的連結。

他告訴我他的童年故事。不安全感、爭吵、永遠處在捉襟見肘的窘境。沒有耶誕禮物的耶誕節。親友對他父親不是批評就是同情。他告訴我一切如何在他母親離去後逐漸瓦解。家中的物品一樣樣消失、賣了當了；不分時刻隨時都會有人找上門，有的討債、有的來找他父親喝酒。他告訴我他終於離家、把這些全拋在腦後的解脫感有多強烈。

我什麼也沒告訴他。杰克也從不提起關於我前半生的話題。他單純接受我在這世上孑然一身的事實。我覺得某方面來說他喜歡這樣。我是他的，只屬於他。我們只有彼此，他就是我的主角、我的英雄。

杰克和我沒課的時候常會在沆克弗卡街或中國城附近碰頭，有時就我們兩個，有時加上翰里克和克莉絲，我們談生活、談經濟、談政治、談夢想。我們是四個平等的個體，雖然克莉絲常覺得我們兩個是杰克和翰里克世界裡的女王。有時我會注意到杰克用嫉妒的眼神盯著我看，只因他不喜歡其他男人看我的目光。他也不喜歡我一個人去做自己的事，總是想知道我在哪裡、在做什麼。我覺得他吃醋的樣子很迷人。我想要他擁有我。我開始不獨自行動。克莉絲偶爾會抗議，但我們四人常常聚頭，所以其實也沒有太大差別。我不再穿迷你短裙和低胸上衣。除了和杰克獨處的時候。這種情況下他最愛我穿得愈緊愈短愈低胸愈好。

「妳和其他女人不一樣，」他常常這麼說。

我從不曾問他這句話的意思。我只是照單全收，他說我不一樣，那麼不一樣就是我想要的。

我們到處做愛。有時我們會相約在兩堂課之間見面，咯咯笑著閃進廁所、迫不及待扯掉彼此身上的衣物。我們做遍了斯德哥爾摩。中央圖書館、斯維亞大道上的麥當勞、克隆伯格公園、在空無一人的演講大廳，在司徒爾幫、東方餐廳和瑞胥餐廳，在深夜通往羅布斯坦角的無人地鐵車廂裡，在私人派對上，在翰里克父母的家裡和陽臺上。一天兩三次。杰克對我永不饜足。我的需要或許沒有這麼頻繁，但我們的性愛如此淋漓痛快，而且他讓我感覺自己是地球上最令人渴望的女人。他看我的眼神就足以讓我興奮起來、知道他有多渴望我。他不喜歡我說不、會變得急躁易怒，於是我從不說不。在我看來事情就是這麼簡單：只要他快樂，我就快樂。

✦

卡洛林斯卡醫院。電扇轉動發出單調的嗡嗡聲。坐墊下陷的絲絨沙發每回有人變換坐姿就會吱嘎作響。一記咳嗽聲在毫無裝飾的牆面上彈射迴響。

霏伊把玩手機，翻看她和杰克婚禮的照片。他們那曬成古銅色、充滿希望的臉龐。那些有型有款、容光煥發的賓客。《快報》派了攝影師，他從飯店房間陽臺拍了照片。她其實更想要小一點的婚禮。在瑞典辦。她甚至考慮公證結婚。但杰克堅持要在義大利舉辦大型婚禮。在科摩湖的豪宅裡。四百名賓客，她只認識其中少數人。陌生人對著面紗後的她拋飛吻恭喜她。

婚紗也是杰克挑的。絲綢與薄紗交織而成的蛋白糖霜幻想曲，Lars Wallin 專爲她設計訂製的。很美，卻不是她。如果讓她自己選，她會挑選更簡單的款式。但她在婚禮上走向杰克時，他看到她那一刻臉上的表情讓她很高興自己沒有違背他的希望。

她放下手機。杰克隨時會到了。他會一手扒過頭髮、坐下、伸出手臂攬住她，然後道歉說他來遲了，害她一個人坐在這裡孤零零等候。

「快樂悲傷我們都要一起過，」一如他在婚禮上說的美好誓言，美好到讓女性賓客全都紅了眼眶、羨慕地看著霏伊。

她是候診室裡年紀最大的女人，也是唯一身邊沒有男伴陪同的一個——除了一個看起來不到十六歲的少女是由母親陪伴。男友握住女友的手，愛憐地撫拍她們的手背、神色凝重地體貼低語。每個人都感覺到極度個人的隱私暴露在了公眾面前。每個人都想盡快獨處，盡快離開他人視線範圍，不再受人揣測。每隔一陣子就會有護士進來喊名。其他人目送她離去。

霏伊的名字被喊到了，她很快瞄了眼手機。依然沒有杰克的訊息。沒有漏接電話。她再次確定這裡收得到訊號。

她站起來，跟隨護士走進一個房間。她一邊回答基本問題，一邊納悶護士會不會認出她。但其實也無所謂。霏伊相信護士應該都立過誓、有義務保護病人隱私。

「等一下有人來接妳嗎？」護士問。

霏伊低頭看桌面。她沒由來覺得一陣窘。

「我先生會來接我。」

天花板的日光燈白晃晃地映照鋪了紙的檢查床。

「瞭解。有的人喜歡在走廊稍微繞一下，加快藥效也降低痛感。有什麼問題就找我，我會留意妳的狀況。」

「謝謝，」霏伊說。

她依然無法直視護士的眼睛。她要怎麼解釋自己一個人在這裡？連她自己都不知道爲什麼。

「妳昨天有吃藥嗎？」

「有。」

「很好。這是第二劑。」

裝在塑膠杯裡的藥丸和放在她肩上溫暖的手。她忍住趴在護士腿上大哭的衝動。她看都沒看，一口氣把藥丸倒進嘴裡。

「還有這些，」護士說，在她面前放了幾顆止痛藥。

霏伊一口吞下。她已經習慣了吞忍。

霏伊躺在一件狀似扶手椅的大型黃色家具上，眼睛盯著天花板。至少她不必躺在那張綠色檢查床上、也很感激有屏風爲她提供些許隱私。她們爲她套上一件尿布似的加墊褲，她感覺得到自己已經開始流血。超音波檢查時護士告訴她胚胎的週數，但她拒絕聽。她不想知道。

你在哪裡？她傳訊給杰克。

沒有回應。

一定有事。他會不會出了意外？她打電話給保母，詢問茱莉安的情況。

「她很好，我們正在看一部電影。」

「杰克呢？」霏伊故作輕鬆隨口問起。鮮血自她腿間汩汩流出，滲進尿褲裡。「他有打電話回家嗎？」

「沒有。我以爲他和妳在一起？」

她撥打翰里克的號碼。他也沒接電話。她腦袋裡出現各種想法。她想像兩個繃著臉的警察敲上她的門，很遺憾告知她杰克過世了。她該怎麼辦？似曾相識的感覺湧上。茱莉安出生時經歷過的相同焦慮。

茱莉安的預產期在六月初。整個懷孕期間杰克對她呵護有加，即便他未必有時間參與每次產檢與生產練習。康沛爾正處於擴展的關鍵時期，霏伊能理解公事必須優先：杰克決心要爲他們即將的三口之家建立更美好的未來。

陣痛開始的時候杰克人在辦公室。霏伊一開始並不明白產程已經開始，以爲這只是過去一個月不時出現的假性陣痛。但陣痛強度不斷增大，她甚至必須抓住廚房檯面以免癱倒在地。她痛彎了腰，不得不打電話給杰克。電話一直響，最後接通語音信箱。她猜想他正在開會，轉而傳訊要他立刻回家。她打電話給丹得瑞德醫院，院方要她儘快到院，但她不想自己一個人去。她一直想像是杰克送她上車，然後急得一路咒罵交通狀況、載著她趕往產科病房。趕往他倆和期待已久的孩子的第一次會面。

陣痛隨分秒過去愈發強烈，但她的手機始終不曾響起。杰克或翰里克都沒有回電或回覆訊息。到最後她只好打電話給克莉絲，請她過來陪她一起去醫院、在杰克趕到之前陪伴她。

克莉絲十五分鐘之內上氣不接下氣地現身，一身高跟鞋與豹紋外套裝扮。她半拖半架地把霏伊弄下樓，終於坐上計程車後，霏伊才想起自己忘了帶兩個月前就悉心準備好待命的生產包。她要求司機回頭，但克莉絲厲聲要司機不必理會霏伊、只管儘快趕往丹得瑞德。不管那裡頭有什麼，總是可以買得到，她說，一天到晚都有孩子在沒有那一長串所謂必備物品的情況下呱呱墜地。

克莉絲接下電話追殺杰克的任務，瘋狂地打電話、傳訊給他。計程車終於在醫院大門停下來時，她把手機扔進包包裡。

「他知道我們在哪裡，」她說。「他知道發生什麼事。我們現在只管趕在妳把孩子生在計程車裡之前送進產科病房，好嗎？」

霏伊茫然地點頭。痛感像巨浪席捲而至，她只能專心呼吸，此外完全無法聚焦。下車的時候，她幾乎感覺靈魂離開了身體，只是緊緊抓住克莉絲的手臂。走進醫院長廊時，她聽到克莉絲聲音彷彿自遠方傳來，吼叫指揮著院方人員。她之後可能得回來跟眾人道歉，但此刻克莉絲尖銳高亢的話聲是她唯一的慰藉來源。

茱莉安五小時後出生。五小時的劇痛讓霏伊在懼怕與嚮往死亡之間來回擺盪。克莉絲一直守在她身邊。爲她拭去額頭的汗水、要求止痛劑、吼叫助產士、爲她按摩後背、爲她換上病人袍並記錄陣痛時間。茱莉安終於出生時，是克莉絲剪斷臍帶、小心翼翼地把她抱給霏伊並確認她能吸到乳汁。這是霏伊唯一一次看到克莉絲落淚。

兩小時後，滿臉羞愧的杰克出現在醫院裡。他帶來霏伊僅見最大的玫瑰花束，一百朵完美的紅玫瑰，護士甚至找不到夠大的花瓶。他盯著自己的鞋子，瀏海掉落覆蓋額頭，霏伊感覺自己的怒意與失望一掃而空。

杰克喃喃解釋開會、手機沒電等等連串不幸的巧合。他似乎懊悔不已，霏伊不禁想到，究底而言他才是錯失一切的人。他錯過了世上最漂亮的寶寶的出生。

她動作輕柔地把茱莉安遞給他。她被裹在包巾裡，剛剛吃過子宮外的第一餐，心滿意足地吸著鼻子。杰克用力啜泣得肩膀不停抖動，但克莉絲雙手抱胸站在他旁邊。霏伊的目光很快從好友轉到丈夫身上，看著他把他們新生的女兒抱在懷中。他顯然很愛她。沒有人是完美的。

霏伊深呼吸，趕走回憶。她一直強迫自己壓抑這段往事，但眼前狀況恍如往事重演。雖然今天不會有孩子出生，取而代之的是一條生命即將離去。

她的腹部一緬，猛然緊縮。她咬唇，忍住哭叫。她必須堅強，爲了自己也爲茱莉安。杰克會以她爲榮。

她額頭發燙，汗水濕透身上衣物、緊貼皮膚。她聽到屏風另一邊傳來女人的啜泣聲。

「噓，噓，親愛的。沒事的。」

有人在安慰她，抱著她。

她的腹部開始絞痛。時間一秒一秒過去。絞痛緩解，她吐出長長一口氣。她明白自己剛剛原來一直在憋氣。她也想要有人在她身邊安撫她。再也忍不住孤身一人。她拿出手機打給克莉絲，哭泣，解釋自己在哪裡。管不了有人會聽到。又一陣絞痛來襲，她不住呻吟，緊抓手機到關節發白。

汗水沿著她的後背往下流。

「我馬上到，」克莉絲說，一如往常。

「眞的嗎？」霏伊抽氣。

「當然是眞的，親愛的。」

半小時後，克莉絲的高跟鞋喀喀踩踏聲迴盪長廊。她彎腰靠近霏伊，用她指甲修整漂亮的手拍撫霏伊的頭髮，從她的ＹＳＬ風琴包裡拿出紙巾爲她擦拭額頭汗水。

「對不起，」霏伊低語。「之前的事。」

「不必多想，親愛的，事情發生了就發生了。我們現在就是專心度過這關、離開這裡，好嗎？」

克莉絲的粗啞嗓音既實事求是也充滿同情，大大安撫了霏伊。克莉絲一直擁有這種能力。霏伊直到此刻才明白自己有多想念她。

她迎上她的目光。

「我愛妳。」

「我也愛妳，」克莉絲說。「茱莉安出生的時候我在妳身邊。我當然也會陪妳度過這段。」

霏伊痛得五官扭曲，捏住克莉絲的手。她今生見過最美的手。

一條生命漸漸自她體內流逝。她把臉頰緊緊貼在克莉絲的手上。

斯德哥爾摩，二〇〇三年二月

我們住在貝里桑拉的一間三房公寓裡。杰克伯父一個子女從國外返回瑞典，把公寓收了回去。新公寓位在地鐵紅線上，離市區不遠，感覺卻像另一個世界。鄰居有一般瑞典人也有移民家庭。愛聊而友善的媽媽們。有規矩而討人喜歡的孩子們。

杰克和翰里克都已經從斯德哥爾摩經濟學院畢業，翰里克成績頂尖、杰克則普普通通。但兩人都無意就業。他們竭盡所有時間精力籌備康沛爾。康沛爾將主攻電話營銷，其佣金型薪資結構比任何現有類似公司都激進敢給。動機、動機、動機，杰克常這麼說道。他最愛說的一句話是「飢餓的野狼是最好的獵人」，而我爲他們設計的營運模式正適合飢餓的野狼。尤其適合兩個野心勃勃爭取攀頂榮光的年輕人。

我們的客廳就是他們的辦公室。他們坐在一張大餐桌前並肩工作，坐的椅子則是我從垃圾房撿回來、卻對杰克宣稱是從我祖母那裡繼承來的。

我佩服他們強烈的熱忱，也深信他們會成功、一切都已經上軌道。因此，我那天下午回到公寓、發現杰克眼神空洞地坐在沙發上時才會那麼大感意外。

「怎麼了，親愛的？」我說，落坐在他身邊。

「我們錢花光了。翰里克的積蓄一毛不剩，我低聲下氣到處爭取資金卻全無下文。我們找不到任何投資人。我們總之不夠好。」

他雙手扒過頭髮。

「也許這也不是什麼天塌下來的大事。我們其實都找得到工作。翰里克提到要搬去倫敦找個金融圈的工作。也許這反倒是好事，放棄這些幼稚的夢想早早長大。我明天就去跟他說我不玩了，這是眼前最好的選擇。不如我也去倫敦，眞金白銀都在那裡。或者去紐約。華爾街。對，也許我該去華爾街。」

杰克這些話是想說服自己，我聽得出來他說的不是眞心話。他根本不想放棄夢想。但光是想到他可能會搬走、留下我一人，這念頭已足以令我陷入恐慌。

我甚至無法想像沒有杰克的日子。焦慮湧起。我嚥下反胃感，把我的手放在他的手上，盡可能口氣平靜地說道：

「這些想法又是從哪冒出來的？我以爲事情進行得很順利，昨晚睡前你倆還在電話上講得那麼起勁。」

「我們以爲我們找到了投資人，今天卻被告知他們沒有興趣。所以我們沒錢了，親愛的。我們現在全靠妳的獎學金和在咖啡館打工的收入維持最基本的開銷。我這個月連手機月費都繳不出來。」

世代的希望重重壓在他肩頭，失望深印在他臉上。他身負重任，矢言修補他父親造成的傷害、恢復家族榮譽。現在他卻打算放棄?

我用雙手捧住他的臉。

「不。我拒絕讓你放棄你的夢想。」

「妳沒聽到我說的嗎?我們需要錢,需要收入來源。妳還沒畢業……」

他轉頭直視我。他的雙眼深邃濕潤,像小狗的眼睛。杰克需要我,從來沒有人這樣需要我。

「我可以休學一年。」

「但妳這麼喜歡學校……」

藍眼凝視著我,我已經看到他眼底的希望火光。他抗議只是覺得自己必須抗議。

「我喜歡學校但是我更愛你。而且我知道你一定會成功,只要你有機會去做你想做的事。我們是一個團隊,你和我。杰克與霏伊。我們將征服世界,我們一直都是這麼說的。我可以晚一年畢業,長遠來看一年算得了什麼?」

我聳聳肩。

「妳眞的確定嗎?」杰克說,把我拉向他。

「我當然確定,」我笑著說。

快樂像汽水在我體內冒泡翻騰。我要送給他一份禮物,而他接受了,因爲他愛我。

「我知道你也會爲我做一樣的事。而且我對康沛爾有信心,我知道我們將會成爲億萬富翁。到時你就可以補償我了！」

「我會的！我的一切都是妳的，親愛的。我們的！」

他吻我，然後舉起我、把我抱進臥室。

一年沒什麼大不了，對康沛爾的存亡卻是一切。大學可以等。讀書對我來說輕而易舉，翰里克的好成績卻是他苦讀換來的。確實，我痛恨擦桌子端咖啡、還得讓那些以爲咖啡和糕點的價錢包括女侍在內的老男人捏屁股。但杰克是我的一生摯愛，我的靈魂伴侶。我們是彼此的支柱。下回就換杰克幫我了。

我當晚就告知經濟學院我的決定，然後打電話給瑪德蓮的老闆。他很高興。我知道他一直有擴張的想法，只是每天在咖啡館忙進忙出根本找不出時間。他當下在電話裡雇用我爲全職人事經理，月薪數字聽來高得讓我眼睛發亮。兩萬兩千克朗。我說好。

唯一反對我的決定的人是克莉絲。她面色凝重地出現在正要打烊的瑪德蓮。

「我們得談談，」她說。

她拖著我走過雨天的司徒爾廣場，進到一家酒吧。她對酒保彈指要了兩杯啤酒，然後推我坐進其中一個卡座裡。

「我知道這些不是妳想聽到的話，妳聽完很可能會氣我。說不定我們朋友就當到今晚爲止。但這話總得有人說出來！妳錯了！妳這一步眞的走錯了！」

我嘆氣。克莉絲怎麼能瞭解？她和翰里克之間遠遠比不上杰克和我擁有的。

「我知道妳是爲我想。但眼前沒有別的選擇。想要他們的夢想成眞，杰克就必須全神貫注在康沛爾上。」

「那妳自己的夢想呢？該死了，霏伊，杰克和翰里克要是有妳一半的頭腦，他們早就是億萬富翁了。」

「我只要有杰克在身邊就滿足了。他的夢想就是我的夢想。」

「妳是不是擔心如果妳不這麼做他就會離開妳？」

「不是。」

我幾乎想笑。這念頭太荒謬了。他說到倫敦和紐約確實讓我有些擔心，但他其實就是說說而已。杰克想跟我在一起一如我想跟他在一起。

克莉絲不耐地對酒保揮手、要他再送來兩杯啤酒。

「如果是這樣，他爲什麼不暫時擱置康沛爾的事、先自己打工一年存生活費？爲什麼得由妳犧牲學業來幫他？」

克莉絲用顫抖的手點了菸。

「眞他媽的有夠老套，」她咕噥道。

我伸手拿克莉絲的香菸。杰克不喜歡我抽菸，但我此刻我很想來一根。等下回家之前記得去買包薄荷口香糖就是。

「一年，克莉絲，就一年，然後我就會回學校。那時杰克和翰里克應該已經成功讓康沛爾上路了。」

我吹了一個完美的煙圈，正好圈住克莉絲的一臉懷疑。她放棄這個話題，但臉上表情卻再清楚不過說明她真正的想法。

六個月之後康沛爾正式成立，並即刻獲致空前成功。杰克與翰里克年輕的電話營銷團隊有如入侵大軍席捲瑞典。他們的銷售成績前無古人，很快就有無數公司排隊希望由康沛爾接手他們原有的電話行銷部門。錢如雨下。一年之後我們成了億萬富翁。

杰克和我都看不到我還有任何理由繼續學業。我們已經達成目標了。一起。在前景大好的情況下，我又何必回學校捱過一次又一次的考試？

上學是爲了成功，而我們已經成功了。未來如此光明燦爛，我甚至需要太陽眼鏡。

✦

危機愈來愈近。她顯然早該嗅到跡象，睜開她的眼睛。人說愛令人盲目，但霏伊很清楚，最令人盲目的莫過於愛的**幻夢**。

希望是何等強效的毒品。

她決定改變策略。與其像隻可憐兮兮的小狗坐在家裡等待杰克，不如給他時間和空間想念她。

離他的生日派對還有兩星期。派對籌劃人只告訴她何時該到場，另外就是衣著規定是「晚禮服」，就這樣。她以爲自己先生的生日派對還是由她主掌籌劃的時候，曾經考慮舉辦主題派對。「大亨小傳」或「54俱樂部」。但那顯然不是杰克想要的。有時她不禁懷疑自己會不會只是幻想自己懂他。這段日子以來只要事關杰克她就似乎事事都猜錯。

霏伊敲敲塔樓書房的門、聽到不耐的回應「什麼事」，推門走了進去。

她微笑，雖然杰克始終盯著電腦螢幕不曾抬頭。

「對不起，我不是故意打擾你。只是想跟你說我打算帶茱莉安離開幾天。」

他終於抬起頭來，一臉意外。他英俊的側臉映照在窗玻上。

「噢？」

「嗯。你最近這麼忙，而我……我想我沒什麼事。我在法爾斯特布*租了房子。」

她以為杰克會反對，他向來不喜歡她單獨行動。但出乎她意料的是他看來幾乎像是鬆了一口氣。

「好主意。經歷了那些，喏，不愉快的事，離開一陣子確實對妳有好處。」

他閃躲她的目光。墮胎當天他很晚才回到家，之後也只是簡單道歉說公司有急事。就這樣，沒有玫瑰，沒有眼淚。她再次吞忍，接受她無法改變的事實，即便這在她嘴裡留下了苦味。她上床睡覺的時候還感覺得到克莉絲的手貼在她頰上的涼意。

「你這麼覺得？」

她維持口氣平穩。向前看不要向後看。她可以挽回一切。她比杰克以為的堅強。她扮演弱者女人的角色太久了。因為那是杰克需要的。但她明瞭該是她拿回主控權的時候了。在杰克沒有留意的情況下。他不是那種願意接受指揮的男人。

「是的，當然，」杰克說，對她露出微笑。

他的臉看來更年輕、更放鬆了。她也安下心來。她走對方向了。他們只是需要分開一小段時間。

* Falsterbo：位於瑞典西南部的古城，隸屬斯科納省，是瑞典國民夏日度假的熱門地點。

「這是個好主意，去度過一段母女專屬的時光，」杰克說。口氣有些牽強，但她樂於接受來自他的任何善意。「女生之旅，或是看妳想怎麼稱呼這趟旅行。等茱莉安開始上學後就比較難有機會做這類的事了。」

他把玩手上的筆，若無其事問道：「妳打算去多久？」

「我在想就五晚吧。」

她朝他伸出一隻手，而他握住了。出乎她意料、也讓她鬆了口氣。

「你確定你可以？」

「當然可以！雖然我一定會想念妳們。」

她離去前拋給他一個飛吻。

「我們也會想你，」

她是說真的。她已經開始想念他了。

✦

E4公路上車不多，大部分都是大型連結卡車。

霏伊喜歡開車，而茱莉安看來也對這趟旅程充滿興奮之情。

「我們可以去游泳嗎？」她問。

「水應該會很冷。到時再看妳會不會覺得太冷。」外交辭令式的回答。水溫還要好幾個月才可能暖到讓人自願下水。

茱莉安埋頭看她的 iPad。霏伊超過一輛ＤＨＬ卡車，卡車司機以豔羨的眼神凝望著她的保時捷 Cayenne 休旅車。

手機響了。是杰克。

「一切還順利吧？」

他聽起來心情很好，霏伊不住微笑。她已經很久不曾在杰克口氣中聽到除了不耐煩以外的情緒了。

「爹地！」茱莉安喊道。

「哈囉，親愛的！怎麼樣，開心嗎？」

「開心！超開心！」茱莉安說，然後又回到 iPad 上。

「妳們到哪裡了？」

「我們剛過諾爾雪平，」霏伊說。「差不多該休息一下了，應該就找個有金色拱形的地方……」

「麥當勞！」茱莉安開心大叫。

瞞不了她。

杰克笑了，霏伊感覺那些不好的記憶一掃而空，像她小時候一口氣吹散的蒲公英。

他們掛了電話，她專心開車。還有好一段路要趕。
「媽咪，我想吐。」
霏伊瞥一眼茱莉安。她的臉色確實蒼白泛青。
「要不要試試看看窗外？我覺得妳想吐可能是因爲低頭看螢幕太久了。」
霏伊右手暫離方向盤摸了摸茱莉安的額頭。溫暖而潮濕。
「肚子餓嗎？妳腳邊的袋子裡有一顆蘋果。」
「我不餓。我想吐。」
「我們很快就到麥當勞了，如果妳想去的話。」
茱莉安沒說話，眼睛盯著前方路面。一下就沒事了，霏伊心想。
幾分鐘後茱莉安開始咳嗽，霏伊皺眉把車停在路肩。車剛停下茱莉安便噴射吐在前座置物箱上。
霏伊跳下車衝向副駕駛座。她把茱莉安抱下車、爲她撈起長髮，看著她無力地嗚咽然後又吐了一次。
溫暖的嘔吐物在結冰的草地上冒出騰騰蒸汽。
一輛卡車駛過，震動她們的休旅車。
霏伊扶著茱莉安坐回前座，清空一個袋子放在她大腿上。她在後車廂找到一捲廚房紙巾，大致擦掉車裡的嘔吐物。氣味令她作嘔、也完全不敢想像杰克聽到會有什麼反應。恐怕她還來不及眨眼車子就被他送進車廠徹底清理一番了。

「如果還想吐就吐在袋子裡。」

霏伊放下窗戶，用嘴巴呼吸。車子發動時的氣味可怕至極。惠妮．休士頓高唱〈我會永遠愛你〉。霏伊調低音量。她還是比較喜歡桃莉．巴頓唱的原版。

前進幾公里後，她把車駛進一處加油站。她把茱莉安在一張椅子上安頓好，買了消毒噴劑和抹布試圖進一步清理車內、一邊詛咒自己選擇開車南下的決定。

她們大可以搭飛機，然後在機場雇車前往。她爲什麼老愛把事情複雜化？杰克說得沒錯。她根本是個無用的廢物。身爲妻子或身爲母親都是。

她的好心情全部消失無蹤。

霏伊爲茱莉安買了香蕉，走回車上時一邊吃完，上車前順手把香蕉皮扔進垃圾桶裡。

「妳現在覺得怎麼樣，親愛的？」

「我想回家。求求妳，我們可以回家嗎？」

「妳乖乖睡一覺，起來就會覺得好多了。」

茱莉安累得無力抗議。她把頭靠在車門上，閉上了眼睛。霏伊一手放在她大腿上，再次開上公路。

離延雪平還有三十公里的時候，她終於聽膩了惠妮．休士頓。她眼睛看著前方道路，用手尋找手機好改放 podcast，摸索半天卻遍尋不著。她放慢速度，插進一輛紅色福斯 Golf 後方，往後伸長手臂抓來剛剛被她放到後座以免沾染嘔吐物的包包。車頭扭了一下。茱莉安發出一記嗚咽，虛弱地嘆息隨而又睡了回去。

霏伊停下搜尋動作。後座底下的冷空氣讓她不住打顫。她的手機不在那裡。她突然領悟手機可能在任何地方。在她們停車的路邊，或是在加油站。她嚥下一聲尖叫以免吵醒茱莉安。她雙手狠狠拍擊方向盤、滿心挫折。負責保管租屋鑰匙的鄰居電話和地址都在她手機裡。

霏伊下公路迴轉，回頭朝斯德哥爾摩駛去。年輕的她從不輕言放棄，但近年來她有過太多練習的機會。

瑪蒂妲從不放棄。但霏伊很清楚整個程序。

霏伊一手抱茱莉安一手提行李。電梯門關了，她拉上鐵柵。她看著鏡中的自己：黑眼圈、浮腫蒼白的皮膚、額頭與上唇布滿汗珠。臉上寫滿無奈與放棄。

茱莉安睜開眼睛。

「這裡是哪裡？」她睡意濃濃地問道。

「我們到家了，親愛的。妳身體不舒服，我們可以改天再去斯科納。」

茱莉安昏沉沉地微笑，點點頭。

「我好想睡覺，」她低語。

「我知道，小甜心。再一下下就可以躺回妳自己的床上了。」

電梯顛簸一下停住了。霏伊推開鐵柵，用腰臀頂住茱莉安。她的重量讓她的手臂發疼。茱莉安像隻小猴子似地用雙臂環住她。她不得不放下她好掏鑰匙時茱莉安口中還發出喃喃抗議。

杰克不喜歡她按門鈴打擾到他。

門終於開了，她們踉蹌進門。她用最後的力氣脫掉茱莉安的外套和靴子，抱她上床、親吻道晚安。然後她上塔樓查看杰克是不是還在工作。

書房沒人，裡頭感覺有些悶。她打開窗戶讓空氣流通，再用盆栽卡住以免窗子又關上。

杰克一定還在公司。她暗忖、鬆了一口氣，朝主臥走去打算沖澡換衣服。她很高興有機會在他回家前清理一下自己。她自覺像塊濕抹布，一點也不想讓他看到自己這副慘狀。

霏伊拉開臥房門，眼前的空間彷彿霎時充滿了水。她周遭的一切都靜止了。她唯一能聽到的只有自己的呼吸，以及耳中隨每秒過去愈發震耳欲聾的鈴聲。

杰克站在床腳，背對著她，全身赤裸。霏伊盯著他的背影。他右臀上熟悉的胎記。那胎記正隨著他的呻吟與臀部衝刺的動作前後晃動。他前方是一個趴跪在床上的女人，後背拱起，雙腿大張。

霏伊腿軟，伸手扶住門柱。

一切彷彿在慢動作中進行。所有聲音都像隔著層什麼，沉悶而遙遠。床邊散落一地衣物，彷彿剛剛被迫不及待地剝除。

她不知道自己在那裡站了多久才終於被發現。

也許是她不自覺溢出尖叫。杰克轉身，伊娃．藍朵夫徒勞地試圖以枕頭遮住赤裸的身體。

「搞什麼鬼，妳不是在斯科納嗎！」杰克大吼。「妳跑回來做什麼？」

霏伊試圖開口。他憑什麼生氣？生她的氣？她啞口無言站在原地。然後話語有如洪流爆發：茱莉安、她的手機、掉頭回家。她試圖解釋，試圖找藉口。杰克舉起一隻手，霏伊立刻住嘴。

杰克作勢要伊娃——他的生意夥伴——穿上衣服，自己則抓來浴袍。他做愛沒做到射精心情注定不好。他最討厭做愛被打斷。他向來宣稱受阻的高潮會堵塞在體內一整天。

杰克落坐在床角，以冰冷堅定的眼神看她。

「我要離婚，」他說。

她體內空氣霎時被抽光。

「不，」她說，緊抓住門框。「不，杰克。我原諒你。這件事我們不必再提起。你犯了一個錯，如此而已。我們挺得過去。」

這些字句在她腦中迴響。在她的兩個腦半球之間來回撞擊卻找不到落點。但她聽到自己把這些字句說出來了。所以她一定是說出來了。且眞心誠意。

杰克大搖其頭。他身後的伊娃已經穿上內衣，眼睛緊盯窗外。

杰克直視霏伊，從頭到腳打量她。她緊張地抓了抓頭髮，太清楚自己此刻的模樣。他繫緊浴袍的腰帶。

「這不是錯誤。我已經不愛妳了。我不想和妳住在一起。」

「我們挺得過去，」霏伊重複道。

她的雙腿幾乎撐不住她。眼淚沿著兩頰流下。她可以聽到自己話聲裡近乎絕望的焦急。

「妳沒聽到我說的嗎？我已經不愛妳了。我……我愛她。」

他朝伊娃點點頭。伊娃的視線從窗外移回霏伊身上。她身上依然只有內衣。銀灰的La Perla。她緊實的小腹、完美的乳房、男孩般細窄的腰臀在在嘲弄著霏伊。她是霏伊曾經卻已不再的一切。

霏伊雙膝落地。杰克不耐嘆氣，而伊娃原本戒慎的表情瞬時轉爲不屑。她膝下的木地板感覺如此堅硬。霏伊當初曾希望保留美麗的舊有地板，只需磨光上油就好，但杰克對她的建議嗤之以鼻。他們最後採用了全新義大利進口地板，每平方米要價數千克朗。但昂貴的全新地板和原來的舊地板同樣堅硬傷膝。對她的的羞辱亦毫無二致。

「求求你，」她哀求道。「再給我一次機會。我會改，我會努力做得更好。我知道我愈來愈不好相處，不夠大器……笨拙……愚蠢。但我會讓你快樂。求求你，杰克，再給我一次機會。你和茱莉安是我的全部。你們就是我的生命。」

霏伊試圖握住杰克的手，但是他抽開了。他滿臉嫌惡，而她能懂。她也覺得自己令人作嘔。

他走向伊娃。伊娃此刻雙腿交叉坐在床上。他以佔有者之姿站在她身邊，一手放在她裸露的肩上。伊娃把手放在他手上。他倆就這麼看著霏伊。依然跪在特別訂製的義大利地板上的霏伊。

杰克搖搖頭，口氣堅定至極地說道：

「都結束了。我要妳現在就離開。」

霏伊緩緩起身。她倒退走出臥房、目光怎麼也離不開杰克放在伊娃那裸露骨感的肩膀上的手。她直到退過了茱莉安緊閉的房門後才終於轉身。她知道她必須考慮女兒，必須做出決定，帶她走、不帶她走，說點什麼、什麼也不說。但茱莉安安全無虞，而她的大腦此刻唯一還能辨認的想法是她必須離開這裡。立刻馬上。

她帶著殘留在視網膜上杰克裸背站在伊娃腿間的影像，跌跌撞撞走出大門、任其在她身後砰地關上。她直到站在樓梯間才發現自己忘了穿鞋子。

霏伊坐在克莉絲公寓門外的地板上，渾身顫抖啜泣不止。

她設法招下一輛計程車。司機看到她的狀況時，只是一語不發地扶著她坐進後座。

她用力敲門，徒然期盼克莉絲能將她自這一切中拯救出來。然而無人應門。霏伊癱坐在地上，甚至不知道自己還有沒有站起來的力氣。

「霏伊？老天，發生什麼事了？」

終於。

霏伊抬頭，看到克莉絲小心翼翼地走向她。霏伊朝她伸出雙手，已然泣不成聲。

「救救我，」是她唯一吐得出來的三個字。

第二部

「妳怎麼確定是他……是他做的？」

「我現在不方便透露太多，」女警說，避開了霏伊的目光。

「求求妳，我已經失去了女兒。但如果這真是杰克……我是說，我們之間確實有許多問題，但我還是無法相信……這一定有什麼誤會……」

「我真的不能……」

女警很快四下張望。另一名警員去為霏伊張羅咖啡了。她壓低聲音說道：

「我們不只是在車上找到血跡。車子的導航系統顯示杰克曾深夜開車前往瓦騰湖。我們在船上找到很可能是茱莉安的微量血跡。」

霏伊點點頭，這動作扯動她臉上的傷口、讓她不住皺臉。這段對話有錄音，她知道他們不會透露任何他們還不準備公開的消息。他們希望她能和站在她面前這位目光充滿同情的女警形成某種相互信任的關係。他們希望取得她的合作。他們不知道他們根本不必跟她玩任何心理遊戲。她會合作的。杰克逃不掉的。

「我們能為妳打電話給什麼人嗎？妳想要誰過來嗎？」

霏伊搖搖頭。再次因為疼痛而皺眉。她在醫院處理過傷口，臉上縫了幾針。

「今天可能就到這裡為止。但我想我們稍後還會有更多問題需要妳的協助。」

「妳有我的手機號碼，」霏伊喃喃說道。

「牧師已經在路上了。妳如果想回家當然沒問題，只是我覺得妳目前或許不適合獨處。」

「牧師？」

霏伊沒聽懂女警的話。她為什麼需要牧師過來？

「嗯，像妳這樣……這樣承受巨大失落的人通常需要安慰，一個傾訴的對象。」

霏伊抬頭，迎上她的目光。

「妳是說，像這樣孩子遭到殺害的人？」

女警猶豫了一下，隨而說道：「是的。」

床上有動靜。有人坐了上來。霏伊睜開眼睛，正對上克莉絲的視線。克莉絲的目光擔憂卻也無比堅定。

「我愛妳，霏伊，但妳已經在這張床上躺了兩星期了。只要有人提起杰克或茱莉安妳就卯起來狂哭。妳不能再這樣下去了。」

她朝房門點點頭。

「從現在開始，妳想要什麼就得自己來找我。如果餓了，妳也得自己去廚房弄給自己吃。我不會再走進這間房間裡，就算妳發誓丹佐·華盛頓脫光光被綁在床上也一樣。」

隔天，霏伊腳步不穩地走進廚房，身上只有內褲和一件超脫樂團的T恤。

克莉絲手上端著一杯咖啡，面前桌上放著一本翻開的《Vanity Fair》雜誌。她從咖啡杯緣上方打量霏伊。

「冰箱裡有早餐。我要照我的琳賽·蘿涵飲食法吃。」

霏伊拉出椅子坐下。

「她都吃什麼?」

「咖啡、香菸、事後避孕藥。」

她露出嘲諷的微笑。

「妳自己找東西吃。我再一下就要去公司。要一起去嗎?」

霏伊搖搖頭。

「可能還是待在家裡好。看個電影，哭一下，好好自憐一番。我只是很高興妳終於從房間裡鑽出來了。那裡面已經開始有味道了。」

霏伊一手放在克莉絲手臂上，直視她的眼睛。

「謝謝妳，」她說。「爲了一切。爲了……嗯，妳懂的。」

「沒事。**克莉絲之家**竭誠歡迎您，愛待多久都行。前提是妳得定期洗澡。」

霏伊點點頭。這一點她辦得到。

霏伊感覺糟透了，幾乎像宿醉。克莉絲離開後，她躺在沙發上拿出手機打電話給杰克。一如她每天都做的那樣。理由顯然是她想跟茱莉安說話，但更可能是因爲她想聽到他的聲音。他的口氣一天比一天不耐煩，他們的對話也一天比一天簡短。幾乎像陌生人間的對話。

「什麼事？」他問得唐突。

「嗨，是我。」

「我有來電顯示。茱莉安不在家。她們剛剛出門上學去了。」

「她們？」

杰克清清喉嚨。她可以聽到背景裡的噪音與話聲。

「我今天沒空送茱莉安上學，事情太多。所以伊娃就開車送她去了。」

霏伊無法置信。不過兩星期，伊娃和杰克就已經扮演起幸福家庭。霏伊被取代了。換上更新款式。像隨便一個管家或保姆。

見不到茱莉安是折磨，但直到此刻她才痛入了心。之前她說服自己這樣對女兒最好，讓她待在熟悉的環境裡，暫時不要見到被悲傷擊垮的母親以免蒙受心理傷害。

「哈囉？」杰克說。

「我得過去拿幾樣東西，」霏伊說，勉強維持口氣正常。「我還想見茱莉安。」

「現在不是好時機。」

「不是什麼的好時機？」

「不是妳過來拿東西的好時機。這邊現在一片亂。我們……我買了房子。我們正在搬家。」

霏伊閉上眼睛。專心呼吸。她不能讓自己崩潰。

「你們要搬去哪裡？」

「戈夏格。離翰里克和阿麗思家不遠。這不在計畫中，不過我們……喏，我們在網路上看到一間很棒的房子。」

我們。他已經把他們說成是我們了。杰克與伊娃。從二〇〇一年起就只有杰克與霏伊，但現在他已經和別人組成了全新的我們。霏伊把手機拿遠遠的，不想聽下去。她曾經跟他求了好多年，希望能搬進有院子的房子裡、說對茱莉安比較好，但他就是不想。他喜歡住在市中心，離辦公室近。但他和伊娃顯然「在網路上看到一間很棒的房子」。就這樣。

「……妳把要的東西列表傳給我，我讓快遞送去。」

「好，」她咬牙應道。「那茱莉安呢？我必須見到她。」

「我眞心覺得最好是等到妳找到住的地方再說，不過算了。妳下星期可以過來，等我們搬好家之後，」他寬宏大量地宣布，結束了對話。

霏伊可以在腦中看到伊娃百般討好茱莉安的畫面，寵她、打扮她、縱容她，陪她看電影、爲她編頭髮。她說不定還是法式髮辮的專家。甚至還會編那種茱莉安一直想要、霏伊卻怎麼也學不會的反轉型法式髮辮。

而每一回閉上眼睛，她就會看到杰克與伊娃在她面前。有著完美雙唇與挺翹乳房的伊娃。杰克進入她體內，告訴她她有多麼美麗、在高潮時呻吟呼喊她的名字。

最大的諷刺是，伊娃．藍朵夫完完全全正是霏伊原本可能變成的模樣。是杰克說他想要一個可以在他需要時陪在他身邊的專職主婦。他的想法爲什麼變了呢？

畢竟是他改造了她，把她變成了不一樣的人。一個連她自己都認不出來的人。如果她不再是杰克．阿德罕的妻子，那她是誰？和杰克在一起的歲月裡，她一層一層地剝去除卻妻職以外的自己，如今已經什麼都不剩了。

✦

霏伊跟克莉絲借了車。她雙手抖得厲害，幾乎抓不住方向盤。她要見到茱莉安了。終於。往利丁厄的路上幾乎沒車。陽光耀眼，藍天中綴著點點白雲。她照著衛星導航指的路走，在一座小丘前停了下來。小丘頂上矗立著一幢宮殿般的巨大石造建築。一間很棒的房子。她長久以來夢想中的房子。

杰克的特斯拉停在車道上。一群男人正忙著從一輛大卡車上卸下紙箱。

她按下柵門外的門鈴、面向攝影機，幾秒後柵門終於伴隨低沉隆隆聲打開了。她駛上車道，把車停在卡車後方。

一個狀似工頭的禿頭男人對她吼叫、要她移車以免擋路。霏伊舉手致歉，照他說的做了。

茱莉安飛奔出來，霏伊解開安全帶跳下車。她摟緊女兒，嗅聞她的味道。眼淚刺痛她的眼皮內側，雖然她曾立誓今天絕對不哭。她無論如何都得咬牙強忍。

杰克從屋裡走出來。他穿著米色卡其褲，綠色毛衣上頭露出淺藍色的襯衫衣領。他似乎比以前還帥氣了。

「親愛的，我好想妳，」霏伊說，一邊親吻茱莉安的頭頂。「我得跟爹地說一下話。妳先去玩，我說完就去找妳，好嗎？」

茱莉安點點頭，在她臉頰一吻然後跑回屋內。

杰克冷冷地對霏伊微笑。她試圖在他臉上找到罪惡感的痕跡卻徒勞無功。一部分的她想抓花他的臉。另一部分的她卻想投進他懷中、把臉埋進他的毛衣裡。

「妳覺得如何？」他說，揮動手臂比了比背後的建築。太詭異了。他的態度如此落落大方若無其事。

「我們得談談，」她簡要指出。

腎上腺素竄流過她的身體，讓她不住微微前後搖晃。

「談什麼？」

「談發生的事。談……喏，這。」

「妳不可能不知道這是遲早的事吧？老天，我就不信妳能有多意外。」他嘆氣。「好吧，我想妳最好進來一下。」

他走在她前面領她進屋。門廳裡堆滿紙箱。兩個男人扛著一張沙發正要上樓。

「我們去那邊坐一下，」他說，帶她穿過客廳、走進一個有大片湖景的玻璃露臺。

霏伊落坐在一張她沒看過的椅子上。應該是伊娃從她家帶來的。或者是他們全都買新的。舊的不去，新的不來。太太和家具皆然。

「我需要錢，杰克。不多，夠我先安頓下來就可以。」

他低頭看自己的手，點點頭。

「當然。我會轉十萬克朗給妳。」

霏伊身子一顫，杰克意外地挑眉。

她看著他後方的湖水。冰層裂開了，正要開始融化。等夏天來了，茱莉安一定會很喜歡在這裡游泳。

「我需要買一間公寓。你也希望茱莉安輪到和我住的時候能住得舒服吧？」

「爲妳提供住宿不是我的責任。這事該由妳自己想辦法。不過當然，我知道我的女兒需要最基本的標準，就算她母親始終不曾把擁有自己的收入視爲要事。我會匯給妳足夠妳租下住處的錢。不過我建議妳去找份工作。」

霏伊咬牙咬到嘎吱作響。這樣低聲下氣來求他完全違背她的本性。但他們所有資產都在杰克名下，她沒有存款也沒有工作。而且她必須考量到茱莉安。母職戰勝驕傲。她必須先找個便宜的地方安頓下來，等離婚分產的錢拿到了再另作長遠打算。她不知道自己可以拿到多少，但她當然可以分到杰克全部資產還算像話的一部分吧？畢竟她在他取得如此鉅額財富的過程中功不可沒。他說過他的一切都是她的，說他的成功屬於他倆。杰克不可能突然就忘了這一切吧？

她看著他。他的頭髮比平常短了些。她回想他們初遇同住在柏什姆拉的公寓時，她總是在小廚房裡爲他剪頭髮。**不管我變得多有錢，我永遠都要妳為我剪頭髮，我好喜歡妳摸我頭髮的感覺**，他曾這麼說。另一個他沒守住的承諾。過去三年來他都是去斯德哥爾摩名流趨之若鶩的熱門髮廊瑪爾整理頭髮。

「我們要怎麼安排茱莉安的事？」她問。

「在妳安頓下來之前她就住在這裡，其他都免談。她和伊娃處得非常好，這點妳不必擔心。」

杰克露出心滿意足的微笑。窗外有些雁鵝沿著湖岸漫步徘徊。希望牠們拉很多屎，霏伊心想。

她把視線從雁鵝上收回來。

「你決定好了嗎？」她低聲問道。

「決定什麼？」

「關於她的事。這眞的就是你想要的嗎？」

杰克抓抓額頭。他盯著她看，彷彿幾乎聽不懂她的問題。

「還不夠明顯嗎？」他說。「我跟妳在一起並不快樂，霏伊。」

霏伊感覺胸前遭到一擊，彷彿他一刀刺進她肋骨之間。她想問他和伊娃．藍朶夫在一起多久了，但設法阻止自己開口。她的心臟一次只能挨一刀。

她倏地站起來，高聲叫喚茱莉安。

「下午六點以前帶她回來？」

「我會。」

茱莉安跑過來。霏伊牽起她的手走出屋子。離開的一路上，茱莉安滔滔不絕講起她的新房間。顯然她的新房間將會「比芭比公主的房間還漂亮」。

霏伊踩下油門。

幾星期過去。時間累積凝結成一團停滯的霧氣。每晚，霏伊借了克莉絲的車開往利丁厄，把車停在離那幢豪宅一小段距離的地方。她透過巨大的觀景窗從外窺探自己的生活，像部電影，唯一差別是霏伊不再扮演其中的主要角色。這也不再是她的生活。杰克與伊娃打開紙箱，享用葡萄酒、親吻、共進晚餐、歡笑。他們臥房裡有燭光閃爍，無疑是來自 Bibliothèque 品牌的香氛蠟燭。「非最貴不用」，杰克常常這麼玩笑道，但他其實是認真的。有時她也會看到茱莉安。總是獨自一人，或是由杰克雇用的全職住家保姆陪伴著。

她跟克莉絲說她開車在城裡四處兜兜，但知她甚深的好友怎可能不知道。憂傷不時沒頂，但霏伊告訴自己這終會過去。杰克是她的海洛英，她必須熬過戒斷症狀才能重生，痛苦也將隨時間淡去。一如從前。

她還隱約記得自己曾是家中最強悍的一員。這股力量一定還藏在她體內某處。杰克不可能連這都剝奪得了。

杰克打電話來時，霏伊正坐在克莉絲的廚房桌前。她深信他將要告訴她一切都是天大的錯誤、說他想要她回家團聚。或者過去幾星期只是一場漫長的惡夢。她會毫不猶豫地接受他回頭。她會快樂得像隻小狗。搖尾巴繞著他又叫又跳。

但杰克只是告知她必須淨身出戶，一毛錢都拿不到。

「婚前協議裡寫得很清楚，」他在長長的解釋後結論道。「妳自己簽的名。我知道應該沒有遺漏，但還是讓我的律師從頭檢視過一遍。答案是肯定的，協議完全有效。」

霏伊盡可能壓抑怒氣，卻仍聽得到自己聲音繃緊了。

「你和翰里克全力投入成立康沛爾的時候，是我放棄了經濟學院的學業打工養活你。這你記得吧？後來我說我想工作，也是你說沒必要、叫我不要費心。你跟我保證婚前協議只是形式，做給董事會看的。你說公司絕對少不了我一份。康沛爾的組織結構根本都是我的心血結晶！」

杰克沒說話。

「這是她的主意對吧？」她說。

「我不知道妳在說什麼。」

「是她，是伊娃不想要我拿到任何錢。你不覺得你羞辱我羞辱得很夠了？我一無所有，杰克。我的生活全毀了。」

「不必把伊娃扯進來。錢是我的，是我在妳閒閒在家當貴婦的時候辛苦賺來的。妳在瑞餐廳和妳的貴婦朋友享用那些午餐能帶來任何收入嗎？」杰克嗤之以鼻。「妳現在就是像正常人一樣乖乖出去找份工作。試著活在真實世界裡！這世界上大部分的人可沒機會像妳過去這幾年一樣，每天都過得像在度假。而妳在度假的時候我在做什麼？我拚了命工作養活我的家庭！」

霏伊強迫自己維持冷靜。吸氣，吐氣。拒絕相信他竟這麼輕易地畫下句點。那些他們共度的歲月。共同經歷的一切。

杰克打斷她的思緒。

「如果妳試圖跟我爭，我會擊垮妳。不要來打擾我和伊娃的生活。」

他掛斷電話後，霏伊坐在椅子上、手機握在手裡，久久沒有移動。然後，出乎她自己意料地，她發出一記怒吼。一記她許多許多年不曾聽到、來自另一段人生的原始嘶吼。此刻在四壁間反覆激盪，狂烈迴響。

終於停下來後，霏伊喘息不止。她猛地往後靠，享受堅硬椅背引發的疼痛。歡迎竄流體內的蒸騰怒氣。

她感到熟悉的黑暗自全身每個毛孔緩緩滲出。她曾經設法遺忘的黑暗。她曾經假裝黑暗不曾存在、不曾是她的一部分。但此刻，她一點一點地想起了自己是誰。自己曾經是誰。

這份恨意如此熟悉，如此撫慰人心。溫暖地包覆她，給予她目標、給予她最牢靠的立足點。她會讓杰克看到的。她會再站起來的。

✦

霏伊多年來第一次搭地鐵。她在奧斯特馬爾姆廣場站上車，一路搭到諾斯堡站*再回頭。她在地鐵中央站下車，漫步穿過賽格爾廣場。那裡的毒品交易依然生意興隆，一如她十三年前初到斯德哥爾摩時。

但斯德哥爾摩卻感覺如此不同。不再需要顧慮杰克怎麼想、怎麼以爲「有失身分」後，她發現這座城市還有好多地方等著她去探索發掘。三十二歲的霏伊感覺宛如重生。

她在標示奧洛夫．帕爾梅†遇刺身亡地點的牌誌附近穿過斯維亞大道。

少許不畏春寒的硬漢坐在教堂旁的戶外桌位抽菸、瑟縮著啜飲啤酒。窮鬼、失業者、流浪漢。人渣，杰克是這麼稱呼他們的。

霏伊推門走進去。酒保瞥見霏伊身上的昂貴大衣不住挑眉。杰克搬家時至少讓她拿回她所有衣物。

她點了啤酒，挑了角落桌位坐下。啤酒淡而無味。思緒在她腦中盤旋。她到底讓自己受盡多少屈辱？杰克說過的一切全是謊言嗎？伊娃．藍朶夫是唯一的一個，還是還有更多？那些她

---

* Norsborg：斯德哥爾摩地鐵紅線 T13 線終站。

† Olof Palme（1927-1986）：瑞典政治家，曾兩度出任瑞典首相。他在第二次任期內某晚看完電影返家路上遭到槍殺。此案懸而未破長達三十四年，瑞典警方終於在二〇二〇宣布破案，但槍手卻早在二〇〇〇年自殺身亡。

之前拒絕去想的事。但此刻她必須讓自己沉浸在那些思緒裡，餵養她的怒氣。當然還有其他人。她瞭解杰克。眞正的杰克。

她拿出手機找出阿麗思的號碼。

「有幾分鐘說話嗎？」阿麗思終於接聽後霏伊說道。

她聽出她的猶豫。

「我有幾個問題問妳，希望妳能誠實回答。」

「等一下……」

她背後的孩子哭聲變大了。阿麗思喊來保姆，關上門，哭鬧聲霎時變得模糊而遙遠。

「嗯，我在聽，」她說。

「伊娃的事我都知道了。我猜他們已經在一起好一陣子。我想知道到底多久，以及還有沒有其他人。」

「霏伊，我……」

「不必跟我扯那些廢話，阿麗思。我知道妳一直都知道。我不怪妳，也無意跟妳吵。我只想知道事實。」

阿麗思沉默良久。霏伊耐心等待。終於，阿麗思深吸一口氣。

「從我認識翰里克以來，杰克就一直背著妳亂搞。來者不拒，霏伊。只要還有一口氣在的杰克都搞上了。有時我幾乎忍不住想把眞相扔到妳臉上，把妳從高高的王座上扯下來。妳長久以來始終從高處冷眼評斷翰里克。還有我。但我從未對妳這麼做。因爲我知道這是什麼感受。」

阿麗思再度陷入沉默。想必清楚自己同時揭露了自己長久以來故作不在意的謊言。一個霏伊從未眞心相信過的謊言。

霏伊讓她的話緩緩滲進心裡。沒有她想像中的痛。她幾乎感到解脫。在內心最深處她其實一直都知道。

「很遺憾事實如此，」阿麗思試探道。

「沒事。我其實有預感。」

「妳不會跟杰克說我們談過吧？」

「我保證不說。」

「謝謝妳。」

「妳該離開翰里克，」霏伊以實事求是的乾澀口氣說道。「我們不該被扯到這些狗屁倒灶裡，任人踐踏剝削至此。遲早有一天妳也會醒來的。這雖然不是我的選擇，但我已經走出來了。一旦走出來，妳會明白外面的世界何其寬闊自由。」

「但我很快樂。」

「我本來也是。或者該說我以爲我是。但歲月不饒人，阿麗思。妳遲早都會走到我這一步來，妳心知肚明。」

霏伊沒等阿麗思回應便掛了電話。她知道她的朋友並沒有答案，也知道自己剛剛的話對阿麗思來說並非新聞。也許她每天都得和這些念頭抗爭上千回。但那是阿麗思的問題，不是她的。

她已經準備好要宣戰了。

霏伊清楚自己擁有最強大的武器就是她的性別。男人只因她是女性便低估她、物化她，假設她愚不可及。杰克毫無勝算。她比他聰明多了，一直都是這樣。是她允許他、允許自己忘了這個事實。

但她即將要提醒他。提醒他倆。

第一步，她要讓他相信事情一如往常——相信她依然是那個懦弱的霏伊、依然天真可笑地深愛著他。這是最簡單的部分。她扮演這個角色這麼多年，早已出神入化。

但她同時也將祕密建立自己的事業，累積資產最後一舉擊垮杰克。她還不知道自己要怎麼走到那裡，在那之前還有很多現實面的困難必須解決。首先，她得找到住的地方。她不能繼續倚賴克莉絲。她負擔不起留在市中心，但也不能離茱莉安的幼兒園太遠。此外她也得存下資金站穩腳步、更新金融市場知識並建立自己的人脈。有千百件事得做。在擊垮杰克之前還有千百個目標得達成。她滿心振奮、躍躍欲試。

「有紙筆嗎？」她問酒保。

他拿出一支筆放在吧檯上，然後指指一疊紙巾。霏伊列出待處理事項清單，然後打電話給杰克求和。她毫不猶疑。這不過是作戲，棋局的開場式。她必須先求停火才能重整旗鼓。

她軟化聲音，確定自己語帶脆弱。像他記憶中的她。

「我太傷心了，」她說。「所以才會對你態度這麼差。但我現在好多了，也能瞭解很多事情你都說得沒錯。你能原諒我嗎？」

她喝一口啤酒。這杯快喝完了，她比手勢要酒保再送來一杯。

「喏，我明瞭這一切對妳也不容易，」杰克口氣中帶著意外，故作寬宏大量。

新的一杯送到她面前桌上時，霏伊終於一口乾掉剩餘的啤酒。她用手指在浮泡上畫圈圈。回想起克莉絲在杯身凝結水霧上畫愛心那幕。

「確實是，但這不是理由。我會振作起來的。爲了茱莉安，也爲了你。你女兒的母親不該表現得這麼不得體，心心念念都在講錢。我不知道自己是怎麼了。我……我最近實在表現得很不像我自己。」

她陷入沉默，擔心自己會不會演過頭了。但杰克大概只聽得到她確認了他一直以來的想法：他是對的，錯的是她。

杰克想要視自己爲英雄，一個高貴的勝利者。她爲他雙手奉上再次確認自己形象的機會。一如他身邊的每一個人。

「沒事了。不過以後不要再……再那麼難搞就是了，」杰克說。

掛斷電話後，霏伊火速灌下第二杯啤酒隨而要了第三杯。再也沒有人出聲阻止她了。她咯咯失笑，停不下來。醉倒在酒精與自由的滋味裡。

✦

這幢紅色的兩層樓房建造於一九二〇年代，位在恩斯克德*一個質樸靜謐的住宅區裡。霏伊推開漆成綠色的柵門，穿過精心養護的花園，按下門鈴。

應門的女人有著高聳顴骨，一頭白髮梳攏在頭頂挽成圓髻，身穿黑色馬球領上衣。她腰桿挺得筆直，幾乎像軍人。她伸出一隻骨感的手。

「夏思汀．泰勒馬克。請進，」她說，往旁邊靠一步。

霏伊跟在她身後穿過一條掛著許多黑白相片的走廊，走進一個舒適的客廳。棕色壁紙上裝飾著許多古舊的風景畫與海洋主題的飾品。幾張略顯疲態的扶手椅和一張沙發沿牆擺放，角落裡矗立著一架古老的鋼琴。

「好迷人的客廳，」霏伊說道，真心誠意。

「老氣了點，」夏思汀語帶歉意，但霏伊看得出她很高興聽到她的讚美。「要喝咖啡

* Enskede：位於斯德哥爾摩南邊的一區。

嗎？」

霏伊搖搖頭。

「這樣的話……嗯，妳說是妳和妳女兒要一起入住？」

「是的。她叫做茱莉安，今年四歲。」

「離婚？」

霏伊點點頭。

「好聚好散那種？」

「不是。」

夏思汀挑眉。

「妳有工作嗎？」

「還沒有。我正在找。我……我讀過經濟學院。我只是需要一點時間站穩腳步。」

夏思汀站起來，帶霏伊參觀二樓。樓上空間隔成一個小一些的客廳和兩個房間。完美符合她的需求。

「月租五千克朗。」

「一言爲定。」

兩天後克莉絲幫忙她搬進紅房子裡。夏思汀雙手抱胸站在樓梯頂，看著她們抱著三箱物品入住。霏伊擁有的一切就裝在這三個箱子裡。她把她從公寓裡帶出來的衣物全部賣給卡爾大道上一家稍微體面一點的二手衣店，卻只換來一筆不大的款項。

她不再需要杰克給她任何東西。她要自己拿。這樣有趣多了。

克莉絲離開後，夏思汀敲敲房門。霏伊邊收拾衣服一邊請她進來，但夏思汀就站在門口。

「妳提到的女兒呢？她在哪裡？」

「在她爹地那裡。她這星期稍後會過來，」霏伊說，攤開舉起一件上衣。

「是他離開妳？」

「是的。」

「是誰的錯？」

「誰的錯？」

「總是有一方犯了錯。」

「這麼說的話是他的錯。他的老二有洞就鑽，是我蠢到看不到。」

霏伊脫口而出，意會過來時臉不住一皺。但夏思汀只是點點頭。

霏伊把衣服全部掛進衣櫥，吸過塵、鋪好床，然後一股腦躺上去、雙手枕在腦後。她必須儘快想辦法養活自己。第一步先求存活，付夏思汀房租、買食物和茱莉安會需要的東西。但這份工作時間必須有彈性，足以讓她同時發展創業計畫。她不能找份時時有人盯著她看的差事。

霏伊走到窗邊。一個五十多歲的金髮男子正在遛狗。一隻體型巨大、似乎名叫哈塞的羅得西亞脊背犬。狗兒往前衝、扯動拉繩，男人差點失去平衡。

霏伊若有所思地看著人狗走過。

夏思汀做了碎牛肉餅搭配馬鈴薯和肉汁。圓形餐桌上也擺了幾碟越橘果醬和醃黃瓜。

「好棒，」霏伊說。

「謝謝。」

夏思汀為霏伊盛了第二盤。

窗臺上有一張夏思汀年輕時的照片。照片裡的她棕髮剪成鮑伯頭，身穿白色短洋裝。她看到霏伊盯著照片看。

「六〇年代末期的倫敦。我在那裡給一戶人家當住家保姆，愛上了一個英國人，肯辛頓爵爺。一段美好的時光。」

「妳為什麼沒有留在倫敦？」

「因為肯辛頓爵爺的母親烏蘇拉夫人，她覺得獨子跑去跟個瑞典小保姆同居不是件得體的事。幾年後他娶了個名叫瑪麗的上流名媛。」

「眞悲哀，」霏伊說。

「事情就是這樣。我沒什麼好抱怨。」

「妳後來有結婚嗎？」

「噢，有的，嫁給阮納。」

夏思汀轉開頭。不自覺地拉弄衣領。

霏伊看著她，然後舉目四望。房間裡沒有任何阮納的照片。或是阮納和夏思汀的合照。

夏思汀哐噹一聲放下刀叉。她站起來離開房間，回來時手裡多了張照片。她把照片放在霏伊面前的桌上。照片裡是一個穿著白色短褲、裸著上身的男人，坐在一張日光浴躺椅上。

「阮納，」她說。「帕爾馬*，一九八一年。」

「眞好，」霏伊說。「失去這麼多年的伴侶一定很難熬。他過世幾年了？」

「過世？」夏思汀睜眼不解地看著她。「不，不。阮納還活著。那個王八蛋在索德馬爾姆一家養老院裡還賴著不死。」

「我不懂。」

「他三年前中風。」

「所以妳一個人住？」

夏思汀點點頭。

「是的，而且我一個人住得很開心，」她說，插起一塊馬鈴薯送進嘴裡。「又好又安靜。

* Palma：西班牙度假勝地馬約卡島的著名港都。

現在唯一打擾我平靜的就是想到他竟然還有一口氣。」
她看一眼相片，然後翻面讓它面朝下，說道：
「肉餅盡量吃。美食是修復靈魂的乳膏。」
霏伊點點頭接過盤子。這是她許多年來第一次眞正嚐到了食物的滋味。

✦

隔天早晨霏伊一早就醒來。走下嘎茲作響的階梯時，現煮咖啡的香氣迎面撲來。
夏思汀已經起床了。她正在讀《每日新聞報》，旁邊桌上則放著一份摺起來的《產業日報》。昨晚桌上那張阮納的照片已經不見蹤影。
「早安，」夏思汀說。「咖啡自己來。」
外頭天色還黑，雖然春天已經邁開了緩慢的腳步。霏伊坐下，拿起那份《產業日報》。她讀了社論，然後又讀了一篇評論文章。她翻頁，發現自己對上杰克那雙藍眼。她嚇一跳，短暫考慮繼續翻頁，但眼睛卻已經自動讀起標題。燃油。她的怒火需要燃油。
阿德罕否認股票上市傳言，標題是這麼寫的。
夏思汀一定是留意到她呼吸的力道改變了。因爲她從自己那份報紙裡抬起頭來看著霏伊。
「壞消息？」她問。

「沒，沒事。只是我以前認識的人。」

杰克指出康沛爾並沒有發行股票的計畫。不過他證實公司的財務主管伊娃．藍朵夫即將離開康沛爾轉往音樂巨擘 Musify 擔任新職。杰克表示這是公司與藍朵夫女士的共同決定，並祝福她事業發展順利。隻字未提兩人的同居現況。記者理應知情，但《產業日報》太正派，無意把個人八卦與正事混為一談。

他已經開始改造伊娃了，霏伊心想。下一步應該就是要她乾脆辭了工作。霏伊不確定自己怎麼想。她該幸災樂禍嗎？還是為她抱憾？從某個角度來說，她或許寧可相信伊娃就是比她好。更聰明、更強悍。但現在伊娃也開始自我降格。讓她看起來甚至更像杰克的小婊子，被他的財富與魅力收買了。

霏伊又從頭瀏覽一次全文才終於翻頁。她還不知道什麼消息對她有用，她還沒有明確的計畫。就目前來說，她就是盡量收集各種資訊。

「妳今天有什麼計畫？」夏思汀問。

「我想去散個步。妳知道附近有什麼可以讓我印傳單的地方嗎？」

「傳單？」

「我想先開始做點小生意。」

「噢？」

夏思汀放下報紙看著霏伊。

「嗯，狗狗保姆服務。我發現這附近幾乎人人養狗。我想我可以趁白天一邊遛狗一邊想清楚自己的下一步。簡單賺點輕鬆錢，然後再看看接下來要做什麼。這可以爲我爭取一點緩衝時間。」

夏思汀盯著她看，一會才又回到報紙上。

「可以試試達朗的圖書館，」她說。

霏伊印了二十張傳單張貼在恩斯克德幾個人多的地點。她想像阿麗思和她的朋友如果看到現在的她會有什麼反應。最令她開心的是她發現自己絲毫不在乎。她負擔不起健身房會費，但每天遛狗將爲她提供足以幫助減重的運動量。同時還可以賺錢，想要取得任何進展就迫切需要的錢。

只要她開口，克莉絲絕對毫不猶豫出借任何款項。但克莉絲做的已經夠多了。霏伊需要靠自己站起來，證實給她自己以及所有人看她確實做得到。這是多年來第一次她感覺自己準備好應戰了。她的過去第一次變成了助力，而非只是令她半夜爆冷汗驚醒、腦海中還深深印著瑟巴斯欽形影的惡夢。她拒絕想到她父親。她還控制得了自己這點。

她加快腳步，在一幢外牆漆成黃色的宅邸前方的路燈柱旁停下來，掏出剛剛在ＩＣＡ買來的膠帶。

兩個大約茱莉安年紀的女孩在宅邸前院的跳跳床上蹦蹦跳跳。歡笑夾雜呼喊聲。

霏伊站在那裡看著她們。

她們將會遭受多少次背叛？她們的夢想將會被碾碎多少次？等在她們前方的是一長串來自男人有意無意的無禮侮辱。遭到忽視排擠、被以貌取人、掙扎著想要融入團體、想要取悅所有人——這一切無止盡地羞辱每個世代、所有年紀、來自任何國家地區的女性。

她彷彿遭到雷擊。外頭有一群大軍正待解放。大部分的女人——不管她們多富有多成功——都曾經遭到男人背叛。大部分的人都有那麼一個前任，那個花心的混帳、那個花言巧語的渣男、那個騙子、那個捏碎她們的心還扔到地上踐踏的負心漢。那個男主管，把升遷機會給了資歷能力都不及妳的男同事。那些冷言評論，那些在公司耶誕派對上伸向妳的鹹豬手。大部分的女人身上都背負著戰傷。以各種形式存在的戰傷。

但她們保持沉默。咬緊牙根。寬宏大度，展現諒解與包容。在他沒有依約前來時安撫孩子們。在他吐出自以爲是的評論時爲他打圓場。繼續邀請他的父母出席孩子的生日派對，即便他們在離婚時完全站在他那邊、並且不停吹捧讚美兒子的新女伴。因爲這些都是女人該做的事。她們內化她們的憤怒。怒氣最終轉向自己。她們想都別想出聲抱怨或要求正義公理。好女孩不爭不搶。好女孩不吵不鬧。女人從小就受到這樣的教誨。女人包容一切、女人遇事圓融、女人在關係中擔負所有責任，女人忍氣吞聲、屈從再屈從，直到終於沒了自己。

霏伊當然不是世界上第一個被丈夫羞辱、被當作白癡對待、被更年輕的對象取代的女人。夠了，她想。團結就是力量，我們將不再保持沉默。

✦

霏伊的手機響個不停，她幾乎沒有機會進到屋裡。她當晚就接到另外四位飼主的電話詢問遛狗事宜。她的直覺是正確的，這個市場潛力無限。

她聽到樓下廚房傳來聲響。霏伊自願做晚餐，是夏思汀堅持由她來。但她至少同意讓霏伊支付兩千克朗作爲共同的食材雜貨開銷。這是她倆都能滿意的解決方法。

霏伊打開她的筆電，點出 Excel 做了一個簡單表格方便記錄接下來的日程。她隔天有兩個遛狗預約。她每小時收費一百二十克朗。日程表做好之後，她上網在自己名下登記了一家私人公司。她已經決定好公司名字了，就等她的小生意有朝一日成長茁壯成爲企業。

大雨直落，雨水鑽進她雨衣底下、四處竄流。霏伊不記得自己上回淋成落湯雞是什麼時候的事。佐洛和阿爾非不停扯動拉繩，絲毫不受雨勢影響。

一個月前如果有人告訴她、她將在滂沱大雨中和兩隻黃金獵犬度過生日，她一定會以爲對方瘋了。

但生命充滿意外。霏伊比任何人都清楚這點。

過去幾星期以來，她每日的活動內容徹底改變了。五點半起床，沖澡，吃水煮蛋加燻魚卵早餐，出門。每日兩趟遛狗已經飛增爲八趟，有些狗主甚至一天預約兩趟。夏思汀不介意她偶爾晚上收容幾隻狗狗。

霏伊打噴嚏。她滿心期待回家泡熱水澡。她每晚遛完最後一趟狗，回家後都會泡澡。

「好啦，男孩們，本日行程到此結束，」她說。天空雲層開始散去。

把狗兒交還給主人朗伯太太後，霏伊快步趕回家。她的腳很多年不曾這麼瘦過了。

她輕輕推開大門以免打擾夏思汀，這時候她通常已經回房安靜閱讀了。她輕手輕腳上樓。她推開浴室門，發現浴缸裡已經有熱水，洗臉臺上放著一束從花園裡剪下的鮮花插在水瓶裡。

夏思汀出現在她身後。

「謝謝妳，」霏伊低語。

「我想妳可能會需要，」她說。「有……我準備了一樣小東西要給妳。一個小禮物。在廚房桌上。」

「妳怎麼知道？」

「怎麼知道今天是妳生日？租賃契約上有。我老雖老，還不瞎。趕快去泡妳的熱水澡吧。」

霏伊從浴缸裡爬出來的時候感覺飢腸轆轆。她下樓，打開冰箱拿出幾個水煮蛋，切開後抹上魚卵醬。她坐在廚房桌前、脆麵包三明治放在盤子上，開始動手拆開那個綠色包裹。

是一雙黑色耐吉球鞋。

霏伊眼眶裡湧進淚水。

她穿上球鞋，在客廳裡走動。新鞋柔軟且完美合腳。她站在夏思汀臥房門口。門縫透光，她於是敲敲門。

夏思汀躺坐在床上，手裡拿著書。霏伊落坐在床角，抬起腳來讓她看看新鞋。

「我好喜歡——謝謝妳！」

夏思汀闔上書放在肚腹上。

「我跟妳說過我是怎麼認識阮納的嗎？」

霏伊搖搖頭。

「我是他的祕書。他已婚，比我大十歲。他是公司董事，非常富有，還有足以融化我的心的微笑。他帶我去吃豪華午餐，送我花，用甜言蜜語淹沒我。」

她暫停，一手撫平被單。

「我墜入愛河。他也是。最後，他離開他妻子，她帶著他們的小孩搬離家裡。我搬了進去。我辭了工作，整天就是打打網球、處理家務、照顧阮納。我們每年夏天都去旅行，西班牙、希臘。還有一年去了美國。四年過去了。五年。六年。我甚至不知道該對自己對他前妻做的事感到羞恥。我看到他怎麼對待她和他們的孩子，卻沒有勇氣提出異議。相反地，我甚至高興不必和他們分享他的關注。我說服自己他們活該，因爲他們從來不曾像我這樣愛他。」

她舔舔下唇。

「至於其他部分……那些算是慢慢出現的。那些黑暗與暴力。開始幾次我當作只是單獨事件。他總是有藉口，總是有辦法解釋一切，而我也樂於全盤接受。但漸漸地，頻率和強度都增加了。我無法脫身。不要問我爲什麼——我甚至無法對自己解釋。」

夏思汀握拳掩嘴輕咳。

「我沒有勇氣一走了之，」她繼續說。她的聲音既柔弱也強悍。「雖然我全身每一根纖維都恨他。我可以忍受他一再外遇，那和我身體忍受的毆打傷害比起來根本不算什麼。或是比起他從我這剝奪走的……我曾一度懷孕，卻被他打到流產。從那時開始我就全心期盼他死。清醒的每一分鐘我都在夢想他的死亡。停止呼吸。發現他中風的當下我並沒有打算叫救護車。我坐在那裡，冷眼看他在地板上打滾掙扎。他用眼神向我求助。我享受看他這麼脆弱、這麼需要我的幫助。我考慮就讓他躺在那裡，但一個鄰居看到我們在家來按了門鈴。我不得不應門，最後也不得不叫了救護車。我扮演飽受驚嚇的妻子扮演得很好，但當他們把他抬上救護車時，我可以從他的眼神看出他非常清楚狀況。他若有機會康復出院一定會殺了我。」

霏伊不知道夏思汀是否以爲她會被嚇到，但男性粗暴殘忍的程度早已無法令她感到意外。

夏思汀塞回一綹散落的白髮。

「我知道妳是誰，」她說。「我也知道發生了什麼事。妳的前夫是杰克·阿德罕。」

霏伊點點頭。

夏思汀捏掉床罩上的棉屑，然後抬頭直視霏伊。

「我知道妳打算採取行動。我看過妳抱著筆記本列表單、草擬計畫。有任何我幫得上忙的地方就告訴我，我會竭盡所能協助妳。」

霏伊調整姿勢讓自己更舒服。她背靠著床頭板，以全新眼光看著她的房東太太。夏思汀的遭遇很可怕，卻沒有出乎她霏伊意料之處。她早已猜到大半。夏思汀也是和她一樣的受害者，這點無庸置疑，但她眞能信任她嗎？霏伊知道自己走上這條路必得倚賴許多人的幫助，而她也決心要信任女性情誼。雖然不至於天眞到相信所有女人，但她從這位白髮女性的聲音中確實辨認出了熟悉的黑暗。於是她閉上眼睛，深深吸一口氣，娓娓道來她計畫如何擊垮杰克。

計畫是在她遛狗的無數小時中漸漸成形的。在清明的腦中有條有理地一步步設計鋪排。

夏思汀聆聽、點頭，偶爾露出微笑。

「我非常擅長組織後援。我可以派上不少用場，」她說。「冷靜，實事求是。然後她拿起書繼續閱讀。霏伊收到暗示，退出房間。

計畫啟動，再無回頭路。而她已非孑然一身。

✦

霏伊在夏思汀的協助下計畫日程。好幾個月過去了，生意不斷成長。她們雇用了兩位女性兼職員工，擴展服務地區，還改裝地下室方便收容狗兒過夜。

夏思汀協助霏伊處理行政管理事宜，遇上任何因爲當了多年家庭主婦而不懂的事就上網查。她是效率奇才，在她的協助下遛狗生意營收一路上揚。但要達到霏伊預計需要的資本額——她把目標設定在二十萬克朗——需要時間，她強迫自己耐心等待。該要多久就多久吧。

她當然不可能光靠遛狗存足資本。霏伊把能動用的每一分錢都拿去投資。她閱讀金融期刊、關注所有主要新聞媒體，她隨時更新資訊並把收集來的資料運用在投資上。她具有天生的財務管理天分，卻也不過度涉險。她將資本維持在緩慢卻持續增加的狀態中。

從杰克提出離婚至今她已經瘦了十五公斤。她早已不在乎體重，但她清楚杰克的弱點。所有男人的弱點。變瘦只是達到目標的必要步驟之一。

她的舊衣服如今都顯得寬鬆，夏思汀爲她在皮帶上多打幾個洞以免牛仔褲掉下來。當夏思汀提起霏伊實在該添幾件新衣時，霏伊只是笑笑。不可能。二十萬。在那之前她不會把任何一分錢花在非必要的東西上。

霏伊搬進夏思汀的房子裡後，茱莉安終於可以隔週來訪，但顯然伊娃．藍朵夫已經演膩了利丁罕幸福家庭女主人的角色。霏伊也早就知道杰克除了絕非必要不會多留茱莉安一天——處處刁難霏伊和女兒見面單純只是爲了折磨她。杰克愈來愈常打電話來問她可不可以接走茱莉安。

夏思汀非常樂見屋裡多個孩子。她對茱莉安有求必應，也樂於一早開車送她去幼兒園。霏伊和夏思汀分攤照顧茱莉安的工作，像個三人小家庭。霏伊每回確認茱莉安會不會佔走太多她的時間時，夏思汀總以一副「妳瘋了嗎」的表情回瞪霏伊。

「妳的女兒是我一直夢想要有的小女孩，我非常高興自己終於不再是孤單一個人了，」她說，指了指客廳。茱莉安正趴在客廳地板上畫圖。「她是奇蹟、是天使，我已經在擔心面對妳們要搬走的那一天。」

霏伊詫異發現自己也有一樣的感覺。

八月的陽光映照在霏伊與克莉絲身上。她們牽著三隻狗——一隻迷你雪納瑞和兩隻黃金獵犬——走在恩斯克德的運動綠地上。令兩人都意外的是克莉絲竟牽著那隻名叫珞德的雪納瑞。霏伊知道克莉絲向來痛恨動物。

「我覺得我可以想像自己養一隻像這樣的狗，」克莉絲說。「這樣我就不必為了找伴而追著男人跑了。」

「這主意不錯。有了跟狗相處的經驗後，我得說，真要我在狗和男人之間選一個，我每次都會選狗。」

「說到尼安德塔人，最近如何？妳看起來快樂得有點不像話。」

霏伊迎上她的目光。「我是很快樂。」

「真的很棒，看妳這樣。我知道妳不想下半輩子都在遛狗，但過去幾個月少了那個渣貨的日子真的讓妳容光煥發。」

霏伊看著朗伯太太的其中一隻黃金獵犬對著路燈桿尿了起來。

「我有個商業提案想給妳看，」霏伊說。「一個投資的機會。」

「真的嗎?快拿出來!」

「不要在這裡。不能這樣隨便。」

她朝那隻流口水追著雪納瑞作出交配動作的黃金獵犬點點頭。她抽動拉繩分開牠們。

「這週末有空一起晚餐嗎?我到時再拿計畫書給妳看。」

「當然。不過有一個條件。」

「什麼條件?」

「看完提案我們要一起去玩。喝點葡萄酒、花點時間相處、聊天、和小伙子調調情。我來訂位。我請客。妳只管帶著妳的商業計畫書和我超想念的漂亮笑容出現就好。最好還要把妳的火辣軀體塞進某件超緊身洋裝裡。如果沒適合的衣服穿歡迎來跟我借。我晚點讓快遞送幾件過來。該是妳重出江湖的時候了。不然過不久，妳可能需要開瓶器才撬得開下面。妳該知道陰道太久沒用會合起來的事吧?」

克莉絲咧嘴一笑，霏伊不住微笑開來。和克莉絲出去瘋一晚是她非常樂意配合的條件。她終於感覺自己要活過來了。

✦

杰克照例又在最後一刻打電話來、要求把茱莉安送過來度週末。霏伊第一次拒絕了。她痛恨放棄任何和女兒相處的機會，但她必須爲長久之計想。

「爲什麼不要？」

「我要和克莉絲出去。」

「但伊娃和我也要出去，我們在桑德港的遊艇酒店訂了套房。」

「正好，那裡的兒童自助餐超棒的。」

「但是……」

「沒什麼好但是的，杰克。很抱歉，但你不可以星期五早上打電話來要求這種事。祝你們在桑德港玩得愉快。」

她沒給他機會抗議便掛了電話。

提爾塔葛倫餐廳的領班對她友善地點頭，帶她走到預定的桌位。霏伊穿過餐廳時可以感覺人們朝她投來的目光。她踩著高跟鞋，身上是一件黑色掐腰短洋裝。全都是跟克莉絲借來的。她頭髮沒有紮起來。她已經很多年不曾感覺這麼迷人了。

克莉絲起立鼓掌迎接她。那些穿著西裝外套挺出大肚腩的老男人一邊盯著她們看、一邊往嘴裡塞鴨肝與牡蠣。

「靠，妳美翻了！」

「妳也不賴呀，」霏伊說，一隻手滑過克莉絲身上的銀色亮片洋裝。

「香奈兒，」克莉絲說，一邊坐下。「我們今晚既然打算混合正事和娛樂，那就趕快把正事辦一辦。因爲我待會打算喝醉，一點也不想在頭腦不清楚的時候被妳扯進什麼瘋狂計畫。我喝多了可做不出理性決定。有趣的決定沒問題，理性就算了。」

霏伊落坐在紅絲絨弧形座椅的一頭，和克莉絲面對面。

一名侍者爲霏伊倒水。她從包包裡掏出那張商業計畫書。

「在這裡，」她說，把計畫書推到桌子另一頭。

克莉絲拿起紙張，盯著上頭唯一的一個字：Revenge。復仇。她爆出大笑。

「這是……」

「妳記不記得妳曾經邀我去妳公司上班？妳說我懂女人。過去幾個月來我一直在分析女人的需要和想望。妳知道幾乎所有女人都想要的是什麼嗎？復仇。爲我們那些曾被渣男欺侮輾壓的姊妹們復仇。報復所有爲更年輕的對象拋棄我們的不忠老公，報復所有曾經剝削我們、貶低我們、欺騙我們的男人。」

克莉絲聽得興味盎然。

「那妳要怎麼復妳的仇呢？」她問，啜飲一口香檳。

她看起來精明而貴氣。致命組合。

「我要讓杰克看到我比他聰明，我要奪走他的公司。奪走他的公司之前我會先建立一個帝國。和其他女性聯手一起。妳有沒有想過，在我們這個國家裡有多少傑出的女性企業家？那些創立百貨公司、公關公司、金融企業的卓越女性？沒錯，人數遠遠不及我們希望的多，但她們確實存在，並且已經開始受到矚目。我計畫創造一套商業模式，由我掌握公司百分之五十一的股份，剩下的百分之四十九則賣給投資人。我要找到四十九個女性企業家，讓她們每人擁有百分之一的股份。我要一一親自拜訪，告訴她們我的故事、傾聽她們的故事，說服她們投資入股。社群媒體將會扮演關鍵角色。每一個擁有個人部落格或活躍在IG上的女孩都會貼出Revenge的連結，因爲她們都希望我成功。把Revenge推上網路爆紅將易如反掌。」

「所以妳到底要賣什麼產品？」

克莉絲揮手要侍者爲她們倒香檳。她三大口就喝掉一杯。隔壁卡座的幾個男人開始對她倆投以垂涎的目光，克莉絲調整坐姿背對他們。

「護髮產品和香水，」霏伊說。

克莉絲緩緩點頭，表情依然猶疑。

「非常競爭的市場，」她冷靜說道。「過度飽和。競爭極度慘烈。而且這是一個需要投入大量資金的行業，主要是行銷和公關的開銷。風險很高。」

「是的，我瞭解。萬一搞不好的確可能災難收場。但我認爲Revenge不會失敗。我在此想問妳願不願意成爲我的第一位百分之一股份投資人。」

「這得花我多少錢？」

「十萬克朗。」

「我名字要簽在哪裡？」

克莉絲舉起空杯示意侍者，他立刻上前倒酒。霏伊也舉杯。她知道克莉絲能懂。最早、最容易的百分之一成功售出。只剩下四十八份要繼續努力了。

晚餐結束後，她們要求領班爲她們在瑞胥要一個桌位。她倆被領著穿過廚房，一條只有極少數早期客戶才知道的捷徑。明亮的燈光、從窗口遞進來的點餐單、鍋盤與腳步快速穿梭的聲響。

瑞胥一如往常擠滿了人。克莉絲點了一瓶卡瓦氣泡酒。她們那時已醉得不需要香檳了。點了只是浪費錢，何況霏伊其實喜歡卡瓦和普羅賽克勝過香檳*。要她接受盲測說不定根本分不出來。

吧檯四周圍著一圈搖晃微醺的人牆。其中大多人歲數都比她大一些。難怪瑞胥素有離婚者集散地之稱。這裡是中年離婚者的人肉市場，在這裡男人荷包的大小比老二大小重要許多。而打了太多肉毒桿菌的女人則死命抓住最後幻夢、以爲正確的燈光還可以讓她們看似二十出頭。

* 法國香檳（champagne）、西班牙卡瓦（cava）、義大利普羅賽克（prosecco）號稱世界三大氣泡酒，使用的葡萄品種與釀造方式各有不同。其中以香檳價格最昂貴。

裝在冰桶裡的卡瓦酒上桌了。霏伊對著克莉絲舉起酒杯。

「敬自由，」她說，話出口才發覺這三字聽來比她的原意浮誇許多。

酒精降低了她對陳腔濫調的過濾能力。

但克莉絲認眞而熱切地直視她的雙眼。

「喏，花了妳十三年的時間終於恍然大悟，」她說。「但妳總算自由了。乾杯！敬杰克！願老天垂憐他！」

她咯咯笑了。

「妳覺得我會成功嗎？」霏伊說，一邊放下酒杯。「Revenge 會成功嗎？」

「我覺得找齊投資人會是最容易的部分。正如妳說的，我們都受過傷。形形色色的傷。我們都想討回公道，也都會認同妳的訊息。就行銷與公關的觀點來看，這完全是天才之舉。報復之心是潛力無窮的賣點。」

克莉絲咧嘴一笑，一飲而盡。一名侍者立刻上前補滿酒液。他們習於服務口渴的女人。

「這將花上幾年的時間。這會不會太瘋狂了？我竟準備花這麼多時間進行復仇計畫？」

霏伊心中閃過一絲猶疑。

「一點也不。想想他對你做了哪些事。不要告訴我妳突然良心發現了！」

霏伊還沒開口，克莉絲就又繼續說下去，舉起的酒杯停在半路上。

「不要忘記康沛爾是妳幫忙創立的。少了妳，杰克和翰里克永遠不可能成功。離婚沒什麼大不了，一天到晚有人離婚，但把你多年的人生伴侶、你孩子的母親趕出家門要她自生自滅又是另一回事。尤其在妳爲他做了這麼多也承受這麼多之後。想想他對妳做的那些鳥事爛事。從最早到現在。」

「妳說得沒錯。我知道妳說得沒錯。」

「換作男人絕對不會有妳這種想法。做下去就對了，毫不猶疑。」

有人出現在她們桌角，霏伊抬頭。一個大約二十四五歲的小伙子迎上她的目光。他穿了件合身黑T和深色長褲，手臂覆滿刺青。平頭，嘴唇豐滿。俊美得不像話，像年輕的杰克。

「抱歉打擾，」他說，「我和我朋友站在吧檯那邊被人來人往擠到煩了。不知道可不可以來兩位這裡尋求庇護？或至少申請短期入境？」

幾公尺外另兩名年輕男子對她倆舉杯致意。

「你等等，」克莉絲說。

「沒問題，我會在那邊，」他說，往回走到朋友身邊。

「妳覺得如何？」她問。

克莉絲笑開。

霏伊聳聳肩。

「隨便。」

「不過短短幾個月前，妳才不好意思跟三個帥小子坐同桌咧。」

「我那時已婚。何況，男人一天到晚和比他們年輕的小妞廝混，從來也不會不好意思。差不多該是我們學著和他們一樣——」

她突然住嘴。她發現自己直直看進了阿麗思的雙眼。她和一群朋友就坐在幾桌之外。她一發現霏伊看到她立刻轉開頭。

「讓他們過來，人多熱鬧，」她說，一口乾了杯。

侍者爲她再次注滿酒杯時，她感覺得到阿麗思灼熱的目光。整桌人竊竊私語。

克莉絲又點了兩瓶卡瓦酒，挪動身子讓出位子給新加入的三人。他們全都年輕天眞又討人喜歡，對眼前一切很有大開眼界之感。霏伊不住想，這新一輩的男人和杰克那代還眞是不一樣。對他們而言，成功女性一點也不可怕。他們對她倆充滿友善的好奇，也問了克莉絲許多工作上的事。他們對她的成就只感到無比欽佩。

她終於體會到讓年輕好看的異性圍繞的誘人之處。這感覺令人迷醉。

對話進行得輕鬆流暢，雖然失之膚淺。對這些年輕人來說世事毫不複雜，他們畢竟尚未受過生活的磨難。他們厚顏調情。霏伊臉頰緋紅，因爲酒精也因爲他們的大獻殷勤。整個過程中她始終意識到阿麗思那一桌人的窺視。世上沒有足夠的肉毒桿菌藏得住她們臉上的驚駭表情。唯一的問題是她們之後還能不能把眉毛放下來。

杰克一定會氣炸了，吼她罵她，但他已經傷不到她了。她的所作所爲再也與他無關。做什麼或是和誰做。這想法比卡瓦酒更叫她迷醉。這麼多個月來第一次，她感到腿間的騷動。她抓住最早接近她們的黑T男，拉過來吻下去。他舌頭探進她嘴裡、手壓在她大腿上的感覺讓她開始濕了。她的視線一直留駐在阿麗思身上。

這一吻只維持了幾秒。兩人的臉一分開，她便對著阿麗思點點頭，拿起酒杯舉高致意。阿麗思瞪著她看，隨而動作誇張地轉頭面向另一邊的友人。

「你叫什麼名字？」霏伊笑開，注意力轉回黑T男身上。

她從他的眼神看得出來他想要她。她低頭瞥見他長褲隆起的一大包。她必須努力克制自己，才不至當下當場伸手探往桌下愛撫那包隆起。就在瑞胥的眾目睽睽之下。她轉而傾身朝向他，讓他一覽無遺她的乳溝。她知道輕薄的洋裝衣料完全藏不住她興奮堅挺的乳頭。克莉絲一如以往成功說服她不穿胸罩。

「洛賓，」他說，目光離不開她的胸部。「我叫做洛賓。」

「我是霏伊。我今晚打算和你回家。」

她傾身，再次吻他。

霏伊在頭痛欲裂中醒來。她伸展四肢，關於前日的記憶快閃過腦中。她的手碰到一隻肌肉結實的刺青手臂。霏伊起床，走到窗邊往外看。停車場與幾排公寓。天空有雲，偏陰。手臂刺青的年輕人在她身後動了動。羅伯？洛賓？

「幾點了？」他睡意濃濃地咕噥道。

「不知道，」霏伊說。「不過我該走了。」

「太可惜了。」

他躺在黑色床單上伸懶腰，用一雙小狗眼睛看著他。霏伊腦中閃過昨夜的畫面。老天，她已經很久不曾在狹小的客廳兼臥房一角的單人床上做愛了。這裡的擺設如此經典：玻璃咖啡桌、黑色皮沙發、尤卡樹盆栽，以及不可或缺的「絕對伏特加」的空瓶、成排擺放在牆壁架子上。年輕男子的品味看來非常禁得起時尚潮流的考驗。

「眞的嗎？」她說，四下尋找她的衣物。「你今天打算怎麼過？」

「就晃晃吧。看場足球賽什麼的。」

「晃晃，」她學舌道，遏止不了自己。「很遺憾這位熟齡女士今天沒時間晃晃。我得回家。」

「妳才不是什麼熟齡女士……」他的微笑可愛中透露性感。「可以留個電話嗎？」

「抱歉，甜心。昨晚很開心，不過我目前和男人不對盤。」

她聽到自己口氣中的苦澀。前晚的回憶突然像洩了氣。她的宿醉像巨槌敲擊頭骨、舌頭滿是厚厚舌苔。

他笑了，朝她扔了顆抱枕。她跳起來閃開了。

「妳眞的很性感，妳知道嗎？」他說。

他從床上爬起來，全身赤裸。他轉身面對她，腹肌閃閃發亮。她欣賞眼前美景。她已經忘了年輕男人充電有多快速。昨晚雖然模糊，但她還記得自己到後來已經數不清他要了她多少次。

他走向她，而她面帶微笑、往後靠在窗臺上。她背後傳來玻璃的涼意。洛賓吻她，身體挨近她。她感覺他的勃起抵在她大腿上。感覺自己的身體吶喊著想要更多。她坐到窗臺上。他的臉在她身體上漫遊。嚙咬、親吻、挑逗。她的大腿、她的胯部、她的肚腹。她大聲呻吟，抓住他的頭壓向自己腿間。她往後靠，放縱自己盡情享受。無需感覺自己必須做點什麼以爲回報。他單純開心有機會滿足她，從她的歡愉中得到歡愉。這是她已經太久不曾有過的經驗。

高潮來襲時她拍撫他的頸後，不住溢出一記大笑。

這是她的生活新章，她將好好享受。

✦

霏伊看著窗外快速倒退的樹影。她坐在前往韋斯特羅斯*的火車上，提袋裡帶著一疊草圖。她把遛狗生意暫托給夏思汀，隻身前往一家包裝設計公司洽談。

* Västerås：位在斯德哥爾摩以西約一百公里的瑞典中部城市，人口約十五萬。

她的產品必須要好，但還有另一件事對品牌的成功甚至更爲重要。社群媒體。重點是主動出擊、在資訊洪流中提高能見度、爆紅。而包裝是製造必買感最簡單的方法，讓網紅在IG和臉書上爲她們的產品打廣告。產品必須讓消費者感到特別，也必須讓人用手機就可以拍得又美又搶眼。

霏伊早先已經決定保濕霜瓶身要採用黑色，圓形瓶蓋上則印有華麗的金色字母R。但包裝不只是瓶子外觀而已，一切背後還必須有故事支撐。現今所有成功產品都有故事。比如說伊麗莎白．雅頓的八小時神奇修復霜。不管她是否眞的爲她受傷愛馬的傷腿發明了這款乳霜、也不管傷口是否眞的在八小時內癒合了，重點是消費者想要相信這個故事。好故事人人愛，而霏伊正好有一個。

火車飛快穿過馬勒山谷，霏伊滿心只有最純粹、毫無摻入任何雜質的喜悅。這是她長久以來的渴望：一個機會，從無到有創立自己的公司。杰克曾經奪走這個夢想，而她甚至沒有發出異議。他是從什麼時候開始對她不忠的？他忠於她過嗎？即便在她非常確定他愛她也渴望她的時候？

她花了很長的時間納悶一件事：爲什麼杰克用伊娃，一個職業婦女，取代了她，但當初卻也是他想要霏伊留在家裡的？她後來終於想通了。像杰克這樣的男人感興趣的只是追逐的過程。他們總是想要新的玩物。

她也瞭解到他喜歡擁有權力。把她改變成連她自己都不認得的另一種人的權力。

她永遠不會再讓任何男人擁有她。

她走出車站的時候正在下雨。她跳上計程車，把地址交代給司機。韋斯特羅斯比費耶巴卡大多了，但不知爲何這裡的人讓她想起了家鄉。以前的她總是設法驅趕那些不請自來的回憶，但過去幾個月翻天覆地的動亂似乎改變了什麼。來自她童年與青少年歲的人們不時浮現腦海。她父親遇上事不如願時當下翻臉的面孔。瑟巴斯欽扭曲緊繃的表情。那件影響整個社區的意外。她媽媽蒼白的手臂與嚎啕的哭聲。事後她同學看待她的神情。同情、好奇、刺探。

她已經拋下那一切。但她眞的擺脫得了過去嗎？

車子在她陷入回憶時駛抵目的地。司機回頭看她。他的嘴巴蠕動，但霏伊一個字也沒聽到。

「不好意思？」

「刷卡還是付現？」

「刷卡，」她說，手伸進包包裡尋找皮夾。

她下了計程車，一幢米白色的工業建築出現在她眼前。雨勢變小了，但冰冷的小雨滴依然下個不停。她拉開門，踏進入口大廳。一個女接待員頂著頭燙捲的紅髮抬頭看她。

「歡迎，」她說，口氣卻更像「求求妳帶我離開這裡」。霏伊進門的時候她正在磨指甲。

「謝謝。我和露意絲·韋德斯壯·波爾有約。」

接待員點點頭。低頭敲打鍵盤。

「請先坐一下。」她指指靠窗的座位區。「要咖啡嗎?」

霏伊搖搖頭。沙發背後的窗臺上有一疊雜誌。她拿起一本三週前的名人八卦雜誌隨手翻讀。一篇報導宣稱約翰.翟山提斯和他的女友分手了。霏伊仔細看了照片。正是她在瑞胥遇到的同一個女人,蘇珊.隆德。報導宣稱她是模特兒兼歌手。

「**我不是個容易一起生活的人,**」約翰這麼解釋。是啊,有誰是?霏伊暗想,憶起他們在電影院那急亂而無意義的一炮。何等齷齪可悲。當時的她以爲配自己正好。如今回頭看,她希望自己曾告訴杰克,讓他有機會感受一下。她已經很多次欲言又止。最主要是害怕面對他可能的全然無感。

她聽到走廊傳來腳步聲。一個穿著襯衫與套裝長褲的女人朝她走來。她神情淡漠地打量霏伊。

「露意絲.韋德斯壯.波爾,」她說,伸出一隻虛軟微濕的手。

「霏伊,霏伊.阿德罕。」

霏伊的手機在她們走進她的辦公室那一刻響起。是杰克。他八成打來吼她在瑞胥的行爲。她沒理會電話,逕自掏出手稿。她並不擅長繪圖,在她負擔得起專業繪圖師前還好有克莉絲幫她。露意絲落座辦公桌後方,霏伊則坐定在訪客椅上。

「應該沒有問題,」露意絲說,一邊戴上老花眼鏡。「閒慌了找點事做?」

「不好意思?」

「喏，我當然知道妳是誰。我猜想這是派對伴手禮的包裝？」

霏伊深呼吸。

「草圖上的三款設計我每款各要三萬份。妳的公司接得下來，還是我得另請高明？」

露意絲噘唇。

「三款？各三萬份？我假設妳能保證不跑單？這類產品的市場已經嚴重供過於求，以公司立場來說，我們當然不能冒險花費成本生產、最後卻無法收到帳款。這點我想妳能理解。當然，如果妳還是已婚身分事情就大不同了。杰克．阿德罕是絕佳的擔保人選，但就我所知你們已經分手了……」

「妳還沒讀過我寄給妳的品牌概念說明嗎？妳無法領會我將以獨特觀點殺進一個高度需求市場的計畫？」

霏伊感覺挫敗感灼燒她的喉嚨。

露意絲．韋德斯壯．波爾嗤之以鼻，摘下眼鏡。她對霏伊露出屈尊俯就的微笑。

「我讀過了，但正如我剛剛說的，我以爲是一場主題派對。我很清楚妳們這些奧斯特馬爾姆貴婦過的那種生活。老實說，妳打算根據某種女孩力量的概念推出品牌的想法，正好證實妳果然活在自己的世界裡。只有斯德哥爾摩的人才負擔得起那些玩意，我們這些住在這國家其他地區的人就是好好讓女人當女人、男人當男人。不，我不打算冒險生產妳的包裝，最後落得追著妳要錢的下場。」

她開始大笑。霏伊站起來，太陽穴陣陣抽痛。

「我打算以現金預付整筆訂單。妳原本可以明天就收到入帳通知。如果事情如我所估計，這大可以成爲妳公司一個源源不絕的收入來源。也許讓妳和妳家人多度幾次假，也許買棟水景度假屋，也許完成妳其他什麼夢想。但我決定把訂單轉往別處。讓別人買度假木屋或支付馬爾地夫的耶誕假期。相信我，我會請他們寄明信片給妳。」

她轉身離開，一路可以感覺到露意絲的目光灼燒她的後背。

二十通來自杰克的未接來電。霏伊一直等到火車駛離韋斯特羅斯車站才回電。在一串滔滔不絕的「妳以爲妳在玩什麼把戲」之後，他開始厲聲譴責她和領社會福利金的人廝混在一起是何等不當的行爲。

「你到底在氣什麼？」霏伊趁他停下來喘氣時問道。

剛剛那場失敗會談的怒氣與挫敗感還積存在她體內。

窗外地景往後飛逝的速度愈來愈快，杰克的怒氣激不起她任何反應。她閉上眼睛，回想她和洛賓共度的一夜。她違背原意把自己的手機號碼給了他，也已經收到來自他的五則簡訊，描述他想和她一起做的事。杰克話聲侵入她的綺思遐想，她不耐煩地睜開眼睛。他刺耳惱人的聲音還在抱怨個不停。像個弄丟心愛玩具的孩子。

「在瑞胥餐廳跟個年紀夠當妳兒子的小狼狗亂來。在公開場合。那種醜聞會反映到我身上妳知不知道！」

「噢，你是說洛賓？他二十五歲，我三十二歲，你是說我七歲就生得出他？你喜歡數字，杰克，那我就跟你談數字：你和伊娃．藍朵夫的年齡差距比我和洛賓的還大。」

「他媽的，這根本是兩回事！」

「兩回事？這下我眞的好奇了。」

「我可沒像個廉價妓女似的在夜店公然把家庭名聲踩在腳下！」

「是啊，你只是背著我在我們家、我們的床上幹她。話說回來，杰克，我沒聽懂你說的是哪一個家庭。」

他氣急敗壞吼了一串，最後終於冷靜下來說道：

「不要再犯一次。」

「我想做什麼就做什麼。你無權告訴我我要怎麼過我的生活、要跟誰上床或是在哪裡上床。祝你好運，杰克。」

她掛了電話，閉上眼睛。想像洛賓的舌頭撥弄她的陰蒂。她的手機振動。又一則來自洛賓的簡訊，告訴她他想對她做的事。她稍稍猶豫，隨即回訊：

我在從韋斯特羅斯回程路上。幾小時後到你家。誰能拒絕那樣的邀約呢？

霏伊又啜飲一口葡萄酒。她感受得到司徒爾霍夫餐廳裡有一些客人盯著她看，但她置之不理。就讓他們去猜想她和杰克之間到底發生了什麼事吧，她想，讓他們耳語閒話。有一天我會讓他們都看到的。

她很快瞥一眼時間。蘇菲．杜瓦大遲到了。

露意絲．韋德斯壯．波爾拒絕她後，她必須另覓合作對象。在那之前她得先證實自己有可靠金援，來自投資人的金援。不但能投入資金並且能深化 Revenge 神話的投資人。

她還和杰克在一起的時候在幾個場合見過蘇菲．杜瓦。她總是熱情讚美霏伊，應該會是繼克莉絲之後的完美投資人選。她在企業界擁有高知名度，更是年經迷人的媒體寵兒。她是頭條新聞的常客，總是手挽新男伴、總是談起她的最新投資。

霏伊從未眞心喜歡蘇菲，但公事公辦，她有信心說服蘇菲看到投資 Revenge 的價值。

蘇菲翩然現身的時候，霏伊剛好喝完第二杯葡萄酒。

「麻煩一杯香檳。然後我今天想吃甲殼類海鮮拼盤，」蘇菲邊坐下邊點餐，甚至不會看侍者一眼。

她把深棕色頭髮撥到腦後，定睛看著霏伊。

「眞高興妳主動聯絡我！我們上次見面是在坎城，奧斯卡的五十歲生日派對上，對吧？」

霏伊還來不及回答，蘇菲拍手招來侍者。

「倒一杯香檳是要花多久時間？」她瞪眼看著端著酒瓶與一只酒杯飛奔過來的侍者。「現在還不是喝香檳的時候，但我昨天才從香港飛回來，所以還在過香港時間。」

霏伊默默嘆氣，對蘇菲高亢的笑聲無言以對。只要她願意投資，要怎麼牽強附會都隨她。

海鮮拼盤和霏伊點的烤鮭魚一起上桌。

「老天，這實在太美妙了，」蘇菲說，開心地呼嚕吞下一只生蠔。「比性愛還美妙，我老實跟妳說。」

她舉起第三杯香檳豪飲一大口，然後看著霏伊。

「怎麼樣，親愛的，最近還好嗎？差不多都安頓下來了嗎？離婚一點也不好玩，這我最清楚。我上週末在巴斯塔德遇到杰克和伊娃——眞是一對才子佳人。聽他們跟我說，茱莉安完全就是一個小天使。可惜的是他們說無法跟妳達成協議，所以才沒帶著茱莉安同行。」

她拿起亞麻餐巾擦擦嘴角。

「如果妳願意聽我說的話，在這種情況裡你永遠都要優先考慮到孩子，不管妳自己有多傷心難過。」蘇菲一隻手放在霏伊手上。「孩子的需求永遠是最重要的，妳不覺得嗎？」

霏伊連吞好幾口口水，她不能讓蘇菲知道她心裡有多不恥。那個週末茱莉安原本該待在杰克那裡，但他卻在出門三小時前傳簡訊給霏伊說，臨時要出差。

她對蘇菲微笑。眼前最重要的是大局：搞定她需要的金錢與投資。

「謝謝妳，蘇菲，」她說，彎腰打算拿出裝著 Revenge 商業計畫書的資料夾。

蘇菲抓起半隻龍蝦，一手輕忽地一揮。

「先吃，公事待會再說。」

霏伊讓資料夾滑回袋子裡，不情願地吃了一口鮭魚。她已然失去胃口，蘇菲倒是食慾大振。她嘖嘖吮指，見到熟人經過還會以尖銳嗓音高喊「哈囉，親愛的！」

她又點了兩杯香檳搭配吃完整份海鮮拼盤，終於才心滿意足地往後靠在椅背上。

「如何，可以談公事了嗎？」霏伊說，再次伸手抽出資料夾。

「當然沒問題，親愛的，」蘇菲說。

她看了一眼手錶。

「天哪，時間怎麼過得麼快？我下一個會要遲到了！親愛的！真的很高興見到妳！改天一定要再約！打電話給我的祕書約時間。不過接下來兩三星期都不行，我連著要飛巴黎、倫敦、紐約和杜拜！我這陣子根本住在阿蘭達機場的貴賓室裡！」

又一記高亢笑聲，隨而轉身離去。

霏伊坐在原位，陷入啞口無言的震驚中。這一頓花掉了她一整星期的餐費。

✦

霏伊一開始搞不懂自己感到的那種空虛感是怎麼回事。然後她突然明白了。是認命。她第一次感到某種深沉的、鋪天蓋地而來的認命感。算了吧，放棄吧。

茱莉安在她身旁輕聲打呼。她的睫毛覆在頰上像兩把小扇子，她的表情平靜放鬆，鼻子在睡夢中微微抽動。和她寶寶時期睡在搖籃中的表情一模一樣。霏伊以前常常笑她，覺得她像隻小兔寶寶。但此刻的她卻只能無力地微笑。她感覺精疲力竭，和露意絲與蘇菲的兩場會面耗盡了她所有精力。

她不是很確定自己原本的期待。她顯然不能假設每個女人都能瞭解她想做的事和她想說的話，單純只是因爲同樣身爲女人。這麼想雖然失之天眞，或許卻也是她暗自希望的。她毫無頭緒，不知道自己要如何重新充電。下一場會面將會是成敗關鍵。要是也是失敗了怎麼辦？一旦失敗整個計畫就將全盤瓦解。她將無法完成矢言達到的目標。杰克將安然無恙地繼續過他的日子，不必付出任何代價。這想法令她血液沸騰。

夏思汀在廚房裡忙的聲響打斷她的憂慮。夏思汀這晚堅持要下廚，霏伊相當確定她正在做霏伊最愛的菜色之一。應該是高麗菜捲。

茱莉安睡前已經吃過簡單晚餐。夏思汀說想跟霏伊談談，就她們兩個大人。霏伊當天傍晚返家時相當清楚自己藏不住一副洩氣樣。夏思汀通常有辦法讓她開心起來，但今晚恐怕很難。懷疑像剛鋪的柏油似的緊黏她不放。

茱莉安在睡夢中換了姿勢。霏伊通常不讓她上床跟她睡，但今晚她想要離女兒近一點。她會和夏思汀一起吃晚餐，談談發生的事，然後小心翼翼回到床上茱莉安的身邊，讓她的呼吸聲伴隨自己入眠。她看著她的女兒躺在那裡，身上穿著印有獨角獸圖案的薄料白色睡衣。她動作輕柔地把一隻手放在女兒胸口，感覺她的心跳，噗通，噗通，噗通。慢慢地，她自己的心跳也開始對上節拍，齊一跳動。這有助她釐清思緒。夏思汀翻動鍋鏟的聲音自廚房傳來，伴隨而來的食物香氣令霏伊飢腸轆轆。她再次以掌心感覺女兒的心跳節奏。噗通，噗通，噗通。她的絕望與挫敗感開始消散。事情還沒結束。最重要的一場會面才正要發生。她不會讓自己再次失敗。

✦

霏伊走過布拉西島的鵝卵石路。她明白自己有些緊張。這場和依琳．阿奈爾的會面極其重要。她透過她的阿奈爾投資公司坐擁瑞典前三大連鎖百貨公司的絕大股份。她不只是 Revenge 的潛在投資人，更是打通產品零售通路的關鍵人物。霏伊從一開始就很清楚，依琳將決定 Revenge 是否能成功，或者會加入其他千百個失利的美髮香水品牌草草收場。

決定投入這個市場是瘋狂之舉。最困難的市場之一。尤其對像霏伊這樣在這方面毫無經驗與平臺的初生之犢。

最近的兩次挫敗記憶猶新：和露意絲．韋德斯壯．波爾在韋斯特羅斯的會面，以及和蘇菲．杜瓦的午餐之約。後者留下的那張帳單戳痛了她，促使她重新評估挑選潛在候選人時的優先重點。她重新審視名單，剔除所有蘇菲之流的候選人。這些人很可能都只是金玉其表罷了。

依琳．阿奈爾對霏伊成功的重要程度無可比擬。依琳的背書足以敲開從本土到國際市場的任何機會之門。

霏伊讀遍關於伊琳．阿奈爾的所有資料。成長於哥德堡*的富裕家庭，在耶魯與牛津完成學業。她慷慨解囊贊助許多婦女組織，支持女性企業家也不餘遺力。她擁有極爲可觀的人脈，遍及歐洲與美國。霏伊成功透過祕書預約到時間，或許意味著依琳在讀過媒體關於他們離婚報導後對霏伊感到好奇。

霏伊根本不在意理由是什麼，重要的是她獲得了招募依琳入股的機會。一切操之在她了。

阿奈爾投資的總部位於一幢歷史上溯至十八世紀初的漂亮建築五樓。看出去的遼闊水景至爲壯觀。招待人員爲霏伊送上咖啡，帶她走進一間會議室。

六張椅子圍繞會議桌。她站著，不知該挑哪個位子坐下。她計畫以一記大膽險招破題開場，並沒有把握依琳會作何反應。此舉確實有失之不專業的風險，但和蘇菲過招的經驗讓她明白自己不能再輕易讓人打發走。她必須以煙火開場、爭取自己值得的關注，而不是彬彬有禮地在旁等候垂憐。

* Gothenburg：瑞典第二大城，位於瑞典西岸，鄰近挪威與丹麥，為斯堪地那維亞最大的港都與貨運中心。哥德堡亦為 Volvo 富豪汽車的創廠之地。

霏伊感覺背後冒汗。她已經開始在做她此刻最不該做的事。質疑自己和整個計畫。

依琳穿著海軍藍長褲套裝走進會議室。她的西裝外套領口露出一截米色絲質上衣，霏伊猜想應該是 Vesna A 的繫帶襯衫。她一直想要一件類似款式的襯衫，但在存足創業資本之前負擔不起這個花費。她身上的套裝是跟克莉絲借來的 Stella McCartney。幾個月前她恐怕連長褲都拉不過膝蓋，此刻卻完美合身。她不敢問克莉絲衣服的原價。

依琳把一個和霏伊剛剛領到的咖啡杯同款的杯子放在桌上，伸出一隻手。

「我是依琳，」她以不慍不火的口氣說道。「我們有十分鐘的時間。」

椅腳刮過地板。她們面對面坐下。

霏伊深呼吸，安撫繃緊的神經，提醒自己爲什麼在這裡。她在腦中召喚出杰克站在伊娃腿間衝刺的畫面。在他們的家裡，在他們的床上。

「妳這輩子被男人背叛過多少次？」霏伊劈頭問道，強迫自己冷靜注視依琳雙眼。

杰克的影像依然蝕刻在她視網膜上。她的脈搏慢下來了，不確定感煙消雲散。第一槍已經打響。

依琳瞬時不安動搖，隨即又鎮定下來。她的表情由詫異轉爲深受冒犯。

「我認爲這類私人問題不宜在此場合公開討論。」

她看似就要起身。

霏伊目光堅定地停留在她身上，拒絕讓自己因依琳的最初反應而有所動搖。她投下震撼彈，無疑也因此獲得這位投資經理人的全部關注。她傾身向前，十指交錯放在會議桌上。

「這個問題的答案正是我這個商業計畫的發想點，」霏伊說道。「但首先，請注意我沒有問妳是否會遭到男人背叛。我逕自假設答案是肯定的。然而曾經遭到背叛何以是如此可恥之事，導致妳會有這樣的反應？妳並沒有做錯任何事。」

依琳挺直脖子，傾身前靠。她看似覺得有趣，卻還有些許不安。她似乎做了決定。

「兩次，」她低聲說道。

她的表情稍有鬆懈，隨即又恢復鎮定。外頭斯壯德大道響起憤怒的汽車喇叭聲。

霏伊點點頭。

「而妳一點也不孤單。身為女人，不管我們的社經背景身分地位，幾乎都逃不過男人的背叛。然而感到可恥的是我們，感到自己做錯了什麼的也是我們。想想，為什麼會這樣？」

「我不知道。妳有答案嗎？」

依琳的興趣絕對被挑起了。門開了一縫，霏伊須得順勢推開門，並獲邀留下來。

「喏，我確實有很好的理由思考這件事，」她說。「因為這確實非常羞辱人，遭到欺辱傷害，然後遺棄。有時是因為我們的丈夫找到他更想共度餘生的人，有時是因為在厄勒布魯會議飯店裡骯髒卑下的一炮。所有的愛、子女、投入的時間與努力，全都可以扔到一旁，只為會議中心裡的酒後亂性。我們可以輕易被取代，而他們甚至沒有任何悔意。或至少有那點良心覺得羞愧。彷彿踐踏我們是他們與生俱來的權利。他們還擁有我們打不進去的無形互惠網絡，把所有好處優勢全部保留給彼此，從不流向我們。因爲他們視我們爲次等人。」

霏伊停下來換氣的時候依琳未發一語。但她臉上的表情軟化了，似乎願聞其詳。

「妳是否曾夢想過報復那個背叛妳的男人？那個踩踏妳、錯待妳的人？」霏伊問。

「當然，每個人一定都想過，」依琳說，她的臉霎時顯得赤裸而脆弱。

霏伊猜想她腦中或許也浮起了影像。那種窮其一生無法擺脫的影像，像戰傷，痛在心口而非皮肉的戰傷。

「妳自己呢？」

「不。」

「爲什麼不？」

依琳思索片刻。「我並不知道。」

「我的前夫，杰克·阿德罕，多年來一直對我不忠。我不知道他在我們婚姻中到底睡過多少女人。今年春天我親眼目睹他和他的財務長伊娃·藍朵夫在我們的床上性交。這還只是他背叛我的一部分，比較不重要的那部分。我幫助他建立他的事業帝國。我改天可以跟妳細數這段故事，或許一邊喝點紅酒。但簡單說：沒有我，他不會有今天。然而他不只對我不忠；他拋棄我時甚至要我淨身出戶。妳知道嗎，依琳？我苦苦哀求他，乞求他讓我原諒他，這樣一切就可以恢復正常。我拋下一切尊嚴，只求保住我的家庭。即便他奪走了我的一切——我的事業、我的家、我的保障、我的自尊。到最後，我終於決定夠了就是夠了。」

「那麼現在……」

「現在我要取回屬於我的一切。再加上利息。」

「妳打算怎麼做到？」

她們顯然交換角色了。突然間，依琳成了發問的一方。大好的徵兆。她傾身靠近霏伊，急於得到答案。

「我的方法是：拒絕感到可恥，」霏伊說，把一張Revenge的包裝設計圖推過桌面。「以及進軍一個巨大的目標市場。聰明行銷必須按下一個之前從沒人按過的按鈕。個人化行銷推到極致。故事敍說結合優質產品。」

依琳拿起草圖，仔細審視。

「R字代表什麼？」

「Revenge，復仇。」

「我懂了，」她諷刺微笑。「妳需要我做什麼？」

「經由妳擁有股份的百貨公司行銷通路與廣告活動。其他我會負責。我將盡可能邀集成功女性加入這個計畫，也已經想好一個前所未見的廣告活動策略。尤其是此類產品。我邀請妳並非要妳把這個投資當作某種意識形態的表態。所以我跟妳解釋我的發想過程，希望妳能瞭解這個計畫的無窮潛力。我們產品的目標市場不只是女人，而是受夠男人一再辜負的女人。」

依琳的眼裡有閃光。她再次拿起草圖仔細端詳。

霏伊不語，給她空間思考。

她已經決定不直接對伊琳提出入股邀請，而是讓她自己提出。依琳的股份將會多於她提議其他女人的百分之一。霏伊先前已經送給夏思汀百分之五的股份。她提議送她百分之十，但夏思汀認為太多而拒絕了。

「我要百分之十，」依琳說。

「五，」霏伊說。她的心臟在胸口砰砰跳動。

「七。」

「成交。」

她得強作鎮定才不至放聲尖叫、手舞足蹈。她只是站起來，依琳也隨之起身。她倆站在房間中央握握手。

依琳從手提包裡掏出一張名片。

「有需要隨時打電話給我，這是我的專線，不必經過我的祕書。」

霏伊一走出建築大門手機就響了。她不想被打擾，她想要細細品味這個時刻。但來電人是克莉絲，她於是接起。

「她加入了，克莉絲！依琳．阿奈爾加入我們了！」

「太棒了！」克莉絲熱情應道。「妳一定很開心吧？」

「開心？」霏伊開始朝司徒爾廣場走去一邊說道。「我樂壞了！Revenge將在她擁有的所有店裡銷售。她甚至允諾如果在瑞典銷售成功，她將動用她的國際人脈。妳能想像這會有多棒嗎？」

「是的，我可以。但我們得稍後再一起慶祝。我這裡有兩個人想跟妳談談。」

「沒問題？」霏伊口氣不甚確定。

「等等，我開一下擴音。」

「嗨，霏伊，我的名字是寶琳娜．達夫曼，」一個沙啞的聲音說道。「我旁邊是我的朋友奧嘉．尼可拉森。妳有時間談一下嗎？」

霏伊的心跳漏了一拍。奧嘉．尼可拉森和寶琳娜．達夫曼是全瑞典ＩＧ追蹤人數最高前幾名的知名網紅。兩人加起來至少有三百萬追蹤者。

「當然沒問題！」

「我們現在正坐在格蘭德飯店和克莉絲喝卡瓦酒。我們愛死克莉絲了！她告訴我們妳的事，那個天殺的王八蛋對妳做的事。她也跟我們說了妳的創業計畫，我們非常有興趣。我們有沒有機會加入妳、爲妳幫上什麼忙？」

「妳們想加入？」

「迫不及待！」她倆同聲應道。「我想我還可以多找到一些追蹤人數也都相當可觀的女孩一起。全瑞典還叫得出名號的我們全都認識，妳知道的。」

「她們是說眞的，」克莉絲說。「比如說，她們就認識我……」

霏伊忍住一記咯笑。

她掛斷電話的時候腳步輕盈得又蹦又跳。一個懷裡抱了隻臘腸狗的婦人詫異地看著她。霏伊對她露出燦笑，婦人快步走開。

霏伊在 Svenskt Tenn* 店外的落地玻璃窗前停下腳步打量自己，明白映入眼中的是一個贏家的身影。

* 擁有近百年歷史的瑞典家飾名店與室內設計公司。

第三部

某處有電扇發出吃力運轉的噪音，降低了律師事務所試圖營造的高級感。

杰克在拘留所要求見她。霏伊律師對她轉述的時候嗤之以鼻還大搖其頭。

「我不懂他怎麼還有臉說要見妳。在他做了那些事後，他怎麼可能想像妳會有見他的意願？」

霏伊沒回答。她坐在會議室裡，一逕攪動她的那杯茶。她像被催眠似地盯著紅灌木茶汁表面的波紋、那似乎可以吞噬一切的漩渦。

她的律師伸出同情的手放在她肩上。

「檢方決定提出無期徒刑。以目前的證據看來，他絕對是逃不掉了。庭訊結束後妳就再也不必看到他了。」

「但檢方真的能證實他的犯行嗎？畢竟沒有……」霏伊話不成聲。「沒有她的屍體。」

「除了屍體之外的證據已經足夠了。還有他對妳做的那些事。相信我，他很久很久都不會出來了。」

霏伊停止攪動。她把湯匙放在一張白色餐巾紙上，舉起茶杯就口。熱茶燙舌，但她歡迎痛感。這些日子以來痛苦是她的朋友。痛苦就住在藏有她所有祕密的渾水之中。

來自《產業日報》的記者英格麗．漢森撥弄著一盤凱撒沙拉。霏伊只要了一杯綠茶。口述錄音機放在兩人中間的桌上，錄音燈閃閃爍爍。

「妳創立 Revenge 至今真是一段了不起的過程，」英格麗．韓森說。「和杰克．阿德罕離婚後，妳從一個家庭主婦蛻變爲一家今年營業額上看十五億克朗企業的創辦人與董事總經理。妳的祕密是什麼？」

霏伊舉起茶杯啜飲一口。

「下苦功，我會這麼說。以及真正在行而投入的投資人。」

「但一切都是從妳的離婚開始的？」

霏伊點點頭。

「剛跟杰克分手的時候，我完全不知道自己要做什麼。我開始一個遛狗服務的生意，白天就是做這件事，晚上的時間則用來研究撰寫商業計畫。」

「你們不算好聚好散嗎？照妳公司的名字看來，Revenge，復仇？」

她發問的口氣不帶任何偏見意味，但霏伊知道這是一枚地雷。她至今已經很熟悉媒體遊戲了。最糟糕的往往就是那種語帶同情、假裝是妳朋友的記者。那種會在訪談告一段落後關掉錄音機，說想跟妳私下聊聊、絕不會拿去發表的訪問者。

在媒體的世界裡根本無所謂「私下聊」或是「不拿去發表」這回事。他們毫不留情。但霏伊知道要如何反過來利用他們。她叉腿而坐，雙手十指交錯放在大腿上。如今她負擔得起昂貴的服飾了。她視它們爲某種制服或盔甲，用來展現權力與成功。她今天選擇穿上 Isabel Marant 西裝外套和香奈兒窄裙，底下的襯衫倒是 Zara 買的平價品。她喜歡混搭，而非從頭到腳全都是昂貴的設計師行頭。

「不算好聚好散？倒也不至於。但確實不容易，一如所有離婚。」

「妳會如何形容你們今天的關係？」

「我們有一個女兒，也曾經共度超過十年的人生。如果康沛爾股票終於上市，我大概會買一些。」

「眞的嗎？」

「是的，我參與過康沛爾早期運作，自然還是想支持它。」

英格麗．漢森擦擦嘴。

「所以說 Revenge 這名字和離婚無關？」她問。「但我聽到不少謠傳指稱妳是如何把 Revenge 的主意推銷給妳的投資人的。」

霏伊笑了。

「所有好產品背後必定得有個好故事，能在網路與社群媒體竄起並竄紅的故事。我無法宣稱那個故事不是我們的助力。找到一個能引起這麼多女人共鳴的點，對生意來說絕對是一大優勢。」

英格麗點點頭，改變話題談起績效指標、最新營收報告、國際拓點、以及 Revenge 剛剛贏得的行銷策略大獎。她另外也問了不少霏伊個人投資方面的問題。主要是房地產，霏伊個人資產有相當比例來自這一塊。她非常樂意分享資訊與建議。她沒有什麼好隱藏。至少在財務方面。

半小時後訪談結束。英格麗離開霏伊位在畢爾耶．尤爾斯街一幢尊貴建築裡的辦公室。霏伊倚在壁龕窗前的牆上目送記者離去，允許自己擁有幾分鐘難得的平靜。

旋轉木馬一旦開始轉動，一切便以飛快速度發生運行。離婚後這三年遠遠超出她的預期。Revenge 獲致空前成功，規模之大甚至是她做夢也不曾想過的。她低估了她的系列行銷活動與產品所能掀起的熱潮。女性熱情擁抱 Revenge 切入市場的角度，短短六個月內就有法國與英國的零售商接連要求授權販售產品。她們最近剛剛與美國最大零售通路簽訂合約。

最大的突破關鍵來自ＩＧ。寶琳娜．達夫曼、奧嘉．尼可拉森和她們的朋友對年輕一代女性的影響力與號召力是她先前完全無法想像得到的。在千千萬萬瑞典女性眼裡，她們是新一代的理想化身。二〇一〇年代版的蘇菲亞．羅蘭、瑪麗蓮．夢露、還有伊莉莎白．泰勒。她們穿什麼，其他女性紛紛跟風。她們買什麼，其他女性也立即跟進。她們以 Revenge 品牌大使身分張貼關於女孩力量的感性啟發文，也樂意廣告完美符合刻正橫掃瑞典的女權潮流的產品。Revenge 品牌推出時機完美到不能更完美。

在某些懷疑的時刻裡，霏伊也會自問，在那些由穿著比基尼的美麗女性手拿 Revenge 低糖茶飲、以翹臀面對鏡頭的廣告裡，女性主義的訊息到底在哪裡？但克莉絲曾直言不諱指出，女性主義訊息有多少算多少，進路不可能是完美直線。何況，網路上充斥著一堆異曲同工的男性以赤裸胴體廣告高蛋白飲品的影像。說起來，兩者間又眞有什麼不同？

霏伊設立的品牌官網裡特別設有討論區，供女性分享報復丈夫男友的故事。論壇受歡迎的程度讓技術人員應接不暇。故事源源不絕，每天都有新故事湧入。另一個效果強大的行銷工具是臉書。她們能準確針對 Revenge 的目標團體——受過良好教育、世故聰明的女性——置入廣告。這個客層收入通常也高，這意味著她們可以拉高定價以爭取更高的產品利潤。

Revenge 初始以網路銷售爲唯一通路。當依琳・阿奈爾旗下的百貨公司計畫開始販售 Revenge 產品時，霏伊明白她必須推出配套活動以維持品牌在網路上掀起的熱潮與魅力。她聯絡十多位女性藝術家、作家、演員，在給予完全創作自由的情況下請她們各自設計一款聯名包裝。繼之以社群媒體上的大舉造勢，正式上市時並且端出魔力無邊的勸敗四字訣：**限量發行**。

年輕女性在店外大排長龍，只爲買到有偶像個人詮釋女性情誼的創作加持的 Revenge 產品。霏伊突然發現她們又爭取到了全新的目標團體。品牌論壇裡似乎孕育出了某種革命精神。

夏思汀站在門外清了清喉嚨。

「妳今天下午四點要去接茱莉安。」

「那之前有排會嗎？」

「沒有。妳先前有要求清空下午行程。」

「當然，沒錯。謝謝妳。」

「那就晚上家裡見了，」夏思汀說，關上門。

她今天似乎有些焦躁不安，霏伊納悶。然後她想起來了，夏思汀今天利用午餐時間去看了阮納。她去看過他後心情總是不太好。霏伊問過她爲什麼還去看他，夏思汀的回答是：「我無論如何還是他的妻子。我去是爲了讓那些職員不要一直打電話來煩我。此外，看他無助地躺在那裡能帶給我某種滿足感。雖然我常常幻想要用枕頭悶死他。」

霏伊再次望向窗外。下方街道車流隆隆。很快就十月了，在多年謠傳臆測後，康沛爾股票終於要上市。三年來的努力全看接下來幾個月了。她拿起裝有她不久前購入的 Dell 牌筆電的手提包，離開辦公室。她在司徒爾購物中心找了家咖啡廳，裡頭大部分的顧客都是來自附近幾所名門私校的翹課學生。

她不經心地聽到他們的對話，講起生日想要的 Gucci 包包，或是抱怨被迫和家人去馬爾地夫度假、因爲「那裡根本超無聊的好不好」。她跟面無表情的女店員點了咖啡，挑了角落的桌位坐下，打開筆電接上無線網路。杰克從茱莉安出生以來就使用同一組密碼。他們在一起的那些年裡，他前後只更改過一兩次密碼。他是慣性的動物。

至少他以前是。

關於康沛爾最早的文件紀錄都以ＰＤＦ檔存在他的電郵信箱裡。但她只能賭他依然使用那組 Julienne100730 的密碼才有辦法看到。霏伊舉起白色馬克杯啜飲一口咖啡。她的手在發抖。過去三年的每一步就是爲了走到這裡。全都取決於杰克的慣性，懶得更換密碼。

她輸入字母與數字，按下輸入鍵。
密碼錯誤。
她再試一次。
密碼錯誤。
她忍下一記挫敗的尖叫。那王八蛋總算想起來要更換密碼了。她闔上筆電，走出咖啡廳。
接下來要怎麼辦？她必須設法駭進他的電郵信箱。
十分鐘後，她回到辦公室。才走進大門，外頭就下起雨來。夏思汀滿臉期待地看著她。
霏伊搖搖頭。
「可以請尼瑪過來一下嗎？」她說，快步走進自己的辦公室。
尼瑪是Revenge的IT工程師，體型乾癟皮膚蒼白，手毛倒是非常茂密。不擅社交的他是個電腦天才。
霏伊掛好外套，坐在辦公桌後方的座位上等他。
幾分鐘後尼瑪出現在門口。
「妳需要幫忙？」他說。
霏伊微笑。
「請進，」她說，指指訪客座椅。
他坐下，焦慮地搓揉雙手。

「有哪裡不對嗎？」

「完全沒有，」她說，對他露出解除戒心的微笑。「正好相反，是我有事拜託你幫忙。說起來有點不好意思。」

「噢？」

「是茱莉安，我的女兒。她最近得到一臺電腦，我有點擔心她會逛到一些不適合她年紀的網站。我想多少留意一下她的網路動態。我天生愛操心，這點我實在無能爲力。」

尼瑪點點頭。

「我懂。」

「有辦法可以讓我做到我想要的嗎？」

「妳想知道哪方面的訊息？」

「她的臉書密碼之類的。眞的不能不提防。小孩毫無戒心，有人來攀談就聊開了。」

尼瑪皺眉。

「這倒不難。我建議妳在她的電腦上安裝鍵盤側錄器。這樣妳不必登入她的社群媒體帳號也能看到她的所有活動。」

「要怎麼弄你說的這個……」

「鍵盤側錄器。妳只須在她的電腦裝上啟動程式。然後妳就可以隨時下載她曾經使用鍵盤輸入的一切資料的文字檔。她每次打鍵盤都會被這個程式記錄下來，就這麼簡單。這樣一來妳不必登入她的臉書或 Snapchat 帳號，也一樣能掌握她的所有動態。」

「而她完全無法查知我的監看？」

「是的。只要把程式藏在其他檔案之中。側錄器會深埋在背景裡運作，在她不知不覺中記錄一切。」

「太好了。我要怎麼弄到這個鍵盤側錄器？」

「給我幾分鐘，」尼瑪說完隨即起身。

他很快又回到辦公室，手裡拿著一個USB隨身碟。

霏伊椅子往後推讓出空間。他把隨身碟插入她電腦的一個接口，開始講解如何安裝程式。

「我也有孩子，所以我很瞭解這種情況，」他說。

霏伊意外地看著他。她甚至很難相信他有女朋友。

「這我倒不知道。」

「他的名字是阿思緹。今年十歲，整天掛在網路上。身爲父母不可能不擔心。」

「你一定是很年輕就生她了。」

「二十歲。說來有點怪，但她是我們計畫中的孩子。我向來早熟。」

「而你還和你的……」

「約翰娜。」他提起她的名字時臉色一亮。「噢是的，我們結婚了。」

霏伊挑眉。人們總是不停爲她帶來驚喜。

金錢改變人。霏伊還是阿德罕太太的時候，每到週末電話就響個不停，全都是其他孩童家長打來邀約茱莉安參加派對或一起玩的。他們拚死命假裝是他們的孩子想跟茱莉安玩。事實是，她和杰克才是他們眞正想攏絡的對象。或者該更精確地說是杰克。她只是配件，一個通往成功男人的窗口。

茱莉安是他們收到晚餐邀約的門票，這樣他們才能沐浴在杰克與霏伊放射出來的成功榮光中，期盼多少能沾一點光。

離婚後他們就不再找她了。電話不再響起。恩斯克德對他們來說遙遠有如摩加迪休*或巴格達。利丁罕沒有父母會在沒有大隊保鑣與一堆疫苗的保護下把孩子送去那裡。他們轉而打電話給杰克、再由杰克把電話轉給伊娃，讓她花上大把時間協調安排茱莉安和他們共度那個週末的派對與遊戲約會。只不過茱莉安一個月最多就和他們度一次週末。

事情在 Revenge 的全面成功後再次翻轉。

茱莉安開始上奧斯特馬爾姆小學。杰克原先屬意私校，比如說王室孩童上的卡爾森，或是

* Mogadishu：位於東非濱印度洋的港都，為索馬利亞第一大城。

諺傳足球明星茲拉坦．伊布拉希莫維奇打算送兩個兒子去上的菲德列克肖夫宮小學，但霏伊拒絕了。她不想要茱莉安變成那種會大聲抱怨得去馬爾地夫度假的青少年。

沒錯，奧斯特馬爾姆小學裡也不會有領福利金的孩子，但也至少還有一些不會把在馬貝拉或紐約過暑假、在馬爾地夫過聖誕、在家族位於韋爾比耶†或霞慕尼‡的木屋度過期中假視爲理所當然的孩子。

茱莉安的日子過得平順開心。霏伊和夏思汀成了她生活的礎石。她也總是熱切期盼每月一次和杰克共度的週末，但回家時卻也常常悶悶不樂。看來杰克承諾得多，做得到的卻少。

霏伊把車停在巴涅街上。茱莉安坐在電梯旁的長凳上低頭玩 iPad。霏伊不作聲在她身旁坐下。用手肘推推她，她才終於抬起頭來。

茱莉安笑出來，給霏伊一個擁抱。

「妳在玩什麼？」

「寶可夢，」茱莉安說，把 iPad 收進背包裡。

霏伊牽起茱莉安的手。

---

† Verbier：位於瑞士瓦萊州的滑雪度假勝地，位處高原，可以從獨特角度欣賞白朗峰美景。

‡ Chamonix：法國東部著名滑雪勝地，位處法、義、瑞士三國交界的阿爾卑斯山谷。

「今天過得好嗎？」往停車處走去時霏伊問道。

「好。」

「妳知道妳這週末要去爹地那裡吧？」

「嗯哼。」

她爲茱莉安拉開車門、爲她繫上安全帶。

「應該會很好玩，對吧？」

「應該吧。」

「妳不喜歡去那裡嗎？」

「有時候。他們常常吵架，我不喜歡這樣。而且爹地大部分時間都在工作。」

「大人有時候就是會吵架，茱莉安。爹地和我以前也是這樣。但這一切都和妳沒有關係，雖然我能瞭解那會讓妳很不舒服。還有，爹地這麼忙也是爲了妳。」

她拍拍茱莉安的臉頰。

「要我跟爹地談談嗎？」

茱莉安用力搖頭。

「他會生氣。」

「他爲什麼會生氣？」霏伊說，抱抱她。

「噢，沒事，」茱莉安低聲說道。

「妳確定嗎？」

茱莉安用力點頭。

霏伊打開公寓大門時，茱莉安擠在她前面進門、直直衝向廚房。

這間位於卡爾大道上的四房公寓約一百七十平方米大小，對面就是ＩＣＡ埃斯比拉納超市，霏伊以一千五百萬克朗的價錢購入。全屬於她，屬於她和茱莉安。

「我們到家了，夏思汀！」茱莉安喊道。霏伊跟在她身後也走進廚房。

「哈囉，我的小可愛，」夏思汀說，一把抱起茱莉安。

霏伊微笑。她幫夏思汀買下相鄰的公寓，幾乎天天一起吃晚餐。霏伊需要加班的時候，夏思汀再樂意不過幫忙看顧茱莉安。霏伊與茱莉安的生活中不再有住家保姆的存在。

夏思汀對茱莉安寵愛有加。霏伊雖然不贊成這樣寵溺孩子，卻也不想直指出來。夏思汀是她的錨，她的磐石。

晚餐後霏伊用電壺煮水，把碗盤放進洗碗機裡。茱莉安一溜煙跑進客廳，

「是哪裡出了差錯？」夏思汀低聲問道。

「他換過密碼了。我另外找到方法，不過得花上比預期還多的時間。」

客廳傳來電視聲。

「只有一個問題，」霏伊繼續說。

「什麼問題？」

「我需要某人的幫忙……」

她朝電視噪音來源方向點點頭。

夏思汀睜大眼睛。

「妳沒跟她提過……吧？」

「當然沒有。我不會讓她被牽扯進來。至少不是有意識的。」

「妳知道嗎，霏伊，我對妳的所作所爲幾乎從來沒有意見，我愛妳，也樂於支持妳，但我眞的不喜歡這樣。」

「我也不喜歡，」霏伊說。「但我沒有其他辦法可以接近他的電腦。」

電壺水開了。她拿出兩個馬克杯放在桌上。

「事情變數還很多，」她靜靜說道。「我甚至不知道文件還在不在那裡。但這是我們最好的機會。重點是不要自亂陣腳犯下錯誤，留下能回溯到我身上的證據。」

「回溯到我們身上，」夏思汀說，吹吹她的熱茶。「我們是命運共同體。我會挺妳到底，不管我喜歡不喜歡。」

霏伊點點頭。她也對必須利用茱莉安一事感到極度不安，但她別無選擇。

她們一起躺在茉莉安床上，大聲朗讀《獅心兄弟》*。洗碗機在廚房裡嗡嗡運作。

在茉莉安回房前，霏伊交給她一個ＵＳＢ隨身碟。

「親愛的，媽咪有件事要請妳幫忙，」她讓茉莉安坐在廚房桌前對她說道。「我打算給爹地一個驚喜。」

「哪一種驚喜？」

霏伊舉起隨身碟。

「我還不能告訴妳，不過妳知道爹地跑去看金融新聞的時候，常常會讓書房裡的電腦繼續開著？我想要妳把這個東西插進他的電腦裡，然後像這樣按這個鈕。」

她指一指。

「就這樣。然後妳就可以把它抽出來。」

「我爲什麼不能跟爹地說？他說我和他之間不可以有祕密，只可以有不能跟妳說的祕密。」

霏伊皺眉。她的話是什麼意思？

「因爲說出來就破壞驚喜了，」她應道。「等妳完成任務，我去接妳回家，家裡會有另一

---

*《The Brothers Lionheart》：《長襪皮皮》作者阿斯特麗德．林格倫出版於一九七三年的兒童奇幻小說。

個要給妳的驚喜！」

「是什麼？」

「某樣妳已經想要很久的東西。」

「手機？」

「妳眞是一點也不傻啊！沒錯，一支屬於妳自己的手機！這樣妳就不必一直跟我借了。」

「我什麼時候可以拿到？」

「星期天。如果妳能幫我的忙，它就會在家裡等妳回來。」

霏伊感覺糟透了。但她別無他法。她必須取得那些檔案。

茱莉安沉沉入睡。霏伊闔起書，放在床頭小桌上，然後親吻女兒暖烘烘的頭髮。睡夢中的她看來如此平和，但她近來確實有些變化。她變得更退縮、更安靜。霏伊感覺得到她的焦慮，不禁暗忖杰克到底和女兒分享了什麼樣的祕密。也許是微不足道的小事，比如說讓茱莉安吃冰淇淋當早餐。但要是他們瞞她的其實是更重大的事情呢？

霏伊仰躺在自己床上——自從隆胸之後她就很難再趴睡了。臥房裡的空氣有點凝重，叫人喘不過氣。她起身，抓起睡袍、打開通往陽臺的門。秋夜的空氣感覺如此清新。她點了菸，落坐在藤編沙發上。卡爾大道偶爾有車經過，但大部分的斯德哥爾摩都陷入了沉睡。

三年過去了。三個美妙、勤奮、成功的年頭。她偶爾允許自己暫停腳步，回想這三年發生的事，每回也總是低迴讚嘆不已。

她創業成功，投資多有斬獲，爲自己和茱莉安還有夏思汀都買了公寓，完完全全站穩了腳步。荒謬的是，她不時還是會質問自己眞的都不想杰克了嗎？或至少是那個名爲杰克的幻夢？

這就是她的恨意不曾稍褪的原因嗎？這就是她決意執行自己三年前擬定的計畫的原因嗎？當然，這段時間裡她生活中確實有其他男人，但在擊垮杰克之前她不敢談任何認眞的感情。她不能分心、不能模糊焦點。達成目標是唯一重要的事。

有時她不禁會想是否該滿足於現狀就好。究底，她已經擁有了一切。她奮鬥過也成功了。她擁有金錢、社會地位，還有茱莉安。但以某層面來說，她知道這些並不夠。他從她這裡奪走那麼多。他踐踏她、糟蹋她到她幾乎爬不起來的地步。她不能原諒這點。

她的恨意也在這幾年間受到其他女人故事的滋養。她每天都會登入 Revenge 網站討論區和ＩＧ帳號，一一閱讀湧入的新故事。隱隱間似乎有一股巨大的需求，補償與歸還：重建失去的自尊、反擊、取回控制權、展開報復。

這慾望包含某種來自原始本能的成分。舊約聖經裡充斥各種復仇的故事。以眼還眼、以牙還牙。對公平正義的呼求。驅使她的已經不只是自身的恨意，而是來自千千萬萬女性的聲音。她喚醒了某種蟄伏已久的能量。

她們的憤怒就是她的憤怒。她的憤怒也是她們的憤怒。

霏伊吹掉落在睡袍上的煙灰，拿來手機點開 Spotify。艾爾德克凡合唱團*的 <Alice> 樂聲開始緩緩流瀉。

她母親一直都很愛艾爾德克凡。她說過多少次第一次去聽他們現場演唱、最後甚至獲贈普魯拉．楊森的吉他彈片的故事？那是在她遇到霏伊父親之前的事。在之後那樂聲就陷入沉寂。歌聲與香菸帶領霏伊回顧這一段三十年的旅程。回到她的童年、回到費耶巴卡、回到他們住過的屋子裡。她、瑟巴斯欽、媽和爸。

她把今天的郵件放在面前的小桌上。一整落最上頭一封又是來自她父親的信。那些她曾經認識的人都已經不在了。只剩爸。他從報上關於 Revenge 報導中認出了她。在沉默這麼多年後，信終於再度開始出現。最初一星期一封。然後兩封。然後三封。霏伊從未打開過。

她要求她的律師調查相關法條。他絕對不能被放出來。但她知道瑞典的現況，事實上根本沒有所謂的無期徒刑。連對她父親這種人都沒有。他遲早會被釋放。但不能是現在。絕對不能是現在。她必須先完成她計畫已久的事。

她拿起信，抵住菸頭。信著火的剎那帶來的解脫感無法以言語形容。

* Eldkvarn：成軍於一九七一年的瑞典搖滾樂團，至今仍活躍北歐樂壇。Plura Jonsson 為其主唱、吉他手與詞曲作家。

費耶巴卡——昔日

我房間窗外傳來的海濤聲掩蓋不住廚房傳來的聲響。聲音愈來愈大。爸的充滿怒意，媽的苦苦哀求。還抱著一絲希望、以為能避免那無法避免的結局。他們吵架是我的錯。我放學回家給自己弄點心吃忘了收拾。我怎麼會忘了呢？明知道爸最討厭東西沒有收好。除了他自己弄東西吃的時候。他從來不收拾，但我們其他人都必須確認再確認東西都收好了，乾淨、整齊、一絲不苟。我，媽，還有瑟巴斯欽。

媽總是擔下一切。我為此好愛她。但我真正比什麼都想要的是趕快長大、變高變壯，讓她可以不必再因為我做的事而受罰。但事實是，只要我還小，他就不敢處罰我。我做錯事的時候他只會緊緊握拳，卻不敢讓拳頭落在我脆弱的身骨上、擔心一出手就會把我打死。於是他只好將就，把氣出在媽身上。她才挺得住。

我第一次瞭解到大家都怕他，是在我五歲有一回跟他去超市買東西的時候。他買了最常買的幾樣東西：幾包香菸、一大根巧克力棒、一份《快報》。瑟巴斯欽和我極少有機會嚐到一口那根巧克力棒。

我們走近收銀臺的時候，有個男人突然跳出來插隊。爸正要把他的東西放上輸送帶時，那個從穿著看來應該是夏日訪客的男人搶先一步把他的東西丟上去。收銀員臉上驚駭的表情讓我嚇了一跳。她極度恐懼爸的怒氣。

爸不會讓個他口中的王八混帳觀光客插他的隊。我多年後得知那個男人被送進烏德瓦拉醫院，斷了兩根肋骨。事情發生的時候我只有五歲，故事卻一直流傳了下來，多年來我聽過好多遍。這個故事和其他故事。

廚房爆出第一記拳頭聲之後，我面前的數學課本就一直停留在同一頁。除法。容易，真的容易。數學是如此直來直往簡單明瞭。但拳頭落下聲開始後我只能扔下筆，用雙手遮住我的耳朵。

一隻手拍上我的肩頭，讓我驚跳起來。我沒理會瑟巴斯欽，一逕以手遮耳。我從眼角看到他坐在我床上，背靠牆、眼睛緊緊閉上，像我一樣努力嘗試把一切阻隔在外。我把自己關進自己一個人的泡泡裡。裡頭沒有任何其他人的位子。

✦

霏伊和克莉絲相約在格蘭德飯店共進晚餐喝點小酒。她其實沒這心情——她只想週末快快結束，才能知道茱莉安到底成功了沒有。但她明白和克莉絲出來才是正確的選擇，喝個微醺、說不定找人調調情，都勝過在家坐困愁城。領班為她們安排了露臺的桌位，可以眺望水景和王宮。餐廳裡的噪音音量緩緩升高。另一頭的鋼琴酒吧有個漂亮的女人正在演唱〈Heal the World〉。

克莉絲點了漢堡，霏伊只要了凱撒沙拉。她們的莫希多調酒才剛上桌，兩個大約二十四五歲的年輕女子走近她們、央求和霏伊自拍幾張照片。

「我們好愛妳！」她們離開前尖聲喊道，「妳是所有女人的模範！」

「下回我得訂個私人包廂才有機會跟妳說到話，」克莉絲說，興味盎然地攪動她的莫希多。

「說得好像妳自己都沒有知名度似的，」霏伊說。

克莉絲對她露出自嘲的微笑。

「妳奶子還好吧？」

「就很不一樣，」霏伊簡扼答道。

她對自己原來的胸部毫無不滿，但該隆就隆。她的身體是工具，幫助她達成目標的工具。

「試用過了沒？」

霏伊挑眉。

「我是說，找男人試試。」

「還沒。」

「妳需要好好打一炮。性愛是靈魂的養分。」克莉絲掃視整個餐廳。「不過在這裡恐怕有點難。這裡大部分的男人打從柏林圍牆倒下後就不曾不靠藥物幫助勃起過了。」

霏伊笑了，追隨她的目光。克莉絲沒說錯。口袋深深、頭髮少少、藍色小藥丸的忠實用戶——這三點差不多就概括描述了這裡的男性客群。

克莉絲身子前傾。

「杰克的事進度如何？股票很快要上市了。」

「遇到一個問題，不過應該已經解決了，」她說，然後跟克莉絲解釋了鍵盤側錄器的事。

「不說我的事了。妳最近如何？」

克莉絲啜飲一口莫希多，輕輕咂了咂嘴。

「我幾個月前曾經認眞考慮退休、搬去某個陽光充足的地方。女王集團營運已經不需要我親力親爲，而且我也不需要更多錢。不過我現在改變主意了。」

「噢？」

「是的，」克莉絲說，避開她的目光。

「妳打算自己告訴我，還是非要我嚴刑逼供不可？」

「我，嗯，說來難爲情，我戀愛了。完完全全、徹徹底底、他媽的無可救藥戀愛了。」

霏伊差點被一片薄荷葉噎到。她開始咳嗽。

「戀愛？」她氣虛地複述道。「跟誰？」

「妳一定很難相信，不過他的名字叫做約翰，是個高中老師，教瑞典文。」

「聽起來非常……非常正常，」霏伊說，心裡原來想的是某個全身刺青、二頭肌爆大的《天堂酒店》*參賽者，年紀輕到搭飛機可以買學生折扣票那種。

「怪就是怪在這裡，」克莉絲說。

「你們怎麼認識的？」

「他陪他外甥女來我們在司徒爾購物中心的沙龍。他穿了件那種肘部有貼片的奇怪外套。他外甥女一坐下來就說要弄莫西干頭†，我當下好奇心大起。他會怎麼反應？結果他只是點點頭說：『我自己也一直想弄這個頭，我覺得很酷』。」

克莉絲陷入沉默看向窗外。

「真可惜已經是死會，我當時想，因爲我以爲那是他女兒。不過我還是留在店裡跟他聊了一下。後來他結帳的時候，女孩問了一句說爹地會不會來接她，我的心情立刻又往下沉到谷

---

* 《Paradise Hotel》：美國福斯電視臺於二〇〇三年推出的實境秀。

† Mohican (hairstyle)：頭兩側剃光只留中間頭髮、通常還抹上慕斯使其站立的髮型。

底——我以爲他是同志。」

「不過？」

「後來是一個禿頭男來店門口把女孩接走了，他看到女兒的頭髮立馬漲紅了臉。他們父女和貼片外套男後來就各走各的，而我……我他媽的還是承認好了：我要祕書取消我整個下午的行程，開始跟蹤他。」

「妳跟蹤他？」

霏伊滿臉笑意地盯著好友。這實在太瘋狂了，即便以克莉絲的標準來說。

「呃，算是跟了一下下吧，我想。」

「跟到哪裡叫做一下下？」

「法爾斯塔。」

「妳多少年不曾離開市中心了？自從……」

「自從主後二〇〇六年。很扯，我知道。總之呢，到了法爾斯塔後他終於轉過身來。我不是什麼詹姆士龐德的料，他早就發現我從司徒爾廣場一路跟蹤他來這裡。」

「他怎麼說？」

「他說他受寵若驚，然後說一路跟到這裡我一定渴了，所以他問我可不可以讓他請我喝咖啡。」

「我的天啊，克莉絲！我眞的太爲妳開心了！」

克莉絲止不住微笑。

「我也是。」

「接下來呢？」

「他請我喝咖啡，而我無可救藥地墜入愛河。我們一起回去他家，我接下來兩天都待在那裡。」

她大笑，霏伊感到暖意散布全身。

「現在呢？」

「就是他了，霏伊，我一輩子都在等待的男人。」

有那麼不到一秒的時間，一抹陰影閃過克莉絲微笑的臉。任何認識克莉絲不及霏伊久的人都不可能會留意到。

事情不太對勁。

「克莉絲，是什麼事？」

「什麼意思？」克莉絲冷靜回應。

「我懂妳。到底什麼事？」

克莉絲啜飲一口酒，然後放下杯子。

「我得了癌症，」她說，話聲濃濁。

時間暫停了，周遭的噪音消失了。形狀模糊了。尖角都不見了。

克莉絲的聲音聽起來遙遠而陌生。

霏伊無法理解。克莉絲，如此精力充沛、如此生氣勃勃的克莉絲，不可能得了癌症。但她確實得了，某種罕見的子宮內膜癌。克莉絲自己指出這未免諷刺，畢竟她這麼少用到子宮。杯觥交錯。沐浴在陽光下的斯德哥爾摩港入口波光粼粼、宛如一面鏡子展開在她們面前。水岸另一邊的王宮一如往常，看似市立監獄更勝童話故事中的城堡。這是一個美得出奇的秋日，吸引城市居民走出家門。她們周遭的桌位坐滿歡享下午茶的人們、黃金首飾鏗鏗鏘鏘。霏伊不明白，在她的世界內爆崩毀的當下，那些人爲什麼還笑得出來？

「我本來打算治療成功後才要公開，不過既然妳問了。」

克莉絲聳聳肩。如果醫生無法成功阻止病程，她大概只剩不到十二個月。霏伊不停搜尋克莉絲只是在開玩笑的跡象，等待著她解除戒心的爽朗笑聲。但笑聲沒有出現。

「我們得離開這裡，」她說。她幾乎無法呼吸。「在妳告訴我妳得了癌症之後，我不能再坐在這裡啃這盤天殺的凱撒沙拉。」

話出口她立刻後悔了。她明白克莉絲一定嚇壞了，一定是拚死命強撐住自己才不至崩潰。這不該是她說她想要什麼的時候。更不是她爲自己感到難過的時候。

「我好難過，我真的真的好難過，」她說。

克莉絲微笑。憂傷的微笑。一種霏伊很少在她親愛的摯友臉上看到的表情。她強迫自己吞下一塊雞肉，感覺一定會卡在喉嚨。她放下刀叉，招下路過的侍者要了兩杯琴湯尼。

「雙倍酒，麻煩。」

她們沉默地等待調酒上桌。

「想談談嗎？」霏伊啜一口酒問道。

「不知道。我想應該想吧，但是我不知道要怎麼談。」

「我也不知道。所以妳一定要好起來。」

「喏，我顯然這麼打算。這時機眞是他媽的爛透了。我好不容易終於戀愛了，結果子宮裡卻冒出一顆腫瘤毀了一切。老天還眞是有幽默感啊。」

克莉絲只有笑聲沒有笑意。

霏伊點點頭。她含住吸管，吸起更多酒液。她感覺酒精在體內擴散，讓她身體暖起來、讓呼吸變得稍微容易一些。

「妳擔心他會離開妳？」

「他沒走我才意外。我們才交往幾星期，而我一旦開始跟癌症宣戰，治療過程會榨光我全部的氣力。我會變醜、變得毫無吸引力，我還會失去性慾，每天只是疲憊不堪。當……當然我會擔心。我眞的愛他，霏伊，我眞的很愛他。」

「妳擔心……」

「……擔心自己會死？我嚇壞了。但我沒有要死。我要和約翰在一起，一起去旅行、一起變老。我從來沒有像此刻這麼想活下去過。」

又一抹陰影閃過。霏伊感到無能為力，感到什麼也無法確定。最後，她只是把手放在克莉絲的手上。那隻曾在她墮胎時給予她力量的手。此刻它微微顫動，感覺冰冷。

「妳遲早必須告訴他。不管他會不會離開妳。」

克莉絲點點頭，喝下一大口琴湯尼。霏伊的手始終覆在克莉絲的手上。

✦

霏伊星期日前去接茱莉安回家時，她的女兒滿臉期待地看著她。霏伊已經完全忘了自己叫她做什麼事——克莉絲的病情攪亂了一切。

「在哪裡？」茱莉安問。

「什麼在哪裡？」

「我的手機。我做了妳要我做的事。」

「做得好，親愛的。手機明天就來了。」

茱莉安開始抗議，但霏伊解釋她就是得等到明天。茱莉安臭著一張臉鑽進自己房間，霏伊卻找不到力氣叫她回來。

杰克的電郵密碼即將唾手可得的事實，同樣激不起她的任何熱忱。

克莉絲拜託她不要把癌症的事告訴任何人。她不想要任何人的同情，說她不想要在自己額頭印上「癌症治療中」的字樣。她倆同意由霏伊陪同她去醫院接受第一次治療，也同意在那之前暫時不要再談到這件事。

但她腦中根本裝不下任何其他事。

沒有克莉絲的人生？她一直都在那裡，在霏伊只想躲藏的時候給予她力量。眼前角色倒轉了。現在換成克莉絲需要她。全部的她。

霏伊有錢。她事業成功。她已經證實給杰克和全世界看，她可以靠自己站起來。也許她該讓鍵盤側錄器紀錄他的密碼和輸入的一切、卻不做任何處置？她該放手嗎？

不可能。她無法忍受半途而廢的想法。她不能放手，不想放手。這讓她成了哪種人？她最好的朋友生病了，甚至可能一病不起。而她卻仍想著要如何擊垮杰克。

費耶巴卡——昔日

爸第一次打我的那年我十二歲。媽去了超市，前腳剛走。我坐在廚房桌前，爸坐在我旁邊，在餐桌的一頭，專心在玩報上的填字遊戲。我轉身，卻不小心碰到茶杯。我看著它以慢動作翻倒，感覺得到傳回手上的衝擊。

熱巧克力潑灑在爸的報紙上、在那幅還差一點就完成的填字遊戲上。彷彿是命運之神出手，要讓我知道輪到我了。

爸出手擊中我耳朵上方時幾乎面無表情。我聽到瑟巴斯欽關上他的房間門，媽回家之前他都不會出來了。

第二拳緊接而來。爸站起來。他這回擊中我右臉頰。我閉上眼睛，搜尋內在，朝我嚮往的黑暗走去。就像我在學校把那些嘶吼謾罵阻隔在心門之外時一樣。

爸的掌心重重拍打在我皮膚上。我對自己承受痛苦的的能力幾乎感到詫異。

我聽到媽的腳步聲從門廳傳來，知道終於結束了。暫時結束了。

霏伊和克莉絲約在卡洛林斯卡大學醫院見面。低低的雲層籠罩整座城市。斯德哥爾摩灰暗而潮濕，典型的秋日天氣。樹葉開始落下，在地上形成一堆堆黃褐色的軟糊爛泥。

克莉絲站在入口外發抖。

「最糟的是我從昨晚就得開始禁食，連咖啡都不能喝，」她咕噥道，瞄了眼霏伊手上那杯 7-Eleven 買的難喝拿鐵。

霏伊把咖啡丟進綠色垃圾桶裡。

「妳不必這麼做，」克莉絲說，兩人一起走進醫院大門。

「我們是一起的，好嗎？」

「好，」克莉絲說，以感激的眼神看著她。

「如果生病的換成是我，妳大概會把我抓來開腸剖肚親手把腫瘤拿出來，」霏伊說。「很遺憾我怕看到血，所以只能陪妳不喝咖啡。能和我最好的朋友相伴幾小時，付出這點代價根本不算什麼。」

她一把抓近克莉絲。「妳覺得怎麼樣？」

「覺得像個癌症病人。至於妳……」克莉絲對著她耳朵低語，「妳天不怕地不怕。但謝謝妳爲了我假裝害怕。」

霏伊不發一語。因爲她唯一能說的是她其實很怕。害怕她最好的朋友就要死了。

離開醫院的時候，克莉絲虛弱得需要霏伊攙扶。霏伊不知道這主要是來自心理還是生理上的疲憊。她對癌症或癌症治療都一無所知。

克莉絲原想搭計程車，但霏伊決定開車送她回家並陪她過夜。她傳簡訊給夏思汀，她回訊說會帶茱莉安去看電影。

克莉絲頭靠在窗玻上，眼睛半閉，任窗外城市景色往後飛逝。

「約翰在妳家嗎？」霏伊問。

「沒。我跟他說我……說我整個週末都要開會，沒時間和他見面。」

「妳必須告訴他。」

「我知道。」

克莉絲用她塗了紅色指甲油的手指撥弄車門。

「但我想先讓妳見見他，以免他……」

「以免他怎樣？」

「以免他決定離開我。」

「決定離開妳。這讓他成了哪一種男人？」

「典型男人，」克莉絲閉著眼睛說，露出疲憊的微笑。「妳比任何人都清楚這是怎麼回事。約翰憑什麼有所不同？」

霏伊不知道能說什麼。那麼多來自網站討論區的故事像一團團冰塊卡在她心底。那些背叛、那些謊言、那些漠然與自私。她沒有任何信心可以告訴克莉絲說她錯了。無論她有多想。

從停車場到電梯這一段路感覺永遠走不完。終於走進公寓大門後，克莉絲立刻衝進浴室大吐特吐。霏伊為她拉住頭髮。離她們上回這樣已經十五年過去了。感覺像上輩子的事。

很自然地，經過短暫的猶疑後，霏伊還是決定採用隨身碟一途。側錄器已經在杰克電腦上安裝妥當、算是成功了一部分，但她還沒想到取得側錄器收集到的文字檔的方法。此外她也只能希望她想要的資料還存在他的電郵信箱裡。她認識的杰克基本上從不丟掉任何東西。他總是想保留一切以防萬一：「你永遠不知道你什麼時候會需要它。」

運氣好的話，那個週末的茱莉安生日派對上就會有機會。

然後還有伊娃。雖然杰克似乎已經成功改變她、壓抑她、縮小她，霏伊卻忘不了伊娃當時眼神中的不屑與嘲諷。在她的臥房裡，裸著身子，剛剛才讓霏伊的丈夫狠狠幹過。苗條、緊緻、完美的矽膠乳房。

霏伊以緩慢堅定的腳步侵入了伊娃的領域，一如她進入她的。霏伊的身體苗條緊緻，剛剛換了一副新乳房。杰克注意到她的改變。他們每回為接送茱莉安碰面時，他的目光總在她身上流連。像最初那樣，他怎麼也要不夠她的最初。再怎麼恨他，霏伊的身體受他吸引的程度卻始終強烈。她至今無法習慣看到他和伊娃一起。也許她永遠都不會習慣。

她自己的感情生活僅限於短暫韻事。在酒吧認識的年輕男子，上床幾次之後和平分手。沒有人可以靠得太近，沒有人可以留下。在最脆弱的時刻裡，她曾夢想一舉擊垮杰克……然後讓他回到她身邊。又一個屬於她的骯髒可恥的祕密。黑水總是源源不絕。

✦

沒有人可以指控杰克有所保留，霏伊開車接近房子時心想。茱莉安說想以「嘉年華會」作爲她七歲生日派對的主題，杰克於是請來一家專精兒童派對的公司，在滿是粉紅色氣球的院子裡架起大型遮陽棚和舞臺，甚至還準備了紅毯——只不過換成了粉紅色。一位專業攝影師就定位要爲小小賓客留下進場時的紅毯照片，然後把照片布置在牆上。幾張大桌上頭擺滿食物和禮物。即便以利丁罕標準來看，這場派對鋪張程度都相當過火。

不過這當然也是因爲杰克比島上任何其他爹地都需要自我辯解。

茱莉安發出尖叫，跳下車跑上車道。杰克與伊娃走到門外迎接她。霏伊停好車也走上斜坡。她特地挑了一件貼身低胸的膚色洋裝，來自 Hervé Léger 的設計。她感覺得到杰克的目光，伊娃似乎也注意到杰克在看她。她動作誇張地展開雙臂擁抱茱莉安，霏伊感到胸口一陣刺痛，努力維持住臉上的微笑。

「妳把院子布置得好夢幻，」她說。

「我們今天想給她一個最特別的派對，」伊娃一派輕鬆愉快地說道，拋給霏伊一個飛吻。

她身上飄散洗髮精與香水的宜人氣息。自從霏伊的 Revenge 品牌一炮而紅、成功的程度大到再無法忽視之後，伊娃也對她改採了某種迎合討好、故作熟稔的口氣。

霏伊從伊娃的擁抱掙脫出來後看著她。她口中是不是也開始出現同樣的苦澀？那份霏伊與杰克在一起的最後一段時間裡也曾在自己口中察覺到的苦澀？還有，她的額頭是不是打太多肉毒桿菌了？

「去妳房間看看我們爲妳準備了什麼派對開始前的驚喜，」杰克說，拍拍茱莉安的臉頰。

茱莉安衝進屋內，啪嗒腳步聲自樓梯傳來。杰克轉向霏伊。

「伊娃請了一個……妳說叫什麼？」

「一位化妝藝術家，」伊娃說。「她也是卡洛拉*的御用化妝師。」

一名男子走過來自我介紹是魔術師。他和杰克一起消失在屋裡，留下霏伊與伊娃站在原地眺望院子。兩個男人正在搬動其中一張桌子。

「妳眞的弄得很棒，」她重複道，試圖填補空檔。

她說的是眞心話。房子很漂亮，院子更是美輪美奐。他們的園丁值得領獎金。他們似乎設

* Carola Häggkvist（1966—）：瑞典紅極一時的流行歌手與詞曲作家。

法弄走了那些在水邊四處拉屎的雁鵝。謠傳是杰克付錢請人半夜射殺牠們。

伊娃微笑。

「妳要不要留下來參加派對？茱兒大概會希望我們大人閃得愈遠愈好，不過如果妳也能一起那就太好了。」

霏伊對她家的讚美似乎一時激發了她的好客之心。她話一出口就後悔了，但邀約已然送出。

霏伊聽到伊娃喊她女兒茱兒不住感到反胃。但她忍住吼她別把她女兒當作寵物天竺鼠的衝動，只是點點頭。一來是爲了伺機接近杰克的電腦，另外也是因爲伊娃對衝動邀約的明顯後悔。

「好啊，那我就不客氣了。」

「太好了。太棒了。杰克請了西恩與維爾來唱幾首歌。」

西恩與維爾是茱莉安和她朋友瘋狂熱愛的男團。她們會唱他們所有的歌，也每天緊追他們的 youTube 頻道更新。有幾個週末茱莉安還曾哀求霏伊帶她去他們的錄音室外頭守候，只爲了眼睜睜看這兩個廢渣跳上計程車，甩都不甩苦候多時的小女孩們。小女孩先是興奮尖叫，隨而流下失望的淚水。

「一定不便宜吧，」她說。

「確實不便宜。他們的經紀人開價兩首歌八千克朗。另外還要求供應香檳和松露巧克力。」

「老天……」

「杰克一開始不以爲然，是我說服他的。我眞的很希望今天成爲她一輩子的回憶。妳要不要來杯香檳？妳可以把車留在這裡改叫計程車回家，或者我們也可以安排人開妳的車送妳回家。」

「那就太好了。」

「我們進屋裡去吧。」

客廳裡有一座鍍鋅檯面的吧檯。伊娃走到吧檯後方拿出一瓶酒。

「卡瓦酒好嗎？」她問。「我喜歡卡瓦酒勝過香檳，家裡總是放著幾瓶。」

「太好了，謝謝。」

伊娃拿出一個杯子，爲霏伊倒酒。

「妳不喝嗎？」

伊娃搖搖頭。

「我們一直沒有談過……喏，談過發生的事，」她說。

她臉上帶著幾乎像是歉意的表情。霏伊突然明白自己有多恨她。她背著她和她老公搞了幾個月，而此刻她站在這裡，在他們該死的大房子裡，除了肉毒桿菌打多了點之外一派恬靜漂亮，故作以和爲貴狀、幻想一切都可以得到原諒。她寧可她維持當年裸體站在霏伊臥房裡時那副傲慢自大的模樣，至少還誠實些。霏伊可能還會少恨她一些。

她只想看到她在她面前徹底崩潰。

伊娃與杰克。他們確實彼此相屬。正朝他們無聲襲來的這場風暴是他們罪有應得。他們的完美生活即將遭到摧毀。

「沒什麼好談的。妳和杰克非常相配。我們三個現在不都過得很好了嗎？」

她舉杯。

「我非常佩服妳以 Revenge 締造的成功，」伊娃說，落坐在一張巨大的花布扶手椅上。約瑟夫．法蘭克爲 Svenskt Tenn 設計的印花圖案。杰克向來喜歡他們的印花布料，但霏伊總忍不住聯想到領年金的老人。

「嗯，謝謝妳。妳呢？在 Musify 做得如何？」

「我其實打算要離職了。我……我過去幾年其實都只是兼職。杰克忙，需要很多支援。不時的應酬派對、打理這房子、還有茱莉安……喏，妳知道的。」

伊娃手一揮，卻避開霏伊的目光。霏伊倒想知道茱莉安每月和他們共度的幾小時能花掉她多少功夫。但她只說：

「噢？」

「我們……喏，茱莉安很快就會有小弟弟或妹妹了。你也知道杰克，他想要我留在家裡。我很期待小生命的加入，因爲我很想要有自己的家庭。」

霏伊盯著她看。她一直在想這一天什麼時候會來。擔心、不願。即便如此，她還是感到彷彿太陽穴遭到重重一擊。她同時想到結局正快速朝伊娃迫近中。霏伊幾乎替她難過起來，另一方面卻也想賞她一拳。

「這真是太好的消息了！恭喜！」

霏伊確保自己五官的位置看起來像是在微笑，雖然體內五臟六腑糾結成團、她痛苦得幾乎要彎下腰去。

伊娃雙手放在尚不存在的孕肚上，對她燦笑。霏伊回以微笑，仰頭喝下一大口酒。墮胎的回憶不請自來閃現在她腦中。杰克的冷漠無情。還有茱莉安的出生。那幾百通得不到回應的電話與簡訊，讓她在驚慌與痛苦中產下他們的女兒。

她望向窗外。眾多服務人員急忙穿梭、準備迎接即將陸續抵達的派對賓客。

「預產期什麼時候？」她問。

「再六個月。」

伊娃看到杰克朝她們走來，臉色一亮。他在吧檯爲自己倒了杯威士忌，落坐在另一張扶手椅上。離伊娃有段距離，卻能一覽無遺霏伊的乳溝。

伊娃注意到了。

「一切準備就緒了吧？」她問。話聲有些緊繃。

「差不多了。其他孩子大約四十五分鐘後到。」

他朝她舉起手錶。愛彼錶，價值五十萬克朗上下。不是勞力士，杰克大概覺得太主流了。這年頭什麼阿狗阿貓都有勞力士。真正喊得出名號的人戴的是愛彼錶。或百達翡麗。

「那兩個偶像歌手三點會到。先不要跟茱莉安說，她還不知道。」

他朝霏伊方向點點頭。

「公司狀況如何？」

「很好，謝謝關心。康沛爾看來也很不錯，股票就要上市了。公司上下一定都很興奮吧？」

「走到這步不容易，不過很值得。」

霏伊對他和伊娃微笑。

「還要恭喜你寶寶的事。伊娃告訴我了。」

她調整坐姿，好讓他飽覽裙底風光。她不想破壞貼身洋裝的線條所以沒穿內褲。

杰克盯著她的一舉一動。

他朝他舉杯，長褲胯間緊繃。

「嗯，是，很好，」杰克話聲濃濁。

他露出勉強的微笑，眼神有些渙散。

伊娃清清喉嚨。「杰克其實還不太確定。公司最近這麼多事正在忙，妳應該比誰都清楚杰克有多認眞看待身爲父親的責任。」

她以前也是這樣嗎？**杰克想、杰克要、杰克相信？**老天，怎麼有人受得了她。而伊娃坐在那裡，一個年輕版的她，兩手放在肚子上、臉上掛著愚蠢的微笑，讚美著同一個男人。受到愛與崇拜的蒙蔽而盲目。還有依賴。

杰克喜歡自己的女人像這樣，霏伊如今明白了。但這只讓她更加不齒伊娃。她可曾感到絲毫的良心不安？在他倆無數次在杰克辦公室、在他們的家、在她自己的公寓裡偷歡，而霏伊苦在家等候的時刻？也許吧。但她被對杰克的愛沖昏了頭，對他整天在家遊魂似的、沒有事業也沒有野心的可悲妻子只有不屑與輕視。伊娃無疑曾覺得霏伊遠遠比不上她，因而決定霏伊配不上像杰克這樣的男人。

霏伊喝光杯中的酒。她看進窄杯的杯底。她還沒有大膽到走去吧檯爲自己再倒一杯。

「我想趁派對開始前先去休息一下，」伊娃說，站起來離去前看了霏伊最後一眼。

客廳陷入沉默。又一會，杰克清清喉嚨。

「妳變美了，」他輕聲說道。

他的目光不曾離開她的乳溝。她讓他看她，還把頭髮撥到肩後、露出脖子與不再藏在脂肪保護層下的鎖骨。說她不喜歡被他看是自欺欺人，但她的身體持續對他有反應的事實並不代表他仍控制得了她。

一部分的她想讓他知道她已不再需要他，讓他瞭解她已不再隨他擺弄定義。但她絕對不能屈服於誘惑、對他展現優越感。一來因爲她需要他再次迷上她，如果他發現自己控制不了她這就絕對不會發生。另一部分則是因爲，無論他會如何錯待她，他畢竟是杰克。她再怎麼否認到底，事實就是他的話對她仍有影響。

「謝謝，」她淡然回答。

他的目光再次從她臉上往下移到乳溝，停留在那裡。她拿出手機假裝回覆簡訊。

「妳知道嗎？我有時還是會夢到妳，」他說，一邊從扶手椅中站起來，走到吧檯拿起那瓶卡瓦酒，爲他倆各倒一杯。

他落坐在她旁邊沙發上，太近了。

杰克的鬍後水氣味擾亂了她。和在巴賽隆納同樣的氣味。她深呼吸，告訴自己絕不能陷入回憶裡，那些她曾深信不疑、後來卻發現全是謊言的一切。她必須拒絕他的進犯，卻不能讓他失去興趣。小心維持這微妙的平衡。杰克喜歡追逐。她最初就是這樣吸引到他的。許久以前恍如隔世的最初。她轉頭面向他，直直望進那雙定在她身上的美麗藍眼裡。

像杰克這樣的男人永遠都會想要不屬於他的東西。所以他對她不忠。所以她知道他遲早也會對伊娃不忠——如果還沒發生的話。所以他這一生永遠不會對他身邊的任何女人維持忠誠。

背後傳來腳步聲，霏伊與杰克同時轉身，看到是茱莉安跑過來。她穿著一件漂亮的粉紅洋裝。她臉上化了妝，讓她看來完全超齡。霏伊不確定自己對此作何想法。

「妳好漂亮，親愛的，」她還是說了。「像公主。」

茱莉安原地轉圈。

「傑西卡說我可以當模特兒，」她說。

「傑西卡？」霏伊複述道，在腦中搜索女兒學校同學的名字。

「那個化妝師，」杰克看出她的掙扎說道。「而且她說得沒錯。」

他抱起茱莉安讓她坐在他大腿上，霏伊心中忽生懷疑。茱莉安坐在他倆中間的沙發上，有那麼短暫一刻，他們三個感覺彷彿又是一家人了。霏伊感到有些失落和錯亂。

她舉起酒杯就唇，杰克一逕貪婪地注視著她。

院子傳來興奮的尖叫。小小賓客們陸續抵達了。一輛又一輛的高級轎車駛上車道停下來，穿著派對小禮服的六七歲小女孩迫不及待跳下車。霏伊隱身在背景裡，由伊娃和杰克上前與那些父母聊天。桌上的禮物愈來愈多。大部分都包在印有NK百貨公司字樣的白色包裝紙裡。魔術師上臺，女孩們歡呼。侍者爲穿著小禮服的小女孩們端來點心與氣泡飲料；女孩們圍著派對帳篷下的一張張圓桌而坐，彷彿一場豪華晚宴。茱莉安開心鼓掌。一個知名的兒童節目主持人擔任派對司儀，一一介紹表演節目。

當壓軸的西恩與維爾出現在臺上的時候，臺下的興奮叫聲震耳欲聾。霏伊明白這正是她等待已久的時機。女孩們全部離開座位一湧上前包圍舞臺，伊娃與杰克似乎也被女孩們看到偶像的反應吸引了過去。她悄悄離開帳篷，進到屋內、上樓找到杰克的書房。他保留了那張曾經屬於英格瑪．柏格曼的書桌。她突然懷念起那間位在塔樓的書房。那凜然的沉靜，俯瞰城市。那感覺如此遙遠的回憶。她甩開懷舊之情，強迫自己專注眼前。和杰克與茱莉安一起坐在沙發上的片刻讓她亂了陣腳。她負擔不起結果。

她把包包放在書桌上，傾身面向電腦。螢幕旁邊有兩張裝框的照片。一張應該是很多年前拍的伊娃的黑白拍立得照片。她表情嚴肅地凝視鏡頭、嘴唇微張。跟相機鏡頭做愛，克莉絲會這麼形容。另一張是杰克、伊娃還有茱莉安在餐廳裡，伊娃和茱莉安穿著相同花色的洋裝。他們看起來像個快樂的三人家庭。三人都在笑。霏伊深呼吸。那只是幻象，一個杰克製造出來的假象，別無其他。

她動了動滑鼠，電腦立即醒來。她輸入杰克的舊密碼，屏息等待。很好，他沒有更改電腦密碼。螢幕上出現杰克與伊娃在摩托快艇上相擁的大幅合照。她強迫自己停止瞪視畫面，插入USB隨身碟，做尼瑪要她做的後續動作。

她只花了幾秒就找到記錄他所有活動的隱藏檔案，按幾下滑鼠把資料存進隨身碟裡。她接著點出「我的文件」，把找到的檔案也一起轉存進隨身碟，雖然她不抱希望能在裡頭找到有用的資料。

她聽到書房外頭傳來聲響。她火速讓電腦回到休眠狀態，然後焦急四望尋找藏身處。她什麼都還來不及做門就開了。她轉身。

杰克站在門外，臉上表情很快從意外轉為懷疑。

霏伊飛快思考。她對杰克露出微笑。順從而滿懷歉意地。

「我……我只是想看看你怎麼裝潢你的書房。你知道我很愛這張書桌。我想我只是好奇你有沒有留下它。」

他衡量眼前情況。最後決定她應該還是從前那個天真可悲的女人。

「爲什麼？」

「噢，說起來很傻氣，」她說，眼睛看著地板。「對不起，我知道我不該在這裡。這是你的家，我這樣做是不對的，但我就是忍不住懷念起從前……」

她朝門口靠近一步，但就在她和他錯身而過時，他一把抓住她的手腕。她握在掌心裡的隨身碟差點掉出來。

「妳爲什麼想看我怎麼裝潢我的書房？」他露出微笑，一邊拉近她。

她再次聞到那熟悉的氣味。他勃起的陰莖抵在她髖部，她發現自己違背自己意願地濕了。

「妳想我嗎？你說的懷念從前就是這麼回事嗎？」杰克在她耳畔沙啞低語。

「杰克，不要這樣，」她喃喃說道。

但他對她的抗議充耳不聞。他的眼睛彷彿冒出火光。他不喜歡她唱反調。以前的霏伊從不說不，只會哀哀乞求他的撫觸、他的關注。

他的口氣轉爲嘲諷，卻依然不放她走。

「小霏伊做了奶子好在酒吧裡吸引更多人注意是吧。妳想念被眞男人幹的滋味嗎？所以妳才會出現在這裡，求我幹妳？妳的一切行爲我都聽說了。帶一個又一個不同的男人回家。不，不是男人，是男孩。我們分手以後妳上過多少人，霏伊？那些人裡面有人老二比我大嗎？我敢打賭妳一定也玩過多P。」

他因爲自己的言語喘息愈發激烈，老二也愈發堅硬，緊緊抵在她髖部。霏伊的身體也起了反應，但她任由它，只求保護手中的隨身碟。他拉下她洋裝拉鍊裸露她的上半身時她沒有抗議。他扯掉她的胸罩。他揉捏她的乳房，用力擠壓。手術復原得很好，但疤痕部分沒有感覺。他的觸摸感覺有些怪。

「只想被幹的小霏伊。」

杰克把她轉過身去。撈起她洋裝下擺拉高到腰間。解開自己的長褲。他把她推倒在曾經屬於英格瑪．柏格曼的書桌上，猛然挺進她體內。她倒抽一口氣，感覺被侵犯。

「妳就是喜歡這味，對不對？」他低聲咆哮。「像個風騷祕書一樣被人從後面幹。妳就算成了董事總經理也還是喜歡被當作妓女用力幹。他們就是這樣對妳的嗎，霏伊？他們也是像這樣幹妳嗎？那些年輕小伙子？他們是不是也喜歡把妳翻過來從後面幹？」

他喘息得愈來愈激烈，把她的腿踢得更開好更深入她體內，右手五指用力叉入她髮間、把她的臉緊壓在桌上。

他的動作愈來愈粗暴。霏伊用沒有隨身碟的那隻手緊抓住桌角。她發出少女似的呻吟，她知道他喜歡。她的左臉頰貼在桌面上，直瞪著伊娃那張嚴肅的黑白臉孔。

他達到高潮。他最後猛力一推，霏伊感到體內深處傳來痛感。他發出最後一記呻吟，抽出來，退一步拉上褲子。她趴在原處幾秒，然後挺直身子拉下洋裝裙擺。

「幹妳永遠是一級爽，」杰克說。「我還挺懷念的。」

他對她微笑，指著她依然暴露、發紅、乳頭腫脹硬挺的乳房。

「新奶子很不錯，我喜歡。」

杰克看來自信滿滿。秩序重建了。他征服了她，再次宣示主權，哪怕只是暫時。她讓他這麼相信。

她緊握隨身碟，設法穿過袖洞穿好洋裝。然後她背朝杰克，撈起頭髮讓他爲她拉上拉鍊。幾秒鐘後他就消失了。

霏伊回到帳篷裡的時候，所有穿著設計師洋裝的女孩們都站了起來高唱生日快樂歌。西恩和維爾負責領唱。

伊娃回頭看了她一眼，有懷疑，卻又無可奈何。帳篷底下的熱氣讓她的皮膚蒙上一層泛青的慘白，她看起來像生病了，金髮塌軟垂掛。她指指茱莉安。她頭上多了頂閃亮亮的王冠。

眾人歡呼三聲後，杰克出現在伊娃身邊，在她頰上一吻、摟住她。伊娃放鬆下來。霏伊忍不住露出詭祕的微笑。她可以感覺杰克的精液從她體內緩緩滲出，沿著大腿內側往下滴流。

費耶巴卡——昔日

媽在廚房裡嗚咽抽泣，但我無法從床上爬起來、無法阻止爸的拳頭擊中目標。所以我讓黑暗包圍我所有焦慮，把一切恐懼阻擋在外。

秋天很快就來了，爸會對媽做出更可怕的事。對我，對瑟巴斯欽。風雨飄搖的秋季似乎沒有盡頭，爸像頭憤怒的野獸被關在籠子裡，和他的獵物一起。我們彼此兜著圈子走，試圖保持距離：在這個與世隔絕的城鎮的與世隔絕的小屋裡。

有時我夢想有人會來解救我們。畢竟所有人都知道。就算無法想像情況有多糟，他們也知道得夠多了。為什麼沒有人來救我們？解放我們？所有人只是怯懦地移開他們的目光，對那些瘀青與傷口視而不見。沒有老師說過一句話。診所的醫生對媽和我和瑟巴斯欽身上那些新舊傷口從未發表意見。去年冬天媽不得不被送進診所足足八次。肩膀脫臼、手腕骨折、下巴裂傷。沒有人質疑她編造的故事：笨手笨腳跌落地下室樓梯、廚房櫥櫃門突然飛開擊中她的臉。所有人都閉上了眼睛。

等冬天來了，又會是什麼景況？

我的房間門打開又關上，媽的哭聲忽而變大又轉小。瑟巴斯欽爬上我的床，蜷縮身子躺在我身旁。他靠著我睡著了，像條尋找溫暖的狗。但他的存在無法為我提供慰藉。沒有人需要告訴我，唯一能讓我找到慰藉的人只有我自己。我從教訓中自己學會了。

我比他們都強。尤其是瑟巴斯欽。

瑟巴斯欽的呼吸聲漸漸與外頭的海濤聲融為一體。最後一批夏季訪客已然離開。他們全都假裝沒有聽到從我們屋子傳出的尖叫聲，唯一一棟全年有人住的房子。我想他們不想讓任何不愉快的事打擾他們夏日假期。我其實能懂。但我也不禁納悶，他們把他們的夏季歡樂打包收好、回到他們位於哥德堡的美好家園時，可曾想到過隔壁屋裡哭喊的孩子？我想不曾。

✦

翌日，霏伊送茱莉安上學後便把自己關進辦公室，打開筆電檢視側錄器取得的檔案。她只花十分鐘就找到杰克的 Gmail 新密碼：venividivici3848。

她沒有告訴任何人書房裡發生的事。不管她有多麼痛恨扮演飢渴小霏伊的角色，她都別無選擇。不能讓杰克起疑，她必須虛與委蛇、保護幾乎灼傷她掌心的隨身碟。但無法否認的是，她喜歡杰克再次進入她體內的感覺。這點深深困擾她。這是她盔甲上一道她負擔不起的裂縫。

霏伊登入他的 Gmail 帳號，找到她在尋找的東西。她下載所有資料，冷靜而條理分明。

她需要的一切都到手了。

上午剩下的時間她就審視側錄器錄得的資料，鉅細彌遺追蹤他在電腦上的所有活動。他在色情網站上的關鍵字搜尋「女孩」、「少女」、「小隻馬」，笑鬧翰里克在辦公室裡搞上的那個「騷貨」，嘲弄一名女性員工的體重。這些都是將來可能派上用場的紀錄。

霏伊收拾筆電，告訴夏思汀她要出去一下。她在司徒爾廣場找了一家星巴克坐下，繼續審視文件檔案。康沛爾股票預計下星期二正式上市，這給了她足夠的時間精密計畫如何利用挖掘到的資料。她應該會選擇在星期五引爆一切。離現在還有四天。

她的手機叮了一聲。是杰克。難忘上次玩得很開心。想再約嗎？他寫。

她考慮要怎麼回覆。計畫推動的速度比她預期的快。她必須讓他對她維持興趣，直到最後一擊。她繼續思索片刻，然後簡短輸入幾個字、按下送出鍵。

克莉絲坐在司徒爾水療中心上層的桌位啜飲蘋果汁。空氣潮濕。周遭退休人士裹著浴袍享用一份要價兩百克朗的沙拉，伴隨下方浴池傳來的嘩嘩水聲。

霏伊拉出克莉絲對面的椅子坐下。

「怎麼會想要約在這裡？」她問。

克莉絲詫異地抬頭。

「噢，嗨，我沒看到妳來了。不知道，這裡的水聲讓我感到平靜，感覺像在一個超大的子宮裡。」

霏伊把外套披掛在椅背上，雙眼看著好友。克莉絲眼中帶著距離感。

「感覺還好嗎？」

「今天還不錯，」她說。「不過那是因爲不必去醫院。我今晚和約翰吃飯。」

「妳告訴他的時候，他怎麼說？」

克莉絲低頭看桌面。

「我還沒有告訴他。我……我做不到。我不能失去他。」

她的眼裡充滿羞愧。還有恐懼。這讓霏伊驚懼不已。她從不曾在克莉絲臉上看到羞愧。或是恐懼。

她握住好友的手。

「噢，親愛的，我懂。你告訴他的時候，要不要我也在場？以免……喏，以防萬一。」

克莉絲緩緩點頭。

「妳可以陪我嗎？」

「當然可以，只要能讓妳覺得容易些。」

「我不想麻煩妳，但我感覺好弱，好無助。做原來的我那幾小時讓我精疲力竭，導致沒和約翰在一起的時候我只能呆坐著，沒有力氣做任何事。誰想得到我最後的日子竟會是這樣過的。在司徒爾水療中心。」

她露出真心的微笑。這才是真正的克莉絲，霏伊心想，也露出了微笑。

約翰的學校是位於瓦爾哈拉大道上的一幢大型紅磚建築。幾個和茱莉安差不多年紀的男孩女孩在柵門附近閒蕩。他們好奇地看著霏伊和克莉絲下了計程車、走進校園。

她們走進一條兩旁都是藍綠色置物櫃的長廊。只是不見人影。

「妳知道他在哪裡嗎？」霏伊問。

「不知道，不過他們總該有午餐時間吧，不是嗎？」

霏伊看看時間。正午。就在那一刻，她們前方的所有教室門霎時全部打開，學生蜂擁而出。她捉住一個滿臉痘痘、穿戴棒球帽與鋪棉外套的少年，問他知不知道那個叫做約翰的瑞典語老師在哪裡。

「約翰．斯尤蘭德，」克莉絲補充道。

少年搖搖頭走開了。

她們貼著置物櫃牆走，以免被一群喧嘩的男孩撞飛。

「打電話給他看看。」

克莉絲掏出手機貼在右耳上、然後用另一隻手摀住左耳。電話接通時她轉開頭。

長廊人幾乎走光了。走進學校擾亂了霏伊的心緒——身高差、充滿不安全感而閃爍的眼神、校園階級制度。緊張氣氛浮於言表、一觸即發。瑪蒂妲曾試著像這樣盡量低調隱形走過長廊，但卻從來沒用。所有人都知道她是誰，所有人都知道發生過什麼事。

克莉絲拍拍她的肩膀。

「他和我們在外面見。」

「他怎麼說？」

「他聽起來……有點意外我跑來了。不過是開心的意外。」

她聽來既緊張又興奮。她們跟隨那群學生通過一道玻璃門、走下階梯回到校園，看到一處矮叢附近有張長凳。

「妳還好嗎？」霏伊問。

「有點緊張。」

「不會有事的。絕對不會。」

克莉絲點點頭，卻毫無被說服的跡象。門開了，一個高高瘦瘦、穿著牛仔褲與格子襯衫的男人走了出來。他的一頭金髮有些亂。他看到她們，露出一臉燦笑朝她們走來。他身上帶著某種開放爽朗而心胸寬大的氣質，霏伊立刻就喜歡上他。他一點也不像霏伊多年來看著克莉絲交往過的那些男人。光這點就爲他加了很多分。克莉絲挑選男人的眼光向來大有問題，但霏伊感覺得到約翰很不一樣。

「克莉絲，」他朗聲喊道，「眞開心看到妳！妳怎麼來了？」

克莉絲跳起來上前擁抱他。兩人分開後他即刻轉身朝向霏伊。

「妳一定就是著名的霏伊了。很高興終於見到妳。我幾乎開始懷疑妳只是克莉絲想像出來的朋友了。」

她握住她伸出的手。他應該是感受到她們來訪的目的不如他原先想的單純，臉上隱隱出現焦慮的神情。

「一切都還好吧？」他問。

「我想我們最好都先坐下，」霏伊說，比比長凳。

克莉絲坐在中間。她深呼吸，猶豫片刻，霏伊用手肘輕輕推她。克莉絲看她一眼，然後握住約翰的一隻手。

「約翰，我有一件事必須告訴你……」她起頭道，霏伊鼓勵地點點頭。「我病了。我得了癌症。很難纏的那種。」

她說得很快，幾乎含糊不清。但約翰的表情說明他聽懂了。他欲言又止，隨而深呼吸、點點頭。

「我知道，」他緩緩說道。

「你知道？」霏伊與克莉絲同時驚呼。

「我在妳的公寓裡看到化療預約單。」

「你為什麼都沒說？」

「因為……我覺得應該由妳自己決定要不要告訴我。我想妳準備好的時候就會說。」

克莉絲展臂擁住他。

「而你……你不打算離開我？如果你要走，我也能瞭解。」

她眼中的恐懼如此眞切，霏伊冒出一身冷汗。

但約翰笑了，搖搖頭。破碎粗嘎，但還是笑聲。

「妳太小看我了！要我離開妳，區區一個癌症怎麼會夠看？我從不曾和一個能讓我這麼快樂的人在一起過。只有妳，親愛的。」

「但我可能會死。我病死比存活的機會還要大。」

約翰點點頭。「妳或許會死。如果眞是這樣，那我這張醜臉將會是妳這輩子看到的最後一樣東西。」

孩子在他們四周喧叫吵鬧，充滿對未來的希望。在前方等他們的有好有壞，有勝利成功、也有錯誤失敗。克莉絲這輩子的錯誤應該還沒犯夠，講到犯錯她絕對是一流專家。她總是說，正是最糟的錯誤讓生命值得活下去。

霏伊轉開頭，不讓克莉絲看到她的淚水。她從眼角看到克莉絲靠在約翰身上，解釋著自己的病況。雖然是這麼糟糕的境況，這卻是霏伊聽過最美麗的一段對話。而約翰每回開口，克莉絲總是笑得像個孩子。霏伊不禁納悶，要是她告訴杰克類似的情況，他又會有什麼反應。杰克不喜歡疾病，不喜歡軟弱。只怕她開頭第一句話還沒說完杰克就跑了，前去尋找下一場冒險。

霏伊起身，想要給他倆一點隱私，但約翰請她留下來。他轉向克莉絲。

「好，妳要說的說完了，換我來說一件我已經克制自己很久的事。所以霏伊最好留下來，因爲妳聽完後可能會想離開我，到時我會需要有人給我一個擁抱。」

克莉絲面露憂色，而霏伊感到有些惱怒。現在不是告解做過什麼蠢事的時候。她準備有需要隨時要把克莉絲拖走。

但約翰手伸進口袋裡，掏出某樣東西，然後單膝跪在克莉絲面前，握住她雙手。他手中的東西閃閃發亮，霏伊的心臟開始砰砰急跳。她望一眼克莉絲，她似乎無法理解正在發生什麼事。剛剛的惱怒來得快去得更快，此刻她全身都是雞皮疙瘩。約翰跪在校園的柏油地面上，眼中除了克莉絲別無其他。有些學生嗅到異狀，像聞到好料的狗兒，開始三五成群駐足圍觀。

但此刻約翰的世界裡只有他和克莉絲兩人。他清清喉嚨：

「克莉絲，妳是我遇過最棒的人。沒有人比妳慷慨善良、比妳熱情聰明。我眞的好愛好愛妳，從我見到妳的那一刻開始。如果妳沒有跟我到法爾斯塔，我打算隔天回去沙龍給自己也弄個莫西干頭。這個戒指……」他遞出一個熠熠生輝的訂婚戒，「是我在我們認識四天後買的，從此天天帶在身上。我不想太早拿出來以免被妳當成瘋子，但對我來說，和妳在一起永遠沒有太早太快這回事。我已經等太久了。我想問妳，願不願意戴上這個戒指？我想我眞正想問的是……妳願意嫁給我嗎？」

圍觀的孩子們開始叫喊歡呼、甚至吹起口哨。一個女孩說：

「快答應他！約翰最棒了！有史以來最棒的老師！」

克莉絲雙手掩嘴，約翰霎時緊張起來。克莉絲嚥下口水，伸出一隻手，滾滾淚珠沿兩頰流淌下來。

「我當然願意，」她低語道。學生們歡呼。

約翰對他們咧嘴笑開，舉起兩隻大拇指。霎時歡聲雷動，歡呼鼓掌聲久久才終於散去。他一陣手忙腳亂，終於把戒指套在克莉絲手指上。

「我愛你，」她喃喃說道，拉著他站起來，深深親吻他。

✦

霏伊在哥德街斜坡找到一家叫做穆根的咖啡館，點了咖啡，打開筆電連上網路。她下載了一個VPN應用程式以隱藏自己的IP地址。她插入USB隨身碟。她先前把從杰克電郵取得的資料全部整理好存在裡頭。她再次仔細瀏覽檔案。她把所有資料整理得清楚而邏輯流暢，堪稱任何有野心的產業記者求之不得的夢幻寶物。

霏伊挑中《產業日報》一位名叫瑪格達蕾娜．楊森的年輕記者。霏伊已經觀察她一陣子了。她非常精明、思緒縝密，而且文筆流暢。

有興趣的話還有更多，她打字，然後按下送出鍵。

簡單明瞭。她正打算離開，來信通知卻叮一聲響起。

可以見個面嗎？

霏伊思考片刻。她知道記者向來非常保護消息來源，那是他們最寶貴的資產。但他們畢竟也是人。酒後失言、手機沒收好、和男友密談，一切就外洩了。她不能冒這個險。還不能。

不。想要更多跟我說。

答覆即刻送到。

瞭解。謝謝！我必須請報社專人確認資料真實性，所以可能需要幾天，但如果證實屬實——如果是真的……

是真的，她打字，然後蓋上筆電離開咖啡館。

《產業日報》頭版頭條標題是：**康沛爾MD杰克．阿德罕要求員工以弱勢與長者為目標**。

文章附了幾張從霏伊寄給瑪格達蕾娜．楊森的影片裡擷取出來的照片。

霏伊在廚房中島前喝咖啡。關於股票新近上市的康沛爾董事總經理杰克．阿德罕鼓勵員工欺騙年長消費者的新聞故事長達四頁，裡頭包含了霏伊從他電郵收集到再寄給瑪格達蕾娜．楊森的所有資料，分列成數個煽動性十足的標題。其中最罪證確鑿的證據是那段在康沛爾成立早期以手機拍下的影片。在影片裡，杰克在公司內部銷售會議上明確要求員工採取任何需要的手段、盡可能對「老人家」強力推銷。銷售結果才是唯一重要的事。影片長達十分鐘，足以完全摧毀杰克作爲企業領導人的道德信用的十分鐘。這段影片正是霏伊希望在杰克電郵信箱裡找到的如山鐵證。其餘都只是錦上添花。光憑影片便足以拉下杰克，並對康沛爾造成相當嚴重的傷害。她多年前看過影片，這次全得指望杰克傲慢自負的留存影片沒有刪除。

眼前她只能等著看傷害程度有多大。她有些擔心不夠。這是一個僞善的世界。媒體、公眾、企業界全都極爲善變。自利永遠是最高指導原則。她唯一能做的就是把證據攤開在陽光下。

霏伊繼續閱讀。飢渴而貪婪地讀著，一派**幸災樂禍**。她感到快樂滿足，明瞭在他們兩人之間，杰克已然成爲獵物，成爲居處劣勢的那個。

她鬆了一口氣，媒體這回出手毫不留情。《產業日報》的立場非常清楚而堅定。政客、地方民代、受害消費者的親友——全都在文章中發聲了。《產業日報》的一位專欄作家甚至稱之爲十年來最大的醜聞，並斷言杰克．阿德罕絕無可能繼續留在目前職位上。霏伊熱切地讀下去。讀完之後她繼續查閱了《晚報》、《快報》、《每日新聞報》網站。三家媒體網站頭條文章都是這則新聞，並附上精華版影片。《晚報》的晨間新聞頻道甚至以此為專題，請來專家討論醜聞對康沛爾及其股價會有什麼樣的影響。各家媒體競相請來重量級人物發出最嚴厲的譴責。公眾也不遑多讓。杰克怎麼敢？康沛爾怎麼敢？

霏伊試著想像杰克。此刻的他正在做什麼？他會有什麼反應？他會聽取批評者的建議辭職下臺以拯救康沛爾並阻止股價繼續下滑嗎？

也許。如果他夠驚慌、夠走投無路。以他的出身背景而言，他對公眾意見的敏感度確實比任何人都高。來自童年那份背負已久的沉重羞恥感或許會逼得他放下一切逃走。但這不可以發生。這會讓她計畫的一切全部亂了套。她必須鼓勵他正面迎戰，不戰到最後絕不輕言放棄。她必須安撫他受傷的自尊、說服他能領導康沛爾安然走出風暴的捨他其誰。她不覺得這會很難。她太瞭解杰克，知道他需要聽到哪些關鍵字詞。

她打電話給夏思汀。她早早就進了辦公室。

「妳看到了嗎？」

「我正在讀。太精彩了。他們眞的是全力出擊。比預期的還棒！」

「我知道。妳覺得……覺得我該怎麼做？」

「保持低調。他會來找妳。」

「妳這麼覺得？」

「不是覺得，親愛的，是知道。遇到危機的時候，我們會去找能夠讓我們確認自我價值的人。杰克需要證實自我價值的時候就會來找妳。他會尋求妳的建議。他永遠需要妳。他只是沒那個自覺瞭解到這一點而已。」

「股價如何了？」

霏伊聽到夏思汀敲打鍵盤的聲音。

「今天開盤以來已經從九十七克朗跌到八十二克朗。」

她清清喉嚨。確實跌很多，但離她的目標還有相當距離。等股價跌破五十克朗，她就會指示她在曼島的股票經紀人蒐購所有能到手的康沛爾股票。這應該足以讓她成爲最大持股人。

杰克與翰里克擁有康沛爾百分之四十的股份。公司籌組時期需要許多投資人，他們持有公司剩餘的股份。杰克與翰里克非常自豪這些投資人對公司未來抱持和他們相同的願景。但他倆持股未過半的事實其實形成一個潛在的攻擊弱點——她曾多次指出這點，他們卻充耳不聞。

「還有好一段距離，」她說。

「別擔心。一定可以的。也許得花上幾天，不過所有人愈是對杰克不滿、而他危機處理愈是不當，股價就會繼續下滑。妳唯一要做的就是說服他堅持下去、事情很快就會過去。」

「我會努力，」霏伊說。

短暫的沉默。

「妳什麼時候會進辦公室？」夏思汀問。

「今天可能不去了，克莉絲需要我。」

「去找克莉絲，」夏思汀說。「公司我幫你看著。」

克莉絲尖銳的門鈴聲在樓梯間裡回音不斷。霏伊沒有先打電話——她很少需要知會克莉絲她要過來。克莉絲的公寓永遠爲她而開，她甚至擁有鑰匙。她等待，聆聽屋內動靜。一會後，她聽到門內響起緩慢的腳步聲。大鎖喀噠一聲，門開了。

克莉絲滿臉倦意。她臉色發灰，眼袋又黑又大。她看到來者是霏伊，勉強露出疲憊的微笑。

「噢，是妳。我還以爲是闖空門的。」

「那妳還開門。」

「我正想找人出出氣，」克莉絲說，彎腰解開白色鐵柵。

「可憐的小偷，遇上妳絕對沒輒。妳吃了東西嗎？」

「從昨天就沒吃了。沒胃口，連香檳都不想喝。這樣說妳就知道情況有多糟了。我想跟醫生討論看看可不可以改成靜脈注射。」

克莉絲躺在沙發上，霏伊進廚房煮咖啡，一邊翻找冰箱和食物櫃尋找可以強迫克莉絲吞下的東西。她只找到兩片脆麵包和一些鱈魚卵。克莉絲吃了幾口便苦著臉推開盤子。

「鱈魚卵是約翰的。我從生病前就沒喜歡過。」

她拿起餐巾擦擦嘴。

「那妳怎麼不說？」霏伊說。「如果你說不喜歡我就想辦法變點別的出來。」

克莉絲聳聳肩。

「化療摧毀了我的味蕾，所以我以為自己可以把那東西吞下去。不過看來連化療都無法讓我的味蕾接受它。我一直跟約翰說那眞的超噁的，他就是不聽。」

「所以醫生怎麼說？」霏伊收盤子時一邊問輕聲問道。

「我們一定得談這嗎？」

「是沒有一定，但我很擔心。」

克莉絲深深嘆口氣。

「情況不太妙，霏伊。事實上是很不妙。」

霏伊頸後的毛髮豎了起來。

「什麼意思？」

「就是那個意思。化療完全沒有效果。除了讓我整天病懨懨的之外。我一天吐好幾次，還開始掉髮。不過至少我瘦了，不必上健身房受罪。」

「我不知道能說什麼。」

克莉絲不屑地揮揮手。

「我們不能談點別的嗎？像妳正常的樣子。有什麼新消息嗎？」

「妳最近連報紙都不讀了嗎？」

克莉絲疲倦地點點頭。霏伊走向門廳，從包包裡抽出一份皺巴巴的《產業日報》。她把報紙放在克莉絲大腿上。

克莉絲瞥了霏伊一眼，隨即翻開報紙開始讀。

霏伊趁克莉絲讀報的時候把脆麵包吃掉了。她對鱈魚卵沒有偏見。

「太精彩了，」克莉絲說，摺好報紙。「妳有想過他們會用這麼大的篇幅報導嗎？」

「沒。而且還不止。《晚報》和《每日新聞報》也都加入了，還有其他新聞網站。臉書和一些社群媒體簡直已經獵起巫來了。」

「妳一定很開心吧？」

「蛋還沒孵出來之前我不敢數雞。」

「妳比我還無趣耶，而且我才是快死的那個！」我們必須想辦法慶祝一下。不知道我多快可以弄到裝滿卡瓦酒的點滴？」

「不急，克莉絲。我們可以稍後再慶祝，等事情都結束了。等妳都好了。」她強迫自己微笑。

「喏，說說看，作爲一個剛訂婚的女人有什麼感覺？」

「美妙極了。以一個每小時吐三次的人來說夠美妙了。約翰每天早上都送早餐讓我在床上吃。」

「不過妳都沒吃？」

「嗯，不過他不知道。我實在不忍心告訴他，他的豐盛早餐就算讓我吃下去、半小時後也會全部吐出來。」

「婚禮什麼時候辦？」

「問題就在這裡。約翰希望能在一年內結婚。我眞搞不懂現在的年輕人，說起這些竟然這麼老古板。我不覺得我做得到。」

霏伊忍住沒有指出約翰只比克莉絲小五歲，實在很難稱得上是年輕人。她正色看著好友。

「妳必須跟他老實說，」她說，話出口的口氣比預期嚴厲。

她不希望約翰給克莉絲任何壓力。婚禮不急。克莉絲有時間。她必須有時間。

「問題是，如果不快點可能就結不成婚了。別忘了我有幾顆不請自來的腫瘤想要硬闖派對。」

「治療會生效的。一定會的。」

「等著瞧吧，」克莉絲說，轉過頭去，不久便睡著了。

霏伊爲她蓋上毯子，把四角塞好，然後輕拍她的大腿。她悄悄離開公寓，用自己那把鑰匙鎖了門。

霏伊下樓時感覺像洩了氣的氣球。克莉絲向來擅長苦中作樂，如今卻似乎已經認命，向死亡低頭。

✦

瑞典電視臺的金融新聞出現一幅曲線向下的圖表，顯示康沛爾今日股價走勢。康沛爾位於布拉西島的總部大門和利丁罕宅邸柵門的鏡頭畫面不斷切換。沒有人聯絡得上杰克。

「他能躲去哪裡？」夏思汀坐在霏伊旁邊盯著螢幕，喃喃說道。

「他八成正在和公關顧問閉門密商，對方正在給他下指導棋。」

「這樣會有幫助嗎？」

「我懷疑他會乖乖聽話照做。唯一能確定的是他會收到公關顧問送來的大筆帳單。」他轉身直視夏思汀。「妳今天是不是去看阮納了？情況如何？」

夏思汀搖搖頭。「妳知道我不想談他的事。」

霏伊點點頭，照夏思汀的意思閉上嘴。這次就聽她的。

隨著杰克設法閃避媒體的每一個小時過去，記者們的挫敗感就愈深。茱莉安走進客廳時，霏伊不動聲色地切換電視頻道。她正準備送她上床，夏思汀便自告奮勇上陣。霏伊與夏思汀之間漸漸生成某種新的羈絆，茱莉安即是她們的粘合劑。這段日子以來，夏思汀基本上只有睡覺才回自己的公寓，而霏伊對這樣的安排再滿意不過。

茱莉安房間傳來笑聲，霏伊會心微笑。她生命中有茱莉安和夏思汀，她難道不能就此滿足？她真的得擊垮杰克？茱莉安向來崇拜她的爹地，而孩子需要雙親。就算杰克未必總是有時間陪茱莉安、就算茱莉安要去杰克那度週末前有時會哭鬧。霏伊知道這只是雙親離婚的孩童的自然反應。永遠的分離焦慮。

霏伊其實並不確定杰克愛不愛茱莉安。他待她如公主，但有時感覺起來茱莉安只像是一個他樂於炫耀給世人看的漂亮附屬品。畢竟父愛未必是無條件的，她比任何人都清楚這點。

霏伊允許自己一時疑惑，但她知道事情別無選擇。杰克折磨她、羞辱她、背叛她。他輕易拋棄了她犧牲一切成就的家庭。她一輩子受到男人的壓迫。她不能就這樣放過杰克。

她決定跳過其他的新聞頻道，走進廚房爲自己倒了葡萄酒。回到客廳正要伸手拿 iPad，突然就收到來自杰克的簡訊。

我得見妳，他寫。

在哪裡？她回應。

她的手機停了一分鐘後才又發出叮聲。

我們初識的地方。

霏伊關上計程車門的時候雨還下個不停。她低頭跑進恩喜酒吧的大門。三個二十幾歲的年輕人圍坐一張圓桌喝啤酒。杰克坐在最後方的桌位。她和克莉絲十六年前坐的同一個位子。

杰克低著頭，桌上是一杯喝一半的啤酒。

酒保朝她點點頭。

「兩杯啤酒，麻煩了。」她猜想杰克的杯子應該很快就空了。

酒保塡滿兩個啤酒杯。霏伊一起端過去杰克的桌子。

他抬頭，她把其中一杯啤酒放在他面前。

「嗨，」他露出悲傷的微笑說道。

他看起來脆弱而渺小。

他的深色頭髮往後梳，只有一綹濕髮孤零零地垂在額上。他臉色蒼白，有些浮腫，眼睛布滿血絲。她不曾看過他這麼垂頭喪氣的模樣。霏伊必須壓抑本能，才不至上前擁抱他、安慰他、告訴他一切都會沒事的。

「你還好嗎？」

他慢慢搖搖頭。

「這……這是發生在我身上最糟糕的一件事了。」

她對他的最後一絲同情霎時一掃而空。她倏然明白他有多自憐，根本深深沉溺其中。他一秒都不曾想到當初她失去一切會有多痛苦。成爲社交棄兒、被孤立、被拒絕。她經歷了他此刻正在經歷的一切，有過之而無不及。他當時對她沒有絲毫同情，所以她對他又何必有所不同？

但爲了達到目的，她必須給他他想要的。

「你打算怎麼辦？」她盡量放軟口氣。

「我不知道，」他低聲應道。

她暗忖該怎麼開口。他不可以辭職，這會讓先前努力全部白費。而且如此一來，他就不過又是一個貪婪可憎的生意人。這種人全世界到處都是。杰克垮臺必須垮得轟轟烈烈。

她必須說服他堅持下去。她想要他慢慢墜落。她單純只是現身在他面前，他似乎就已經得到足夠鼓勵再戰下去。他看她的眼中有一抹先前沒有的閃光。酒吧裡正在播放卡莉．賽門的〈Coming Around Again〉。她一直很喜歡這首歌。只是她的心自從被杰克擊碎後感覺就變小了，彷彿縮水了。

「都已經是十年前的事了，」杰克說。「這是哪門子新聞？我當時年經又急於成功。能怎麼做就怎麼做，在商言商。唯一重要的只有結果，誰管你他媽的怎麼做到的。現在這又是怎麼回事？一定就是嫉妒。成功招嫉。人們痛恨成功人士，痛恨像妳我這種人，霏伊。因為我們比他們聰明多了。」

霏伊沒有回應。突然間他們又是「我們」了。那些年裡他頻頻告訴她她有多笨，此刻突然又說起她有多聰明。怒氣轟然湧上，她緊緊抓住酒杯。杰克顧自滔滔不絕，發牢騷、抱怨，脖子一片潮紅。她不曾看過這樣的他。

「在這個他媽的國家裡不加把勁是要怎麼有錢起來？也許方式有些粗糙，但他媽的又不犯法。老人本來就該管好自己的錢，我的意思是，他們都是成人了，本來就該對自己的決定負責。在這個他媽的國家裡千錯萬錯都是別人的錯，別人活該要收拾爛攤、別人活該要背黑鍋。然後獵巫就開始了，雖然你唯一做的事只是建立一個成功的企業，為一狗票人提供工作機會、提升這個國家的ＧＤＰ。」

他失望地搖頭。

「最大的錯誤就是你竟敢爲自己多賺個幾克朗，這下不得了、惹人不爽了。左派混帳。我他媽的絕對不可能讓他們摧毀我親手建立的一切！」

他大口灌下霏伊爲他端來的啤酒，揮手要酒保再送一杯來。霏伊看著他。她感覺自己彷彿第一次看清他。他表現得像個最心愛的玩具被拿走的小孩。他如果以這副模樣出現在媒體面前絕對撐不久。

她必須想辦法讓他冷靜下來。她要他上架小火慢烤，而非像煙火霎時燃盡。

「杰克，」她柔聲說道，一手放在他手上。「我同意你剛剛說的一切，但你必須以溫和一點的方式表達出來。告訴他們你當時年輕，現在已經不一樣了。也許去拜訪某個年長客戶的家，花一天時間做志工。邀請媒體前來。贏回人們的信任。」

她想像杰克拜訪某個老人的家。記者一定一眼看穿他，情況只會火上澆油。他只怕更會被抨擊到體無完膚。

但這可以拖延時間。

「嗯，也許吧。」

杰克陷入沉思。他脖子潮紅漸漸褪去。

「總之你考慮看看。董事會怎麼說？翰里克呢？」

「他們當然擔心。但我跟他們解釋過了，這陣新聞熱潮會過去的。沒人想要我辭職，沒有比我更好的人選。」

他伸展身子。儘管在這情況下，他還是完全相信自己高人一等、處於不敗之地。她努力忍住想要用她的 Jimmy Choo 高跟鞋狠狠踩在他的 Gucci 皮鞋上的衝動。還是一雙醜陋的 Gucci 皮鞋。有她擔任他的衣著顧問時，他的穿著品味比現在好多了。伊娃顯然想要杰克穿得像個俄國寡頭。他和伊娃在一起愈久，穿著就愈來愈不講究品味搭配、愈來愈追求全身名牌。

「不，當然不，」霏伊甜甜說道。「他們懂得珍惜你眞是太好了。」

他迎上她的目光。

「我……我高興妳有時間來見我。我知道我不是那麼好相處。和伊娃的事……那種事情就是會發生，很難避免……」

他開始有點醉了，似乎無法聚焦。

「她不像妳這麼瞭解我。沒有人能像妳這麼瞭解我。從以前到現在都一樣。我實在不知道自己在想什麼……」

霏伊低頭看著他們交握的兩隻手。

「我長大了，霏伊，我變成熟了。我不覺得我當時準備好了。但現在我明白我犯了一個錯。跟伊娃根本什麼也不是，不眞的是。我只是……只是什麼都想要。」

他的話聲可悲，忙著申辯。他明顯口齒不淸。他頻頻用拇指拍撫霏伊的手背。霏伊必須用盡每一分自制力才沒有把手抽開。噴湧的怒氣甚至讓她耳中沙沙作響。她之前爲什麼從未看出他原來如此懦弱？她爲什麼拒絕看到？她爲什麼只看得到想看到的、兜不上的部分就自己腦補？彷彿杰克是一幅超大號的照號碼塡色的著色畫。一幅未完成的著色畫。

「不要再去想過去的事了，」她話聲低沉。「事情發生了就發生了。眼前最重要的事就是你必須撐過這一切。」

他環視周遭。

「這裡看起來還跟我們第一次見面時一模一樣。妳記得嗎？」他的臉色一亮。

「我當然記得，」她說。「我就坐在你現在做的位子，克莉絲坐在我這。」

杰克點點頭。「想像我們要是那時候就知道後來會發生什麼事，一切會變成什麼樣子。我爲妳瘋狂。老天，那些舊時光。一切是如此地……」

「……單純，」她結論道。

憤怒依然在她耳中鼓譟著。她什麼也聽不到，只聽得到杰克那故作感傷的甜言蜜語。

「是的，沒錯，就是單純。」

沉默片刻。她清清喉嚨。

「你打算怎麼做？」

「我要爲自己而戰，」杰克說。「我會撐過這一切的。」

他最後一次捏捏她的手。

「謝謝妳。」

「沒事，」霏伊說。她只希望杰克沒有注意到她話聲底下的苦澀。

✦

三天過去了，康沛爾股價已經跌到七十三克朗。幾位企業界大老出面直言杰克的職位恐怕不保。持股人開始脫手股票。杰克原本受邀演講的兩場研討會也取消了。他獨家接受《每日新聞報》的訪問，而非最早披露影片的《產業日報》。他在訪問中強調自己有多敬重長者，說一切只是一場徹底的誤會、說影片遭到斷章取義、說那是很多年前的事、說完全只是溝通失敗、說是有人蓄意破壞一個成功的企業。

藉口、藉口、藉口。

訪問只造成了反效果。公眾如今痛恨杰克。瑞典退休人士協會指出，杰克至今拒絕離開公司以承擔責任，是一件令人匪夷所思的事。

但康沛爾董事會表示他們依然對杰克有信心。他們雖然擔心杰克繼續擔任董事總經理一職對公司的影響，卻更害怕公司如果失去杰克難以存活。杰克就是康沛爾。霏伊正是倚賴這一點。這樣拖下去只會導致杰克的徹底垮臺。

克莉絲某次接受化療的當下，霏伊終於打電話給她在曼島的股票經紀人，指示他以一千萬克朗蒐購等值的康沛爾股票。股價在市場發現還有投資人對康沛爾懷抱信心時終於停止下滑、穩定了下來。在她買下一部分的康沛爾的同時也給了杰克一些喘息空間。暴風眼的平靜。在她下一次出招之前。

費耶巴卡——昔日

瑟巴斯欽下床的時候我假裝還在睡。他輕手輕腳地往床邊移動、雙腳輕輕落地。他從地板撿起襪子穿上。我的眼睛始終緊閉。

瑟巴斯欽打開冰箱與櫥櫃，然後拉動一張廚房椅子。我聽到椅腳輕輕搔刮過木頭地板。突如其來的哐噹碎裂聲讓我倏地睜開眼睛。他一定是打破盤子了；我可以想像散落廚房地面的碎片與優格。還有瑟巴斯欽的恐慌。

我在床上坐起來，明白接下來將發生的事。爸向來淺眠。今天是星期六，他不想一早被叫醒。媽和爸的房間在一樓，和瑟巴斯欽的房間相鄰。他們昨晚吵到深夜，爸一定累壞了。瑟巴斯欽一條手臂橫過我胸前熟睡的時候，我清醒地聆聽那些尖叫與拳腳相向聲。

爸爆出怒吼衝進廚房。我縮起雙膝，用手臂緊緊環住，讓黑暗在我體內蔓延開來。瑟巴斯欽的淒慘尖叫穿過地板而來，然後是媽的哀求聲。但我知道媽阻擋不了爸。他必須宣洩怒氣，需要揮打什麼東西、需要打壞什麼東西帶來的滿足感。

尖叫聲終於停止的時候，我再度躺平，拉高被單。瑟巴斯欽剛剛睡過的地方還帶著暖意。

霏伊送克莉絲上床、爲她蓋好被單，然後自己在沙發上稍坐片刻。她還不想離開。她拿出筆電，查看最新公事電郵。克莉絲吃力的呼吸聲自隔壁房傳來，讓她難以專心。好友如此受苦她也心如刀割。郵件檢查到一半的時候她的手機響了。來自《產業日報》的新聞快訊：「杰克．阿德罕親上火線！」

霏伊點開訪問時兩邊太陽穴隨脈搏砰砰跳動。訪問比她擔心的還長，內容阿諛奉承，說是廣告專刊或許更貼切。訪談對話由杰克主導，記者獻媚式地爲他冠上各種最高級形容詞，提出的問題一個個都像排在球座上的高爾夫球、等待杰克揮桿出擊。

霏伊頁面往下拉找出記者的名字。瑪麗亞．維斯特博。撰稿人介紹欄裡的照片是一張她和杰克站在斯德哥爾摩一家時髦飯店大門的合照，兩人站得很近，對著鏡頭滿臉燦笑。霏伊放大照片細看。杰克和瑪麗亞背後是一面鏡牆，編輯挑選照片時顯然忽略了一個細節：杰克的手放在瑪麗亞的臀上。

霏伊冷笑。她不會讓杰克靠誘惑記者上床而取得優勢。她拿來手機打給他。他接電話的口氣充滿全新的活力與熱忱。

「風向要轉了。已經有投資人開始買入康沛爾股票，」他得意洋洋道。「我就知道一定會回來的！」

他說得一派神氣活現。從前的躊躇滿志漸漸又回到他身上。

「沒錯，杰克。不過我也從沒眞的擔心過，」她低語道。「我以你爲榮。」

她大翻白眼，一邊躡手躡腳走出克莉絲的客廳。約翰一會就回來了。

「你想不想見個面一起慶祝？」她說，對自己演技頗爲得意。她需要更多彈藥，以抵消他憑藉搞上瑪麗亞．維斯特博而搶攻回來的部分。

「當然，」杰克說。「我在辦公室。如果妳現在有空的話我可以溜出來。」

霏伊走進克莉絲的浴室，打開藥櫃，找到安眠藥、拿走一片錫箔包裝的使蒂諾斯。克莉絲不會注意或介意少了幾顆藥丸。

「妳還在嗎？」杰克說。「哈囉？線路斷了嗎？」

「我在。聽起來不錯。約在格蘭德如何？」

「一樓酒吧？」

「不。套房。」

霏伊傳訊給夏思汀，她答應看著茱莉安。她們要一起玩 Minecraft（麥塊），這已經成了她倆近來每晚的固定消遣。夏思汀似乎成了某種 Minecraft 的達人，霏伊甚至看過她上班時拿出來玩。

對杰克的復仇不計代價，霏伊往飯店去的路上這麼提醒自己。此刻她躺在加大的雙人床上，看著她那因重新找回自信而志得意滿的前夫。

「老天，我怎麼都要不夠妳，」杰克喘息道，低頭看著霏伊。他側躺在床緣，對著她的乳房又舔、又啃、又捏。而她享受那種感覺——不是性愛，而是他以為自己才是剝削對方的那個人的事實。

她對杰克的渴望已然不再。在他書房裡那張英格瑪．柏格曼的書桌上的那種慾望已然消失無蹤。那不過是場夢，一個從來就非屬眞實的幻夢。

他吻她的時候，她只是被他的口臭熏到想吐。他開始染髮以遮掩白髮，此舉卻讓他看來愈來愈像是戴了頂毛線帽。她還懷疑他打了肉毒桿菌。

這想法讓她腿間乾得像沙漠。杰克只是低吼一聲，用口水沾濕她然後長驅直入、隨而衝刺直抵高潮。霏伊隨意哼了幾聲，杰克便樂得相信。他不是那種會在意女人有沒有達到高潮的男人，就算在意也只是爲了滿足自尊。她躺在那裡，而他逕自翻身下床，裸身在房間裡趾高氣昂地來回跨步。

她看著他的身體，很自然地和她離婚後上過床的男人比較了起來。他可以一星期上五天健身房，但就算杰克．阿德罕也無法阻止時間的流逝。他的臀部不如以往挺翹，還有，他是不是開始有些男性女乳的跡象？她彷彿是在視力受損的情況下生活多年後突然戴上了眼鏡。

他之前是不是把自己身體的形象投射到她身上了？她發現自己想念起洛賓精壯的身體，或是邁可、或是文生、或是她上週末一起從斯拜酒吧回他家的那個穿著超脫樂團T恤的傢伙。任何一個在她床上取代杰克的男人。

杰克吹著口哨走進浴室。霏伊火速跳下床，穿上胸罩與內褲。她伸手拿來她的香奈兒 Boy 包，包包裡有她剛剛在克莉絲廚房裡磨成粉末的三顆使蒂諾斯藥丸。她爲杰克倒了一杯威士忌，爲自己開了半瓶裝的卡瓦酒。他在浴室裡高唱〈Love Me Tender〉。她把藥粉倒進他的酒杯裡。他淋浴結束後換她爲自己放水準備泡澡。

「老天，我累壞了，」他說，在床上伸懶腰，像隻心滿意足的貓。

「你只是在經歷了那一切後正要開始慢慢紓壓。喝杯威士忌放鬆一下吧，」她說，關上浴室門。

她滑進溫熱的水中靜待。她喝完兩杯卡瓦酒，然後高喊：

「杰克？」

沒有回應。她爬出浴缸，小心翼翼地打開浴室門。杰克張著嘴陷入沉睡，全身赤裸。他軟弱無力的陰莖看起來有些可笑，貼在一邊大腿上像是某種白色的幼蟲。霏伊咯咯失笑。杰克發出響亮鼾聲，霏伊嚇了一跳，但他只是翻身側躺，愈發陷進鬆軟的枕頭裡。

她套上浴袍，拿出他的筆電，坐在桌前，開機登入後接上無線網路。她有幾小時的時間？她鋪了這麼久的路，讓杰克慢慢再靠近她、把自己變成他重新渴望的模樣，等待的就是這樣的機會。她要他放下戒心，讓她接近、信任她。而今晚的此刻，她終於得到機會。她要盡可能利用它。

她讀了他最新的所有電郵卻一無所獲。唯一發現是他似乎搞上了一個經濟學院的年輕女學生。

霏伊找到她的臉書頁面，發現她今年二十歲。霏伊看過她的照片。她很漂亮，一頭金髮，看起來卻有些無趣。媒體對這會有興趣嗎？不，他們不會報導這種事。房間傳來手機簡訊通知聲。她跳起來，放輕腳步走進房間，查看躺在杰克身旁的手機。收到簡訊的不是它。看來杰克有兩支手機。他當然有兩支手機。一支專門用來偷情。她摸摸他的外套口袋，果然找到一支白色 iPhone。

手機上了鎖，需要密碼或指紋開機。霏伊小心翼翼抓起杰克的食指，摁在開機鍵上。解鎖了。她確認手機處在靜音狀態。

訊息來自翰里克。

你在哪？

她沒理會他，只是查看上頭的所有訊息。杰克完全瘋了，他無疑有性癮的問題。她驚愕不已。他有時一天密集約炮兩三次，她不明白他怎麼可能還有時間管理公司。一堆女人寄給他自拍裸照和淋浴或自慰的影片。杰克則回敬以自己的老二照。她出乎自己意料地無感。即便有些簡訊和照片來自三年多前，當時她和杰克還處於婚內狀態。她對他的恨意早已滿格，無法更恨他了。她只是失望，手機裡找到的一切依然對她毫無幫助。瑞典媒體從不報導外遇醜聞，除非事關國安。英國就不一樣了。杰克的老二照一定會成爲各大媒體的頭條故事。但爲保險起見，她還是用自己手機拍下自己滑過杰克手機裡所有照片的影片。她也拍下那些對話，確保手機主人身分無庸置疑。老二照中也夾了幾張臉部入鏡的自拍。

筆記本裡同樣也找不到有用資料。只有一些簡短難解的紀錄，應該是會面的時間與地點。她對照約炮簡訊，發現似乎對不上。這是什麼樣的會面？如果是公事，那又爲什麼沒有排在他的日程表上？

正要放下手機那一刻，她突然瞥見語音備忘錄的圖標。她不抱期待地點開，發現裡頭大約有三十五段錄音紀錄。她點開其中一段，以爲一定是性愛錄音，卻出乎意料地聽到兩個男人交談的聲音。其中一人是杰克，另一個聲音則完全陌生。他們似乎是坐在一輛停下來的車子裡。錄音的品質非常好。他們口氣輕鬆，彷彿是好友。

杰克的約炮對象也包括男人嗎？已經沒有任何事能讓她意外了。

不，這與約炮無關。這是一件遠比杰克那段導致康沛爾股價下跌的影片還要糟糕太多的事。她幾乎放聲大笑卻強忍住了。把所有資料錄好錄滿之前不能吵醒杰克。

爲免留下任何電子證據，她播放錄音，然後用自己的手機錄下來。錄好後她試聽片段確認音質，發現背景裡還聽依稀得到杰克的鼾聲。接下來一小時她全部花在再次檢查杰克的筆電上。依然沒有發現。但她已經很滿意了。

這一炮爛得出奇。她不禁回想，會不會他其實一直是個糟糕的愛人？會不會這又是另一件她多年來自欺欺人的事？或者這只是因爲之前沒有比較的對象。她想起超脫樂團T男，感覺自己腿間濕了。他給了她三次高潮。接連三次。

✦

霏伊鍵入克莉絲公寓樓下大門早已熟記的密碼。克莉絲堅持要她來的口氣令她心中七上八下。

她走進電梯，努力不去想克莉絲。

她把錄音檔案寄給了《產業日報》的同一位記者。新一波爆料揭露康沛爾的董事總經理對旗下安養中心兩起因院方疏忽造成的死亡事件不但知情，並且試圖隱瞞消息。這消息不只傳遍企業界，更震驚了全瑞典。

康沛爾股價一洩千里。各大媒體找來許多政界企業界領導人，直言杰克必須辭職，其中甚至包括來自董事會的匿名消息來源。

今天股價已跌到六十三克朗。

電梯停下來，霏伊必須自己開門。約翰跟學校請了長假全心照顧克莉絲，所以霏伊到訪沒有以往頻繁。她不想打擾克莉絲和約翰——她已經開始明白這是他倆最後的共處時光了。在某些時刻裡，她感覺自己完全無能面對這件事。每一回看到克莉絲的憔悴病容，她就感覺自己的一部分也跟著死了。事關克莉絲她就一點也勇敢不起來。一個懦弱的卒仔，一心只想逃避現實。

約翰開了門。

「情況如何？」

約翰聳聳肩。

「就……我能怎麼說？」

「你想不想出去透個氣？」

「或許吧。克莉絲正好想單獨跟妳談談。」

霏伊肚腹一陣糾結。

走進克莉絲臥房那一刻，她須得強迫自己不要哭出來。克莉絲只剩下皮包骨，她的肋骨突出，肩膀皮膚緊繃鎖骨。她的眼窩凹陷，雙頰浮腫乾燥發灰。

外頭的世界如常運行。巴士來來往往，人們爭論、陷入愛河、結婚離婚，但在尼博街的這間閣樓公寓裡，克莉絲躺在床上，生命一點一滴緩緩消逝。

霏伊坐在床邊的椅子上，輕輕握住克莉絲的手。

「一切都結束了，」克莉絲說。

「不要這樣說。」

「總得有人說出來。妳和約翰應該找點更有用的事情做，不要光是照顧我。我快死了。」

霏伊捏住她的手。

「但妳的醫生……」

「噢，他們也無能為力了。他們已經停止所有積極治療。」

他們告訴她癌症已經全面轉移。克莉絲體內腫瘤蔓延，治療完全無效，癌細胞不斷散播。除了爲她盡量止痛之外他們已經束手無策。他們建議她考慮搬進安寧病房接受臨終照護。但克莉絲拒絕了。她聲音沙啞地跟霏伊解釋道。

「約翰知道嗎？」她試探問道。

「還不知道。我無法……這就是我要妳來的原因。我想請妳幫我告訴他。我無法看著他的臉告訴他這件事。我知道我很懦弱，但……」

「我會告訴他，」霏伊很快說道。她連一秒鐘都無法再忍受討論這個話題。

她輕拍克莉絲的手，然後快步走進浴室。她再也阻擋不住情緒，無聲哭倒在浴室地板上，蜷曲身子、額頭抵著冰冷的磁磚。

她不知道自己哭了多久。屋裡傳來約翰開啟大門的聲音，她終於才爬了起來。

霏伊和約翰一語不發地沿著尼博街走。霏伊需要新鮮空氣，也需要空間和約翰說話。克莉絲公寓的四壁彷彿不斷朝他們進逼而來。

他們轉進卡爾大道。她指指倫敦人酒吧。

「我想我們都需要喝一杯。」

她要了兩杯伏特加，端酒走向約翰坐定的桌位時就先啜飲一口。他手指敲打桌面，表情緊繃。

她不能崩潰。她必須變成堅強的那個人。

「這……我不知道要怎麼開口，約翰。化療無效，癌細胞轉移了。醫生已經停止積極治療。」

他緩緩點頭。

「我知道。」

「你知道？」

「我弟弟是醫生。哥德堡的腫瘤科醫師。克莉絲包包裡有一份醫囑單。我用手機拍照傳給他看，她跟我解釋醫生的意思。我知道這樣聽起來很不對，也知道她有權決定要對我透露多少、何時才要透露。但我……我受不了不知道……我眞的沒辦法，事關克莉絲我就沒有辦法。她把我蒙在鼓裡，她根本不必這麼做。」

霏伊點點頭。一手放在他的手上。她完全瞭解。

他抬頭看她。

「我還是想娶她。我訂了教堂，就在兩星期後。我打算給她一個驚喜。」

霏伊往後靠在椅背上。她突然感到不安。她以爲自己已經夠瞭解約翰，她喜歡他，他看起來也不像那種男人，但她就是無法不起疑。她把自身的苦澀混進了對克莉絲的哀傷裡。

「如果你是爲了錢娶她，」她挨近他說道，「我會殺了你。」

他臉一縮，似乎不確定她是不是在開玩笑。

「聽懂了嗎？我會親手殺了你。」

她讓他一瞥她通常藏起的黑暗，讓黑暗走入前景短短一霎。

「我怎麼會……」約翰震驚地瞪著她。

「因爲克莉絲身價高達一億克朗，而我知道金錢的氣味可以對人做出什麼事。我親眼見過。我也親眼見過男人能做出什麼事。能有多無情。我喜歡你，約翰，眞的喜歡，你似乎是個好人。但我最好的朋友快要死了。這世界上除了夏思汀，就只有她能跟我這麼親、靠我這麼近了。我不會讓人在她將死之際欺騙她、剝削她。所以你趁她……趁她嚥氣之前想娶她的決定，背後如果有任何金錢動機，我勸你打消這個念頭，好好繼續稱職扮演癡情未婚夫的角色直到……」

霏伊啜飲一口伏特加。

「但如果你的動機是誠實無欺的，我會幫助你安排一切。不過先讓我告訴你：我看得出其中差異。永遠不要犯下低估我的錯誤。」

約翰直視她的雙眼，毫不爲她的黑暗所動。這讓她冷靜了下來。約翰是眞心的。他並不怕她。

他緩緩轉動面前的酒杯。過了半晌終於開口：

「我喜歡妳。也感謝妳這麼保護她。我愛克莉絲勝過我認識的任何人。這是我唯一的動機。我想要她成爲我的妻子。」

他們注視對方。

「很好，」霏伊說，喝下一大口伏特加，用手背擦擦嘴。「那我們就趕緊著手籌備世紀婚禮吧。」

他們在沉默中舉杯互敬。玻璃杯碰撞發出聲響時，兩人卻不約而同皺了臉。有那麼一瞬間那聽起來就像婚禮鈴聲。

費耶巴卡——昔日

瑟巴斯欽葬禮那天，全校學生都請假出席了。自從他死後，其他孩子就放過我了。太短的時間內發生了太多事。震驚像條毯子覆蓋校園、教室、那些上頭畫了醜陋塗鴉的金屬置物櫃。

教堂擠滿了人。從沒真的交過朋友的瑟巴斯欽突然把整座教堂都填滿了。幾個和他同齡的女生在哭，擤鼻涕的聲音在教堂迴盪。我懷疑她們有跟他說過話。

媽挑了一具白色棺材。還有黃玫瑰。玫瑰其實根本沒必要，瑟巴斯欽從來不在意這類的事情。不過我想，這麼做是為了活下來的人。畢竟瑟巴斯欽早已冷冰冰地躺在棺材裡。他還在乎什麼？

發現他的人是爸。用一條皮帶在衣櫥橫桿上上吊。他大吼媽，然後把瑟巴斯欽抱下來、扯掉脖子上的皮帶。媽打電話求救時他拚命搖他、對他大叫。

救護車過了好久才來，但我知道就算他們早早趕到也於事無補。瑟巴斯欽嘴唇發藍、皮膚慘白。我知道他已經死了。

我們落坐在最前排座位上時，我可以感到所有人的目光都在我們身上。爸穿著西裝坐在我旁邊，手臂抖個不停。氣到發抖。因為死亡是他唯一不能控制的事。他唯一不能以拳腳威嚇逼迫其順從屈服的對象。

死亡根本不鳥他。他坐在教堂裡，兩眼盯著媽為瑟巴斯欽挑選的白棺材與黃玫瑰，為這點感到怒不可遏。

葬禮後沒有人會來我們家喝咖啡。我們能邀請誰？這些擠滿教堂的人沒一個是我們的朋友。他們只是禿鷹，受我們的悲慟吸引而來、想要在裡頭打幾個滾。

媽和我都知道，爸回家後必然要發洩他的怒氣。這股怒氣已經在他體內悶燒了幾星期了。媽要我上樓回房。我假意聽從走上樓梯。但走到最後一階時我止步，坐了下來。我臉頰倚在扶手欄杆上，感覺冰涼的白色木頭貼在皮膚上。從我坐的地方可以看到廚房。他們如果轉身也可以看到我，但他們只是像籠子裡的兩頭老虎彼此繞圈、對峙。爸頭往前，拳頭一緊一放。媽下巴抬得高高的，小心翼翼觀察著他的一舉一動。她準備好了。

第一拳落下時她甚至不曾試圖閃避。沒有畏縮。爸一拳擊中她的下巴，她的頭往後飛仰、隨即又反彈向前。爸再次出手。點點鮮血自她口中噴灑而出，把廚房白色的櫥櫃門沾染得像幅抽象畫。什麼東西從她嘴裡飛出來，在地板上磕碰彈跳。一顆牙齒。

她倒地，但他沒有停手。一拳接著一拳地落下。

我明白，瑟巴斯欽走了之後，媽在這屋子裡也撐不了多久了。

兩天後，康沛爾股價跌至新低。霏伊正和流行歌手薇奧拉．高達共進午餐，商討和Revenge合作推出聯名商品事宜，她剛剛活逮丈夫和一個十八歲少女在床上，還在自震驚復原中。霏伊收到夏思汀傳來的簡訊：四十九點九五克朗。就是現在！

她放下刀叉，跟薇奧拉和經紀人道歉，起身快步走向洗手間。她鎖上門，坐在馬桶上。她努力這麼久的一切突然就在眼前、唾手可得了。她有足夠資金買下百分之五十一的股份，取得董事會主控權、開除杰克。這想法一時令她頭暈目眩。她想要大叫。她打電話給她在曼島的股票經紀人史蒂芬，要他買下能到手的所有康沛爾股票。她要他若需要更多現金隨時聯絡，她可以從Revenge的帳戶再轉幾百萬過去。

「沒問題，老闆。今天結束之前一切就是妳的了，」他說。

她又等了一分鐘，重整心情才回到桌位。她的心跳加速。但當她坐在薇奧拉．高達對面、而桌上放著貝里洛小館著名的白肉魚卵披薩時，她內心的騷動卻絲毫不露痕跡。

霏伊穿過司徒爾廣場。午餐人潮散去，人們紛紛回到辦公室。空氣暖得有些悶。她坐在長凳上，考慮要怎麼度過這天剩下的時間。收購康沛爾的過程正在進行中，此間她除了等待也無事可做。她打電話給克莉絲但她可能在休息，沒有接電話。約翰希望由他自己來籌備婚禮，但答應需要幫忙會跟她聯絡。

她的思緒回到收購上。換成是男人早已開始慶祝他的成功、他努力工作的成果。理直氣壯，完全不會覺得不好意思或需要道歉。她決定自己就要這麼做。她送簡訊給洛賓——她以爲自己已經玩完了的洛賓——約他在星巴克見面。

他離這不遠，他們說定十五分鐘後見。沒有男性自尊受傷的問題。他知道她想要什麼，也並不特別介意她已經很久沒跟他聯絡。

她走進星巴克的時候他已經爲兩人點了咖啡。

「眞高興見到妳。我不知道妳的咖啡加不加牛奶，」他說，指指杯子。

「我們沒有要喝咖啡。」

他笑了。他俊美的臉龐開朗而愉快，她發現此刻有他陪伴令她感到出奇輕鬆。他不需要任何解釋、不玩遊戲、沒有必須避開的地雷話題、沒有藉口。他對生活的要求再簡單不過，只需要他的健身房、食物、水、和性愛。

「不喝咖啡？」他的微笑告訴她他完全明瞭她的意思。

「是的。我不想喝咖啡。我只想幹你。」

「眞的嗎？」他逗弄道，但立刻站了起來。像條遵命的小狗。

「我在諾比斯*訂了房間。」

他挑眉。

「今天打算大手筆一下，嗯？」他說，一邊穿上外套。

「我剛花了幾千萬買了一家公司。我想我值得好好慶祝一下。」

「我喜歡妳，妳知道吧？」

洛賓爲她開門。

「很好。這樣我就不必客氣了。我打算要你爲我做一些事。」

「我今天是妳的奴隸。」

「你一直都是我的奴隸，」霏伊微笑道。

洛賓沒有抗議。

✦

霏伊和約翰各坐在克莉絲睡床的一邊。她的胸部起起伏伏，她的面色如灰，頭皮緊繃。她

* Nobis Hotel Stockholm：位於斯德哥爾摩 Norrmalmtorg 區的五星飯店。

變得好小，一點一滴消散得好快。

約翰指了指房門。他們走出房間後，約翰整個人靠在走道的牆壁上。

「我不知道該怎麼辦。她已經不能走路了。我們必須取消婚禮。」

「絕對不行。」

「眞的嗎？」

「絕對不能取消。我們把婚禮搬來這裡，在家裡。在房間裡，如果有必要的話。克莉絲會結婚的。」

「但要怎麼……」

「我們把牧師、化妝師、還有禮服全部帶來這裡。也不必邀清賓客了，就幾個最重要的人在場即可。克莉絲反正不喜歡人。」

她努力抗拒自己的感覺。強力壓制狂風般橫掃過她的哀痛。克莉絲一直如此堅強，堅強了好久。對霏伊來說她就像個姊姊，從她初抵斯德哥爾摩起就處處罩她、挺她。現在該是霏伊挺身而出的時候了。做一個姊妹該做的事。克莉絲會得到她的婚禮，嫁給她心愛的約翰。

「明天，下午兩點？」她說。

約翰連著嚥下幾口唾沫。

「我會聯絡應該在場的人，還有牧師。至於禮服……」

「我今晚回家時會順路去拿。也會約好化妝師。」

「食物怎麼辦？」

「我會負責。你只管和克莉絲準備好明天結婚。我一早過來陪她一起準備。」

隔天早上，霏伊和夏思汀站在克莉絲的公寓門外。她深呼吸，按下門鈴。約翰開門，給她們一人一個擁抱，然後請她們進門。

「一切都準備好了，」他說。「大家都請了一天假，也都瞭解這場婚禮必須在今天以這種方式舉行。」

「你呢？覺得如何？」

「我不在乎婚禮有多盛大或多簡單。我只希望能在她……走了之前，讓她成爲我的妻子。」

「很好。這就是我們要做的事。」

他領著她們走進主臥室。

克莉絲背後墊了許多枕頭坐在床上。她面前擺了一個托盤，上頭有咖啡、果汁還有吐司。

「全世界最漂亮的新娘感覺如何？」霏伊問，落坐在床緣。

「我知道我想爲婚禮變瘦，但這好像有點太超過了。」

霏伊笑不出來。

克莉絲抬頭看著夏思汀與約翰。

少。

「可以給我們幾分鐘嗎?」她說。「我想跟我的伴娘單獨說說話。」

他們關上門後，霏伊輕輕握住克莉絲的手。她的手變得好小好脆弱，幾乎不比茱莉安大多少。

「我不知道如果沒有妳，我要怎麼辦，」克莉絲柔聲說。

「小事一樁，籌辦婚禮是有趣的事，不管是在什麼情況下。」

「不只婚禮，我是說一切。這些年和那些我們做過的事。那些我們一起經歷過的狗屁倒灶。沒錯，中間是遇過一些小問題，杰克啥的，但絕大部分的時間裡，妳都是任何人夢想擁有的最佳好友。」

霏伊再也忍不住眼淚。

「我們……我們一定得現在談這嗎?今天畢竟是妳的大喜之日。」

「今天一定得談。我不剩多少時間了。我想趁腦袋還清楚的時候告訴妳。」

霏伊點點頭。

「我這輩子不可能找到比妳更好的朋友了，」克莉絲繼續說。「妳讓我變成一個更好的人。」

霏伊拭去沿著兩頰如雨落下的眼淚。「妳是讓光進來的裂隙，」她說。「里奧納德·科恩*在歌裡唱的那種。我不知道……我完全不知道沒了妳我要怎麼辦。」

「噢，這我不擔心，」克莉絲說。「我只是很遺憾自己不能參與了。」

「我又跟洛賓上床了，順便跟妳說一下。還記得他吧？那時我自憐自艾到不行，妳強迫我跟妳去瑞胥，我就是那晚認識他的。」

克莉絲爆出笑聲。「就跟妳說吧！妳沒我也可以過得很好。」

她往後靠，深呼吸幾口。最輕微的動作似乎就足以讓她精疲力竭。

「要不要我離開讓妳好好休息一下？」霏伊柔聲問。

克莉絲搖搖頭。「不，完全不需要。我其實虛弱到酒都喝不下去了，不過管他的，今天是我的婚禮。床頭桌裡有一瓶傑克．丹尼爾†，讓我們再乾它最後一杯，就我們倆。」

霏伊彎腰打開櫥櫃，拿出酒瓶，轉開瓶蓋後遞給克莉絲。

「敬我們，」克莉絲說，舉起酒瓶。「敬我自己從不曾因爲結局如此而有過一絲一毫的苦澀。我怎麼可以？在我已經活過這樣精彩的一生之後？」

---

* Leonard Cohen (1934-2016)：加拿大詩人、小說家、詞曲作家與歌手。「讓光進來的裂隙」語出他發表於一九九二的音樂作品<Anthem>，歌詞原句為「Ring the bell that still can ring/ Forget your perfect offering/ There is a crack, a crack in everything/ That's how the light gets in」。

† Jack Daniels：位於美國田納西州的知名威士忌品牌。

她喝下幾口酒。

「敬妳，克莉絲，」霏伊說。「一個最棒、最美麗的好姊妹。」

克莉絲眨掉眼眶裡的淚水。

「我得去打扮一下了，不過先告訴我，杰克的事進行得怎麼樣了？」

「我們買下百分之五十一的股份。」

「所以妳達成目標了？」

霏伊點點頭。「達成了。」

克莉絲抓住霏伊的雙臂，她的手有力得出奇。「我好愛妳。」

「我也愛妳。」

克莉絲嚥下幾口口水。「我爸媽今天都沒能到場，妳就是我的世界，雖然這不符合瑞典傳統，但我在想不知道妳……不知道妳願不願意代替我父母把我交給約翰？」

霏伊展臂擁抱克莉絲、小心出力緊緊抱住。

「我當然願意。」

✦

霏伊望向窗外，她可以看到下方街道行人走動。城市的夜生活正要開始。

她轉過頭重新面對螢幕，檢視最新一組結果。要怎麼告訴杰克他被開除了？何時告訴他？杰克已經成了公司的負擔，必須盡快擺脫。一部分的她想要讓康沛爾垮臺解散，但有那麼多員工需要考量。她已經找到一個精明的生意人，將以鎖定價購入她名下所有股份，唯一條件是必須改掉公司名稱。如此一來康沛爾也將走入歷史。

雖然醜聞接二連三，杰克還是以瘋子般的偏執相信自己可以挺過一切。他深信**他**就是康沛爾。要是他知道前方是什麼在等著他。

她忙到深夜才離開公司。回家路上，霏伊傳訊給夏思汀問她要不要過來小聚一下。她倆幾乎每晚都會對飲幾杯紅酒。是貪杯了些，但她們告訴自己她們只是遵循地中海飲食法，每日攝取紅酒是絕對必須的。夏思汀提過，她祖母每天都會喝上一匙威士忌，說是爲了治療一根受傷腳趾。從此之後她倆總是開玩笑說爲了健康起見，每天至少得爲每條腿各喝上一杯紅酒。

「我忍不住會去想杰克知道自己要被開除會有什麼反應，」霏伊從廚房喊道。她正忙著弄起司拼盤和餅乾。各式起司是她冰箱裡的常備品。

夏思汀沒有回應，但霏伊聽得到她在客廳走動的聲音。霏伊把起司放在盤子裡，加上一些葡萄與消化餅，一起帶進客廳。

夏思汀坐在沙發上，呆望著前方。

「怎麼了？」

霏伊放下盤子。她坐在夏思汀身旁、摟住她。她可以感覺她單薄的身子正在發抖。

「他……他……」

夏思汀話說不出來，她牙齒打顫得太厲害。霏伊感覺一股焦慮感擒住她。夏思汀不會也生病了吧？她無法承受失去另一個摯友的打擊，她承受不了。她如此害怕失去克莉絲，那恐懼不時壓迫得她無法呼吸。

「阮……阮納……」克莉絲結巴了起來。

霏伊身體一僵。

「阮納？」

「他……狀況生變。我接到安養中心打來的電話。他……他的狀況改善了。如果事情繼續對的方向發展，他說不定可望回家。」夏思汀失笑，尖銳而乾嘎的笑聲。「對的方向！他們竟然眞的說是『對的』方向！他們不會想到這對我而言是多麼錯誤的方向。他們不會知道這個他們每天為他擦屁股、擦口水的廢物其實是個喪心病狂的虐待狂，讓他回家我的日子就只剩無盡的悲慘！我眞希望我夠勇敢，早早趁還有機會的時候拿起枕頭悶死他……」

夏思汀用雙臂抱住自己、不停前後搖晃。她背上的疤痕透過薄薄的上衣衣料清晰可見。暖熱的怒氣從霏伊腳底往上竄起、很快散布全身，最終在她腦中引爆炸開。

夏思汀是她和茱莉安的家人，她是她們的磐石、她們的生命線、她們的溫暖懷抱。沒有人可以威脅到這一點。沒有人可以威脅到她。

霏伊把顫抖啜泣的夏思汀摟到胸前。沾溼她喀什米爾連帽毛衣的眼淚肯定很快就會乾掉。黑暗在霏伊體內蔓延開來。那裡沒有眼淚。

✦

陽光普照，天空一片湛藍，人們歡笑、談天、喝咖啡。巴士與地鐵如常運行。但在卡洛林斯卡醫院頂樓的一張病床上躺著霏伊的摯友，在一場開始就注定沒有勝算的戰役中敗下陣來。

霏伊在她幾個小時前才離開的醫院外下了車。她前一天來的時候，克莉絲已經幾乎說不出話，她氣若游絲，眼神如此疲憊、身體如此羸弱。她充滿驕傲戴上的婚戒頻頻自她瘦弱的手指脫落。霏伊坐在床畔對她訴說自己有多愛她時，戒指就曾兩次掉到地上。

霏伊一路哭回家，明白盡頭已經近了。約翰一個小時前打電話要她盡快返回醫院，她即刻又衝出門。

霏伊站在醫院大門口突然猶豫了起來。要怎麼跟妳最好的朋友說再見？要怎麼跟妳的姊妹說再見？妳天殺的要怎麼做到？她買了一包菸和一根巧克力棒，坐在醫院外的長凳上。幾個穿著藍色制服的護士一邊吃午餐一邊聊起孩子。一對年輕父母小心翼翼地帶著寶寶走向停車場，他們每走十公尺便停下來，彎腰面對提籃、微笑讚嘆籃子裡的小小奇蹟。

霏伊連抽兩根後把剩下整包菸扔進垃圾桶、巧克力棒則塞進包包裡。她快步進門走向電梯。

「克莉絲要死了，」電梯門緩緩關上時她對自己喃喃說道。「克莉絲要死了。」

長廊一片寂靜。她的腳步聲喀噠迴響。她在八號房外駐足，敲過門才推開走進去。約翰抬頭看她，沒有說話。他低下頭去看著克莉絲，輕撫她的頭髮。

霏伊繞到床的另一邊，站在他身旁。

「不剩多少時間了，」他說。「她已經完全沒有反應，算是陷入某種昏迷了。她……她不會再醒來了。我不知道我要怎麼辦，我要怎麼……」

她臉部扭曲。她拉來一張椅子，坐在他旁邊。

「她好小，好孤單，」他低語，擦擦眼睛。

霏伊不知道能說什麼。她只是把手放在約翰和克莉絲交握的手上。

「至少她不痛了，」約翰繼續說道。話聲抽搐。「她走了之後他們會把她送去哪裡？我不想要她被送去地下室，像隻死動物似的被留在那裡無人管顧。」

他沉默下來。

霏伊往後靠。她的椅子發出嘎吱聲。

「我可以和她獨處幾分鐘嗎？」霏伊低聲問道。

約翰皺眉，隨而點頭。

他站起來，手放在她肩膀上，緩緩退出房間。霏伊輕手輕腳，彷彿擔心吵醒克莉絲似地，挪到約翰剛剛坐的椅子上。椅子還暖暖的。

霏伊傾身向前，嘴唇輕觸克莉絲的耳朵。

「我好痛，克莉絲，」她說，忍住眼淚。「想到不能和妳一起變老我就好痛好痛。我們的那些夢想，要搬去地中海、開餐廳、坐在外頭下雙陸棋、一起漂染白髮……這些都不會發生了。我感覺自己永遠不可能再快樂起來了。但我答應妳我會努力。我知道妳一定會生氣，如果我不……」

她清清喉嚨，吸入一大口氣送進肺部。

「我想告訴妳的是，我永遠不會忘記妳。過去十六年來有幸當妳的朋友是我這一生最美最好的事。我很抱歉我從不曾告訴妳我的真實身分。關於我是誰的故事。我怕妳不能瞭解。我該要信任妳的。我該要告訴妳一切的。或許妳還聽得到，所以我現在就要告訴妳……」

她娓娓低語，傾吐所有祕密。關於那場意外、關於瑟巴斯欽、關於媽和爸。關於瑪蒂妲和她的黑暗。毫無保留。

說完後，她摸摸克莉絲的頭髮，輕觸她的嘴唇與臉頰。這是她最後的告別。

她喚回約翰。她倆並肩而坐，在沉默中看著生命離開克莉絲的身體。七小時後，她嚥下最後一口氣。

霏伊離開克莉絲的病房時，約翰依然動也不動坐著，額頭抵在妻子冰冷的手上。她帶走塞滿房裡的大把花束其中一束。她上車，上網找到一個地址，啟動車子。她眼眶是乾的。她的淚已經流乾了。她被掏空了、乾涸了。她的祕密有克莉絲爲她永遠保守。

她把車停在停車場一棵大橡樹的陰影下，走向入口。門沒鎖。她警戒地四下打量。大廳與長廊都沒人。她聽到人聲從長廊底的一個房間傳出來。看來現在正好是員工休息時間。

她默數門。右邊第三道門，夏思汀是這麼說的。她沒問霏伊爲什麼想知道。她快步走過去，堅定而無聲地推開門、閃身入內。她毫無懼意，只是感覺空蕩蕩的。失去克莉絲的感覺就像手術切除一條手臂，因麻醉而無感。

她原本一直把臉藏在花束後方以免有人走進長廊。她把花放在門旁的五斗櫃上。黃玫瑰非常貼切。她知道黃玫瑰代表死亡，送這束花給克莉絲的人想必不清楚這點。

她聽到床上傳來沉重的呼吸聲。她走向床頭。百葉窗關著，房裡光線微弱。阮納看來如此脆弱可憐。但她從夏思汀那裡聽來夠多有關他的事，不會被愚弄。他是個混帳。一個沒資格活下去的混帳，尤其在克莉絲的身體在另一張病床上漸漸失去溫度的此刻。

霏伊謹慎地拿起靠床腳的一顆枕頭，走廊突然傳來笑聲讓她暫停動作，但笑聲隨即遠去。房裡再度只剩阮納的呼吸聲與一個老時鐘的滴答聲。

她手裡握著枕頭，舉目四望。房裡冰冷而毫無人味。沒有照片、沒有個人物品。只有被太陽曬褪了色的四牆與地上一塊廉價的塑膠地毯。空氣中瀰漫老人味。那種總是附著在久病老人身上的混濁陳腐、令人厭膩的氣味。

她緩緩舉起枕頭，壓在阮納臉上。沒有絲毫猶疑，沒有絲毫焦慮不安。他的生命已經走到盡頭。他不過是一坨血肉、一個重擔，又一個留給女人無盡傷痕與眼淚的邪惡男子。

她身體往前傾，以全身重量壓在枕頭上、完全掩住他的口鼻。阮納發現吸不到空氣時抽搐了幾下，動作裡卻沒有眞正的力氣，只是手腳微弱的抽動。霏伊到最後甚至不再需要多費力。

過了一會，他終於靜止不動。不再抽搐。不再抽動。霏伊沒有移動枕頭，直到她確定夏思汀的丈夫已經死了。然後她把枕頭放回原位，拿起那束黃玫瑰快步離開。

她上車，朝城裡疾駛去。然後，爲克莉絲而流的眼淚終於開始淌下。

費耶巴卡——昔日

我看著警員臉上深深淺淺的紋路。他臉上充滿同情，但他看到的不是我，不是真正的我。他看到的是一個瘦長的少女，已經失去哥哥，現在很可能也失去了母親。我們坐在廚房桌前，我看得出他很想把手放在我的手上。我很感激他沒真的動作。我從來就不喜歡讓陌生人碰我。

我清晨五點打電話報警，爸大約一小時後就被帶走。我好累，好想趴在桌上閉上眼睛。

「聲音什麼時候停下來的？」

我強迫自己醒著，聆聽他的問題。提供任何需要我提供的答案。

「我不知道，差不多三點吧？我不是很確定。」

「妳為什麼這麼早起床？」

我聳聳肩。

「我一直都很早起。而且我……我馬上就覺得不對勁……媽從來不會這麼早出門。」

他嚴肅地點點頭。臉上再次出現很想安慰我的表情。我希望他能繼續抗拒那個衝動。

我不需要安慰。他們已經把爸帶走了。

「我們還在找，不過根據證據顯示，我們很擔心妳母親可能已經遭到不測。就我的瞭解，妳父親似乎有使用暴力的……習慣。」

我必須強忍住笑。不是因為眼前情況有任何好笑之處，而是因為這實在太可笑了。**使用暴力的習慣**。如此無血無淚的幾個字、如此簡要總結了這屋裡這些年來經歷的種種恐怖。**使用暴力的習慣**。是啊，確實可以這麼說。

不過我知道他們想要什麼，於是我點點頭。

「我們還是有可能會找到她，」警員說。「毫髮無傷。」

然後終於來了。他的手放在我的手上。同情與支持。溫暖。他知道什麼？他懂什麼？我必須用力忍住抽開手的衝動。

✦

幾星期過去。媒體已經公開杰克遭到開除的消息。隨著公司易主並允諾展開全面企業倫理調查的新聞曝光，康沛爾的股票總算止跌回升到較爲合理的價格。在此同時杰克卻繼續向下沉淪、似已完全迷失。時間彷彿突然決定介入杰克的人生：他快速老化，染髮的頻率趕不上頭髮變白的速度，他的動作變慢、難掩疲態。

他故作若無其事狀，畢竟他依然坐擁千萬個人財富。他跟媒體表示自己很快就會東山再起。但他會在夜裡打電話給霏伊，顯然喝醉了、口齒不清地叨念往事：那些被他辜負的人、克莉絲、他付出的犧牲代價。

他斷絕和翰里克的友情，因爲他認定好友決定留在康沛爾董事會之舉無疑背叛了他。但無論是翰里克、杰克、或是董事會的任何成員都不知道她就是康沛爾的新任最大股東，因爲她全部透過她在英國的律師團處理公司事宜。

該是踏出最後一步的時候了。伊娃。

她爲克莉絲而流的眼淚已經停了。事情以超乎想像的速度恢復正常。她時時刻刻想起她、思念她，卻已然接受她離去的事實。沒有任何方法可以喚回她了。

如果克莉絲知道霏伊接下來打算做的事或許會阻止她。但她永遠不會知道了。

霏伊和茱莉安提著採買的雜貨回到家時，杰克已經站在門外等候。她下午傳訊邀他過來，他立刻欣然接受。

「哈囉，我兩個親愛的，」杰克說，動作笨拙地單臂擁住茱莉安。「我還以爲是兩個天使正走向我。」

「馬屁精，」她說。他輕啄她的臉頰。

他可以聞到他身上的酒味。

他傻傻對她微笑。

「妳們買了什麼？」

他指指提袋。

「我打算做波隆那肉醬，」她說。

「太好了！」他高呼，接過她手中的提袋。

他把茱莉安的背包甩到一邊肩上，頂住大門。

「你最近如何？」霏伊問，一邊解開公寓門鎖。

杰克身子微微搖晃。

「噢，還好。」

「伊娃呢？她應該快生了吧？你應該很期待吧？」

霏伊知道他痛恨講到伊娃。

「應該還好吧。她暫時搬去跟她父母住了，所以我孤家寡人自由得很。妳的簡訊來得正是時候。」

她開始把買回來的東西放在廚房中島上。

「你沒說到你期不期待寶寶的到來。」

「我想妳很清楚我對這件事的感覺。我當然會愛這個孩子，但我……我很清楚誰才是我的家人。眞正的家人。」

她很想一拳揮過去，但她只是深呼吸，對他露出嬌媚的微笑。

「所以說野花沒有家花香？」

「是的，妳可以這麼說。」

「你現在打算怎麼辦？」她問，一邊開始炒絞肉。「我是說離開康沛爾之後？」

杰克打開冰箱，找到一根紅蘿蔔，沖過水後塞進嘴裡。

「不必擔心，人們知道我的能力在哪裡。說到這，妳最近那波廣告活動……」

「噢？」

「我不覺得那個偶像歌手適合 Revenge 的形象。我看過妳公司的數字，在我看來……」

她的腦袋發脹、身體僵住。他以爲他是誰？但杰克似乎沒留意，逕自滔滔不絕吐出一則又一則的金玉良言、個人忠告。

「我想你說得沒錯，」她說。他終於說完了。

呼吸，她告訴自己。挺住。照計畫走。

他們坐下來共進晚餐時，霏伊倏然發現一切感覺如此不眞實。他們三人圍坐餐桌，以她一度夢想已久的方式共進晚餐閒話家常。

曾有多少年的歲月，她心心念念期待渴望著這一幕。

「我超想念妳這道菜，霏伊，」杰克說。又去盛了第二盤。「沒有人做的肉醬麵比得上妳做的。」

他和茱莉安談笑，告訴她上回家長之夜時老師跟他說了多少讚美她的話，說他有多以她爲榮。

我們爲什麼不能擁有這些，杰克？霏伊不禁暗想。你爲什麼不能滿足於我們？

九點半，茱莉安的眼皮開始撐不住了。杰克抱起她時她還喃喃抗議，最後還是乖乖讓他送她回房間。他回到客廳有些不知所措地呆站在沙發與電視之間。

「喏，我該回去了。」

「你不趕時間吧，不是嗎？」

「妳想要我留下來嗎？」

霏伊聳聳肩，舒服地靠坐在沙發扶手側。

「我沒差。不過如果你今晚還有其他計畫……」

他以小狗般的熱切回應她的蠻不在乎。

「我可以留下來，」他說，一屁股坐下。「再來點紅酒？」

「好啊，」她說，把酒杯往前推。「我好像有一瓶威士忌，如果你想要的話。」

「在廚房嗎？」

她點點頭。杰克走向廚房，她聽到一陣翻找聲。

「在冰箱上面的櫃子裡，」霏伊喊道。

櫃子門開了，繼之以瓶子碰撞聲。

「這瓶讚。妳哪裡買的？」

「一個國外投資人送的。」

其實是洛賓幾星期前來過夜時留下的。他們那晚做了五六次愛。光是回憶便足以讓她腿間起反應。

杰克回到沙發上，落坐在她身邊，一把拉過她的腿放在自己大腿上。他開始按摩她的腿。她閉上眼睛，感覺暖意從腳底傳開來。

「妳知道嗎，我們其實可以每晚都像這樣，」過了一會杰克說。

她搖搖頭。

「你幾星期後就會膩了，杰克。與其在這講些沒意義的話，你不如去沖個澡。」

「沖澡？」

「是的，沖澡。我們待會如果要做愛，我可不想你一身酒臭。」

杰克耳朵紅了。他急匆匆走向浴室時，霏伊幾乎忍不住笑。她跳下沙發，拿出筆電架在床對牆的書架上，按下錄影功能。

杰克一臉微笑走進臥房，但霏伊毫無感覺。和他上床不過是達成目的的手段。事後，他倆並躺在床上喘息。他的眼睛閃爍希望之光。

「妳覺得我離開伊娃搬進來如何？」

「那是不可能的事，杰克。」

「但是妳已經原諒我了，不是嗎？」

「我已經原諒你並不代表我想再次和你一起生活。」

「我可以投資 Revenge，幫妳管理一切。Revenge 規模愈來愈大，妳確定妳有辦法？我是說，我管理大型企業的經驗比妳多多了。妳到目前爲止都做得很好，但我覺得該是讓專業人士接手的時候了。」

這個渺小的男人，這個讓她一手趕出自己公司的男人，竟還以爲自己可以告訴她什麼對她才是最好。

霏伊強迫自己維持冷靜。把焦點放在目的上。

「我不需要更多投資，」她說。「你別爲 Revenge 操心了。」

「我只是想保護妳和茱莉安。照顧妳們。」

你該保護的是你自己，霏伊暗想。留意你的背後。睡覺時留一隻眼睛睜著。我已經擊垮你，接下來輪到伊娃了。

「你該走了，杰克，」她說。

「我哪裡讓妳生氣了嗎？」

又是那雙小狗眼，但它們已經對她失去魔力了。

「沒的事。是我明天一早要開會，而且我也不想讓茱莉安看到你在這裡過夜。你知道這樣只會把她搞糊塗了。」

「如果我們能重新變成一家人對她才是最好。」

「我們曾經是一家人，杰克。你的問題是你一旦有了家庭，你就會不想要它。回去你懷孕的女朋友身邊吧。」

她翻身背向他，聽到他收拾東西離開了。

杰克前腳一走，她立刻拿起電腦檢查錄到的影像，挑出杰克把臉埋在她腿間的一幕。她近來都會定期美體脫毛。她躺在床上愉悅呻吟，一對乳房堅挺誘人。她擷取幾個她臉部沒有入鏡的畫面，挑了三張從匿名的 gmail 信箱寄給伊娃。

信裡只有一行字：妳的男人還真是懂得取悅女人。

✦

杰克衝進來的時候霏伊正坐在她的辦公室裡。他滿臉通紅、汗如雨下。他大吼大叫，全辦公室都聽得到他的聲音，好奇的腦袋頻頻出現在百葉窗的縫隙間。霏伊心裡竊笑。杰克是如此地不出所料。

「妳幹了什麼好事！」

他的嘶吼聲伴隨口水四濺。她一點也不怕他。她害怕杰克已經是很久以前的事了，杰克或是任何男人。

「妳他媽的爲什麼要做這種事？」

「我不知道你在說什麼，」她說，很清楚杰克根本不會相信他。

但這是遊戲的一部分。她就是要他知道。這部分的猜謎遊戲已經結束了。霏伊坐在她美麗辦公桌後的椅子上旋轉繞圈。桌子是阿納．雅各布森*的作品，價值近十萬克朗。英格瑪．柏格曼那張被蛀蟲吃掉的爛桌子可以去死。英格瑪．伯格曼本人也可以去死。讓一堆女性簇擁自己、供自身大展雄性威風並打壓作賤的男性天才大師。他媽的陳腔濫調。

杰克上身靠在桌子上，汗濕的手在光亮的桌面留下掌紋。她沒有後退，反而迎上他逼近的

* Arne Jacobsen (1902-1971)：知名丹麥建築師及家具設計師，為當代最具影響力的北歐建築暨工業設計大師。

臉。她看著他浮腫疲倦的臉、聞到他嘴裡的葡萄酒與威士忌酒臭，不禁懷疑自己當初是看上他哪一點。她剛認識他的時候他還常讀烏爾夫．倫德爾†的書。她早該在一切開始之前看到這個警示。

「我不知道妳在打什麼主意，霏伊，不過我會搞垮妳。我會奪走妳的一切。妳不過是我從陰溝裡撈出來改造成功的可悲又瘋狂的臭婊子。我會讓所有人知道妳不過是從天知道哪裡冒出來的無名小卒。我知道的比妳以爲的多多了，你他媽的臭婊子！」

她緩緩舉手、用手背擦掉噴了她滿臉的口水，同時從眼角瞥見兩名警衛正快步接近中。她往後彈開。

「你在做什麼？」她哭喊道。「杰克！快住手！救命啊！什麼人快來幫幫我！」

警衛衝進辦公室時，她發出一記響亮的啜泣、跑向他們。杰克瞪著那兩名穿著保全公司制服、二十來歲的年輕警衛。有那麼一秒，他看似就要朝他們出拳了。但他深呼吸，雙手朝上作求和狀，臉上綻放微笑。

「只是一場小誤會，不值得大驚小怪。意見不同，就這樣。我自己可以找得到路出去。我

† Ulf Lundell（1949-）：瑞典著名作家、詩人、音樂人，七〇年代推出首張LP音樂作品即贏得「瑞典的巴布．狄倫」稱號。

現在就走……」

他背朝門退了出去。霏伊早已躲進她的行銷總監辦公室、焦慮地觀察著杰克的動靜，幾名員工以保護者之姿圍站在她身邊。不能有比這還好的結果了。

經歷杰克在辦公室這一鬧，霏伊回到家時感覺累壞了。公寓裡空蕩蕩的，夏思汀接了茱莉安放學，然後就一起去逛她倆怎麼也逛不膩的博物館了。

夏思汀最近有些擔心茱莉安。她從原先的活潑開朗變得愈來愈沉默寡言。她的老師說她現在下課時間常常都是自己一個人。霏伊和夏思汀一樣憂心。她在茱莉安身上看到自己，她也曾是一頭孤狼。

霏伊父親的來信愈來愈頻繁。她依然從不打開那些信。她只慶幸至今無人發現兩人的關係。這個案子當初相當受到矚目，主要是因爲她父親在她母親屍體從未被發現的情況下依然被定了罪。法庭認定已有足夠證據判定她母親已經遇害。先前受傷送院的醫療紀錄、現場血跡、以及她母親所有私人用品全都原封不動留在家裡的事實。無異議通過判決。無期徒刑。

霏伊爲自己倒了杯葡萄酒，坐在電腦前打開電郵信箱。二十封來自伊娃的訊息。她全數刪除。她對她想說的話毫無興趣。霏伊打開抽屜，拿出那個儲存了所有鍵盤側錄器錄得的所有資料的隨身碟。這東西已經完成它的任務。她拿不定主意要留著它做紀念還是扔了。

她把隨身碟握在指間把玩，突然想起她從未看完裡頭下載的所有檔案，因爲光是找到的部分便已經足以讓杰克黯然下臺。她把隨身碟插進電腦裡，啜飲一口葡萄酒，等待檔案夾一一出現在螢幕上。她一個個點開來看，沒看到任何令她感興趣的資料。無聊的公司文件、PowerPoint 檔案，無聊、無聊、無聊。最後一個檔案標明「家用」，光看名字都無聊，但她還是點開來了。檔案內容出現在螢幕上。她赫然明白自己看到的是什麼時，她手上的那杯阿瑪羅尼紅酒也隨之哐噹落地。

她凝視地板上的玻璃碎片。那緩緩漫開的紅色酒液。她明白自己不能只是擊垮杰克而已：她必須確保他永遠消失。

✦

霏伊按兵不動幾天。然後她打電話給杰克。她有了新的計畫。她在電話中哭求他的原諒。雖然她眞正想做的是把他活活打死、狠狠踢他的屍體幾腳、然後朝他的墳堆吐口水。

杰克被她的示弱說服了。他需要她的順服，而她給了他想要的。

她很快贏回他的信任。杰克不是複雜的男人，也相當好騙過。她只希望自己更早發現這點。

雖然她從沒想過竟又需要這麼做，但她還是讓他上了她的床。這是最困難的部分：在全身細胞都對他反感至極的情況下假意配合，即便腦中充滿他做的那些事的畫面。

杰克有時會在睡夢中哭叫。他放在床頭桌上的手機一次又一次亮起，螢幕顯示是伊娃來電。她還沒放生他。如今換她成了那個苦苦哀求的人。她很快就會生下他們的女兒，就在杰克睡在別的女人床上的時候。一如茱莉安出生當時的景況。

霏伊設法弄到了使蒂諾斯的處方箋。杰克沉沉入睡的時候，她就拿出他的電腦進行需要的搜尋。一切有時顯得未免太過容易，但她知道並不是這麼回事。她知道代價高昂，甚至太過高昂。但她就是她。比起杰克做的事，任何復仇行動都不算太過。

臥房外夜幕低垂，她想起雪花飄落塔樓房間窗外的一幕。她記得那種漂浮的感覺。那種既自由又受縛的感覺。她有時會想念塔樓的房間。但她從不曾想念那個黃金鳥籠。有時她會想起阿麗思，還關在鳥籠裡的阿麗思。那是她的選擇。但阿麗思生活中有一些事是翰里克未曾知曉的。比如說阿麗思是 Revenge 的股東之一，如今坐擁的財富已經與他相當。又或阿麗思跟她要了洛賓的電話，兩人近來每星期見一次面，就在翰里克以爲妻子去上彼拉提斯課的時候。

霏伊絲毫不以爲意。被困在黃金鳥籠裡自然需要消遣，好讓日子過得下去。

黎明降臨，霏伊看著杰克漸漸轉醒，腦袋裡還有未消的安眠藥與威士忌。

「我下星期要出差，」她說。「你可以幫我照顧茱莉安嗎？」

「當然。」

他微笑，以爲在她眼中看到對自己的愛戀。但她其實是在道別。

費耶巴卡——昔日

我放下電話。判決下來了，我自由了。我從未嚐過自由的滋味，甚至不知道那是什麼感覺。而此刻，我感覺自己漂浮在地板上方。我感覺前所未有的強大。

我不能上法庭，他們認為我年紀還太小。但我可以想像爸坐在我前面，身上穿著他在瑟巴斯欽葬禮上穿過的同一套西裝。他汗濕的脖子，他拉扯自己襯衫的樣子。不安、憤怒，以之前從沒有過的方式受制於人。他的囚禁就是我的自由。

一小部分的我曾擔心他們不會判他有罪。擔心他們看不出他體內的野獸，只當他是個卑微渺小的悲劇人物。但法醫證據如此強而有力。即便沒有媽的屍體。

他被定罪了，即將被判處很長的刑期。

我知道全鎮都很滿意這樣的結果。庭審過程人人都在關注。那些可怕的細節，謠言耳語四處流竄，在易瓦雜貨店、在鎮中心廣場、在車窗搖下來的車裡，面色凝重地談論那個可憐的女孩。我太瞭解他們了。

但我不是什麼可憐的女孩。我比他們所有人都強大。爸被逮捕後我大可繼續住在屋裡，但有人決定我不可以。在他們的眼裡我還是個孩子。因為無親無故，他們只好把我交給住在我家附近的一對老夫婦。他們讓我愛在自己家裡待多久都可以，只要每晚回去他們家吃飯睡覺即可。

最後幾個月單純是一場漫長的等待。在學校裡再沒人來煩我。我走過長廊的時候眾人自動分列兩旁，彷彿摩西過紅海。他們對我無比好奇，卻又避之唯恐不及。人們對哀傷與悲劇的好奇須得隔著一定距離。我很久以前就超過那條線了。

✦

但現在我終於自由了。而他將爛死在地獄裡。

雨勢滂沱。霏伊的眼睛刺痛、頭痛欲裂。她只想躺下來好好睡一覺。她打了兩通電話給茱莉安、然後是杰克。沒有回應。飯店人員過來告訴她計程車到了。她謝過她，抓起手提包，開始輸入警方號碼。

「緊急行動中心。」

「我想通報一件失蹤案，」她說。

「好的，」線路彼端的女人口氣冷靜。「請問失蹤的是哪位？」

「我七歲的女兒，」霏伊說，聲音幾乎哽咽。

「妳最後一次跟她聯絡是什麼時候？」

「昨天晚上。我人在韋斯特羅斯的旅館裡，我來這裡出差。我的前夫負責照顧茱莉安。我打了一早上電話都沒人接。」

「所以妳人不在斯德哥爾摩？」

「是的。噢，天哪，我不知道該怎麼辦。」

「他們有沒有可能是去了別的地方，或是待在某個沒有辦法接電話的地方？」

「不可能。他們應該要在家裡。他們有提過今天要去斯堪森*。這眞的不像杰克的作風。」

「請問妳的名字是?」

「我的名字是霏伊.阿德罕。他們應該要待在奧斯特馬爾姆。我的公寓在那裡。」

她把地址給了女人。

「我們通常需要再等幾小時才能正式通報失蹤人口。」

「求求妳,我眞的很擔心。」

對方的口氣稍稍軟化。

「眞的還是太早了。不過我會請巡邏警員過去看一下。」

「謝謝妳,如果能這樣就太好了。麻煩請妳給他們我的手機號碼,到的時候可以打電話給我。」

一個半小時後,一輛計程車從奧登街轉進畢爾耶.尤爾街,最後再駛上卡爾大道。

---

* Skansen:擁有超過百年歷史的露天民俗博物館與動物園,位於綠意盎然的于高登島,是深受斯德哥爾摩市民喜愛的休閒景點。

兩輛警車停在大門外。一名警員站在門口。她付了車資，跳下車朝警員跑去。

「我是霏伊，」她上氣不接下氣道。他表情嚴肅地看著她。「我不懂，你們說你們找到杰克了。那你們怎麼還在這裡？我的女兒呢？」

「我們可以先進去再說嗎？」他說，目光閃躲。

「什麼意思？如果你已經跟杰克講到話了，那你一定知道茱莉安在哪裡不是嗎？」

他輸入大門密碼，推開門。

「我剛說的，妳最好還是先跟我上樓再說。」

霏伊跟在他身後。

「求求你，告訴我到底發生了什麼事！杰克在樓上嗎？」

警員拉開電梯柵門。

「妳的前夫在樓上，」他說。「但妳的女兒下落不明。」

「不過杰克一定知道她在哪裡不是嗎？她才七歲，不可能自己憑空消失。他負責看管她。

她和他在一起。杰克怎麼說？」

「他說他什麼也不記得。」

「什麼也不記得？」

她的話聲在電梯裡迴盪。

電梯停了，兩人走出去。公寓門是開的。霏伊以手掩臉。

「我們發現……門廳有血跡。」

「血。噢，天啊……」

霏伊一個踉蹌，警員上前扶著她走進公寓。一名穿著白色防護衣的鑑識人員蹲在地上，拿著某種儀器掃過地面一灘深色的凝固血跡。

「茱莉安？」她尖聲大叫。「茱莉安！」

杰克坐在廚房的一張椅子上。兩名警員正冷靜地對他說話。杰克看到霏伊立刻站起來，但警員阻止了他。他坐回椅子上。

「發生什麼事了？」她哭喊。「她在哪裡，杰克？茱莉安在哪裡？」

「我不知道，」他說，滿腹困惑。「是門鈴聲把我吵醒的。」

警員領著她走開。

「我們需要幾樣屬於妳女兒的東西。」

霏伊不解地看著他。

「什麼意思？做什麼用？」

他溫柔而堅定地領著她走開。她聽到門廳傳來腳步聲與話聲。更多警員抵達了。

「用以辨識，」他說。「萬一有需要。」

他倒抽一口氣，然後點點頭。

「比如說什麼？」

「她的牙刷。或者梳子？」

霏伊點點頭。指指浴室。警員拿出一個袋子，戴上一次性手套，走在她前面。

「那是她的。」

他拿起一個印有《冰雪奇緣》的艾莎圖案的粉紅色牙刷，小心翼翼地放進證物袋中。他從茱莉安房間找到她的梳子。同樣是粉紅色，同樣有艾莎。

窗外天色漸漸暗下來。霏伊被請到一個小房間裡等候。過了一會，一名女警走進來，霏伊立刻起身。女警身形高大，金髮綁成馬尾。神情友善而專注。

「有新消息嗎？」

女警搖搖頭。

「請坐下，」她說，朝沙發點點頭。「我是以馮．英格瓦森警督。」

霏伊落座，雙腿交叉。

「我必須問妳一些問題，希望妳能謹慎回答。」

「一定。」

「我們還沒找到茱莉安，但有一些事證讓我們有所疑慮。極度疑慮，事實上。」

霏伊閉上眼睛，嚥下恐慌。

「她被……妳覺得她發生什麼事了嗎？」

「我們眞的不知道。但門廳的血跡已經證實是人血。鑑識組正在比對從她的牙刷與髮梳取得的DNA資料。」

「噢，天啊……我……」

「妳的前夫杰克無法提供任何解釋。他的說法，恕我直言，根本兜不上。他聲稱完全不記得昨天做了什麼事。」

「但他絕不可能傷害茱莉安。你們搞錯了。一定是有人把她帶走了。他很愛她，他毫無理由……」

「還可能是其他人嗎？」

她無言以對。女警傾身向前，把手放在她大腿上。

「根據他的手機定位與車子的衛星導航系統，他昨天深夜出了一趟門。」

「什麼意思？」

「他開車去了延雪平。我們在他後車廂發現少許血跡。我們正在和門廳的血跡比對中。」

「不要……求求妳，不要再說了……我不想知道。」

霏伊搖頭。

「妳必須堅強起來，霏伊。我知道很難，但妳必須幫助我們一起找到茱莉安。」

她緩緩點頭，終於抬起頭來迎上女警的目光。

「我們在延雪平的同事正在搜尋杰克昨晚去過的地區。我們搜查過妳和杰克的電腦，不知道妳可不可以解釋一下這是什麼？」

以馮翻閱放在大腿上的一疊資料，抽出其中一張。那是霏伊寄給伊娃的那封電郵。霏伊正要開口，但被以馮搶先一步。

「照片裡的人是妳嗎？」

她把那張列印資料放在霏伊手中。她快速瞥了一眼，點點頭。

「是的，那是我。」

「也是妳把照片寄給杰克的女友，伊娃．藍朶夫？」

霏伊再次點頭。

「是的，是我。」

「妳爲什麼這麼做？」

「因爲就是她從我身邊搶走了杰克。我只是想要……」

「妳和杰克目前還在一起嗎？」

「什麼意思？」

「妳和杰克分手後曾經發生過關係嗎？」

「有。但在他發現我寄了這封信給伊娃後就停止了。在那之後……他對我深惡痛絕。」

「根據杰克的說法，你們的關係持續至今。」

「不可能。他幾星期前還闖進我辦公室大吼大叫鬧了一場。最後是警衛把他請出去的。但我們的齟齬只限於大人之間，與茱莉安無關，我知道他絕對不會傷害她。」她搖搖頭。

「妳知道我們還發現了什麼嗎？我們發現妳透過一家境外投資公司買下了康沛爾的多數股份。杰克一手創立的公司，最後他卻被開除了。杰克知道這件事嗎？」

霏伊手指在桌上緊張地快速敲打。以馮．英格瓦森的表情高深莫測。

「我們並沒有懷疑妳涉及任何不法，」以馮繼續說。「但我們必須釐清這點以利後續調查。」

霏伊緩緩點頭。「杰克爲伊娃離開我。我在我們的臥房裡發現他們……我想要他們嚐嚐同樣的痛苦滋味。我受盡羞辱，一無所有。我當然想報復。我想盡辦法終於搞垮杰克。我想我有足夠的理由。他痛恨我——同樣也有足夠的理由。但這一切都與茱莉安無關。所以我眞的不明白她會在哪裡，也不明白你們爲什麼會以爲他對她做了什麼事。」

她放在大腿上的雙手交錯扭曲。

以馮沒有回答她的問題。她只是謹慎地開口問道：

「妳臉上的傷是怎麼來的？是杰克嗎？」

霏伊伸手摸摸臉頰，痛得臉一皺。她不情願地點點頭。

「我去韋斯特羅斯開會的時候杰克理應照顧茱莉安。我不是很願意，但爲了茱莉安我必須這麼做。杰克他……他非常憤怒……他最近傳了很多可怕的簡訊給我。喝醉了就來威脅我。這眞的很不像他。他過來的時候怒氣沖沖，出手打我。但他後來就冷靜下來了。我們談過，一切看起來都沒問題了我才離開。他絕對不可能對茱莉安下手，他憤怒的對象是我，一定是我說了什麼一時激怒他。我絕對不會把茱莉安留給他，如果我覺得他有可能會……」

霏伊話不成聲。

敲門聲傳來。一名警員走進來自我介紹。他想要跟同僚講幾句話，以馮於是隨他走出房間。幾分鐘後她回來了。她把一杯咖啡放在霏伊面前的桌上。

「喝點吧，」她說。

「有茱莉安的消息嗎？你們找到她了嗎？」

「沒有。」

「妳就不能告訴我嗎？她是我女兒啊！」

女警面無表情地看著霏伊。

「根據我們在門廳找到的血量判斷，我們不認爲茱莉安在失去這麼多血後還有任何存活的可能。」

「噢，天啊，她受傷了？她在流血。我的小女孩在流血，在外頭某個地方孤單地在流血？」霏伊哭喊。

以馮·英格瓦森一隻手放在霏伊背上，默然無語。沒有出口的言語在房間裡不斷迴響。

✦

霏伊沒有在自己公寓裡過夜。她拿出夏思汀公寓的備份鑰匙，暫時安頓下來。報紙以大篇幅報導茱莉安的失蹤案。警方追蹤杰克的車子當晚曾到過延雪平北方的樹林，那附近有個小碼頭。他們翌日在其中一艘船上找到少量血跡。但沒有屍體。

霏伊讀的報紙提出的理論是，這位「鉅富前夫」——他們是這麼形容杰克的，只差沒有直接揭露姓名——把茱莉安的屍體扔進了瓦騰湖裡。警方曾派出潛水伕搜尋打撈，但區域太過廣袤，茱莉安的屍體始終未被尋獲。

一星期後，在所有證據都指向杰克，而某家晚報透過警方內部消息得知在公寓、車上與船上找到的血量後，媒體公布了杰克的姓名。大批記者包圍他和伊娃的利丁罕豪宅。

以馮．英格瓦森造訪霏伊，告知她雖然他們還沒有放棄茱莉安生還的希望，但就絕大部分證據顯示她應該已經身亡。他們爲她提供心理諮商與宗教方面的支援，但霏伊全都拒絕了。她只是把自己鎖在夏思汀的公寓裡，看著聚集在外頭聒噪的記者日漸散去。她悉心照顧臉上的割傷與瘀青，不想留下醜陋的疤痕。杰克遭到起訴的罪名裡包括對霏伊的傷害罪。

杰克始終沒有坦承犯行，但對他不利的證據一一浮上檯面。警方在他電腦裡發現的Google搜尋紀錄尤其是入罪關鍵。霏伊收到的威脅簡訊全都來自杰克的手機，雖然事後已被他全數刪除。小報對此有非常詳盡的報導。

在他電腦裡找到的證據不啻是杰克的喪鐘。他搜尋研究瑞典許多湖泊的深度，下載他在瓦騰湖畔停車地點附近的地圖。

茱莉安失蹤一星期後，霏伊決定賣掉公寓，並通知 Revenge 投資人她計畫儘快離開瑞典。她自己留下百分之十的股份，另外又加贈夏思汀百分之五，其餘則供現有股東自由認購。以馮．英格瓦森試著說服她至少等到杰克的庭審結束判決下來再離開，但霏伊告知她不想面對那一切。

「我的生活已經毀了，不管他背負什麼刑責都一樣。我奪走他的事業、摧毀他和伊娃的關係，他以殺了我們的女兒作爲回報。這裡已經沒有任何值得我留下來的東西了。」

「我瞭解，」以馮說。「妳必須要堅強起來。這個痛永遠不會消失，但隨著時間過去，一切會變得比較不難面對。」

她站在門口擁抱霏伊，然後扣上外套踏出大門。

「妳打算搬去哪裡？」

「我還不確定。總之是很遠很遠的地方。一個沒有人認識我的地方。」

當以馮傳訊給她，告知在公寓門廳、杰克的後車廂還有船上找到的血跡ＤＮＡ和在茱莉安的牙刷與髮梳驗出的ＤＮＡ相符時，霏伊僅只回給她兩個字：「謝謝」。她沒有別的話可說。

✦

霏伊離開瑞典已經七個月了。她望向窗外的綠色山丘與更遠處的地中海。她面前放著一杯冰沙咖啡。杰克的庭審已經結束，判決這幾天隨時會下來。媒體與瑞典民眾倒是一致同意：杰克．阿德罕是全瑞典最令人痛恨的男人。很自然地，伊娃接受了《快報》的訪問，懷裡抱著杰克的女兒、滿腔譴責；杰克顯然在他倆關係持續期間對她施予嚴重的精神虐待。伊娃獲得不少民眾同情。霏伊讀到報導時不禁啞然失笑。

霏伊終於把她痛恨不已的乳房塡充物拿掉了，體重也增加了十公斤。但她持續運動，對自己的外表再滿意不過。

她又看了一眼螢幕，順手拿起一塊義大利杏仁餅沾了甜點葡萄酒。全瑞典都對這場聳動的庭審異常著迷，霏伊幾乎可以從她此刻所在的露臺感覺到全瑞典都在屏息等待。

她倒不掛心。她知道自己執行得步步到位。

《晚報》新聞網站的播報員沙沙翻動資料，一名資深前社會線記者皺眉、口氣陰沉地宣稱杰克無疑將遭到定罪。

霏伊甚至懶得微笑。她早就知道自己會贏，後續這些不過是把程序走完。她已經完成任務。

茱莉安在屋裡叫她。

霏伊把太陽眼鏡往下推，瞇起眼睛。

「怎麼了，親愛的？」

「我們可以去海灘嗎？」

「再一會。媽咪得先把這些看完。」

茱莉安出現在門口。一雙赤腳啪啪踩在露臺上朝她跑來。膚色讓太陽曬得美麗黝黑、金色髮絲飛揚。

「杰克·阿德罕因謀殺七歲女兒被判有罪。」

霏伊蓋上筆電，讓茱莉安坐在她大腿上。

「妳在看什麼？」

「噢，沒什麼，」她說。「我們去海灘吧！」

「妳覺得夏思汀會不會想一起去？」

「我們最好問問她囉。」

茱莉安快步走開後，霏伊閉上眼睛。她的心緒飛回六個多月前那些決定性的日子裡。

她從來不害怕肉體的疼痛。跟她在標明「家用」的檔案夾裡看到茱莉安照片時的痛苦比起來根本不算什麼。她的愛女。驚恐。困惑。赤裸。

最初的震驚很快被幾乎吞噬她的憤怒取代，但她讓它潛伏在她體內、知道自己稍後會需要它。她的憤怒將會以排山倒海之姿碾碎杰克，一切結束後他將什麼都不剩。

哄誘杰克放下心防很簡單，但做其他她必須做的事也並不困難。她只需閉上眼睛，讓茱莉安的裸體浮現眼前。暴露了。被褻瀆了。下手的竟是那個理應保護她的人。

她吞了幾顆止痛藥，從自己身上抽出一公升血。這是一般捐血量的兩倍，但她查過資料。以全身血量來算，她禁得起失去這一公升。

夏思汀一開始並不贊成，但在看過茱莉安的照片後，她也同意對杰克這種人來說，再嚴厲的懲罰都算罪有應得。

霏伊感覺有些頭暈，但堅持下去。她不可以在這個時候暈過去。

夏思汀和茱莉安比她早出發。弄到假護照、安排潛行出國事宜所費不貲，但全都是金錢買得到的。而霏伊有的是錢。

電鈴響起時，霏伊深呼吸，然後開門讓杰克進來。收網的時候到了。他問起茱莉安在哪裡，畢竟他來是爲了照顧她，但她只說茱莉安已經在回家路上了。三杯威士忌下肚後，她以性愛爲餌哄誘他走進臥房，但不出她所料，杰克在她底褲裡胡亂摸索一陣後就不省人事地昏睡了過去。

她看著臥室全身鏡中的自己。她聽到床上傳來杰克熟睡的呼吸聲。她給了他雙倍量的安眠藥，一時絕不可能醒來，等醒來後只怕什麼也記不得。

她深深吸一口氣。讓黑暗蔓延至前景，跨過那些她多年來設下的障礙。她看到水中的面孔。聽到響徹雲霄、讓鷗鳥驚慌振翅的尖叫。她看到鮮血在海水中擴散開來。白色手指搜尋著什麼，任何東西、任何人。

她再次看到茱莉安。她驚恐的臉孔。

霏伊額頭猛力撞擊在鋼製床架上。

她在鏡前仔細檢視自己的臉。這樣夠了嗎？她額頭上有一道割傷，還有多處正在形成的瘀青。

霏伊搬出那具急救教學用的假人，讓它躺平在門廳地板上。她接著拿出夏思汀幫忙從她身上抽取的鮮血倒在假人上，主要集中在頭部與軀幹。她希望這些血就夠了。在必須保留體力的情況下她無法抽取更多。血的味道撲鼻而來，她突然有些頭暈眼花，但強迫自己繼續。她把假人留在原地，先去做其他需要做的事，希望有足夠時間讓血凝結、在地上留下軀體形狀。

她戴上手套，小心翼翼地從手提包裡掏出一個裝著一把粉紅牙刷與一支粉紅髮梳的夾鏈塑膠袋。它們上頭全印有《冰雪奇緣》的艾莎圖樣。是茱莉安幫忙拆掉包裝、親手把它們裝進夾鏈袋裡的，所以上頭只有她的指紋。

霏伊開始梳頭髮。她和茱莉安同樣有著蜂蜜色的金髮，長度也相仿。她用力梳、不停地梳，確定在髮梳上留下足夠連著髮根的頭髮。接著她放下髮梳拿起牙刷。她仔細刷洗牙齒與口腔內部，格外使勁好讓刷毛看似已經使用了一段時間。她把牙刷放在浴室的玻璃杯裡、和她自己的牙刷一起。然後她走進茱莉安的臥房，把梳子放在小桌上。

她接著清洗裝有摻了藥的威士忌的杯子，洗好後重新倒入更多威士忌。她把杯子與整瓶酒帶進杰克正呼呼大睡的主臥房。霏伊把杯子放在床頭桌上，然後讓酒瓶橫倒在杯子旁靠床的一邊。威士忌酒味霎時瀰漫開來。

公寓裡的工作大致完成。

霏伊拿起杰克的手機，走出大門找到他停在外頭的車子。她很快地把假人扔進後車廂，留下些許血跡。正合她意。

剩下部分就只是照計畫走。開著杰克的車前往瓦騰湖再回來。在停泊在碼頭的一艘船上塗抹鮮血。她沖洗假人，然後把它扔進湖裡。湖底散布著各種奇奇怪怪的垃圾，沒人會把假人和茱莉安的失蹤案聯想在一起。

回程路上，霏伊知道車子的衛星導航與杰克的手機都會有這一趟車程的紀錄。衛星導航可以提供的細節多過手機，但兩者可互相爲證。再加上她最近在杰克的筆電裡留下的搜尋紀錄，這些應該已經足夠。她希望夠。魔鬼永遠藏在細節裡。

霏伊把車停在海濱人行道旁，夏思汀幫忙茱莉安下了車。一陣溫暖微風吹動她洋裝裙擺。她們找到三張相鄰的空躺椅，付了錢。茱莉安立刻往海邊衝去。霏伊和夏思汀躺在躺椅上，視線沒有離開過茱莉安。

「他被判有罪。他們說應該會判無期徒刑。」

「我也聽說了，」夏思汀應道。

「我們做到了。」

「是的。不過我從不曾眞的擔心過。」

「是嗎？」

夏思汀點點頭。

一個女人朝她倆走來。她看到她們，停下腳步揮手。

「可以再加一位嗎？」她微笑問道。

「當然，只要妳不介意和茱莉安共用一張，」霏伊應道。

「我再樂意不過。」

她落坐在那張覆蓋著茱莉安的藍綠色毛巾的躺椅上，戴上太陽眼鏡。

「今晚過來一起晚餐嗎？」霏伊問。

女人點點頭。然後轉頭面向陽光。

三個女人在沉默中並肩而躺。霏伊閉上眼睛，聆聽海浪拍岸與茱莉安的興奮尖叫聲。她看到瑟巴斯欽浮現在她眼前。是他的死最終成就了今天的她。從某個不尋常的角度來看，她感覺自己該感謝他。

她轉頭，看著躺在相鄰躺椅上的女人。她緩緩伸出手，輕輕撫摸她母親的臉頰。

致謝詞

寫書不是一個人可以獨自完成的工作，即便很多人做如是想。那是許多人的投入，讓不可能變成可能、也讓這份工作不那麼孤寂。首先，我要謝謝我的先生，Simon。對我無止境的愛與支持。我的孩子們爲我提供最大的動力：Wille、Meja、Charlie、Polly。謝謝你們的陪伴，也謝謝你們是全世界最棒的孩子。也要謝謝我媽，Gunnel Läckberg，以及我的婆婆與公公，Anette 與 Christer Sköld，謝謝你們種種有形無形的支持給了我寫作的空間。有太多人得感謝：所有在生活變得太多複雜時助我一臂之力的人們——在此致上無盡的謝意。

大大感謝 Christina Salabi，謝謝妳與我每日並肩作戰，不管我是不是在寫作。除了血緣與名義，妳從每層定義來說都是我的姊妹。也謝謝 Lina Hellqvist，妳是我們團隊無價的一員。

身爲作者，如果少了我了不起的出版商，Karin Linge Borgh 以及同樣令人讚嘆的編輯 John Häggblom，我絕對不可能成爲今天的我。我對你們的感謝無以言喻。當然，還有更多來自我的瑞典出版商 Bokförlaget Foru 的成員需要感謝，尤其是 Sara Lindegren：**謝謝妳**，謝謝你們大家！

同樣的感謝也要獻給我的經紀公司 Nordin Agency，Joakim Hansson、Johanna Lindborg、Anna Frankl 以及公司全體成員，謝謝你們幫助我的書找到更廣大的讀者群。

在一本書的誕生過程中，來自不同領域的專家爲作者提供自身力有未殆的寶貴資訊，同樣是不可或缺的角色。以本書來說，我要感謝 Emmanuel Ergu 關於金融方面知識的無價貢獻，以及一直以來爲我提供費耶巴卡資訊的 Anders Torewi。

感謝我才華洋溢的同僚 Pascal Engman，在我需要討論書中角色時爲我提供極爲寶貴的意見。當然還有一直以來隨時對我伸出援手、陪伴我討論寫作與生命的 Denise Rudberg。

最後要感謝的是我們身邊所有姊妹與朋友，長久以來愛護我們的家庭。有太多人需要感謝，但爲免有所疏漏，在此一併致謝：你們知道我說的是誰。我愛你們！

謝謝你，爸，給予我對閱讀的熱愛。

卡蜜拉・拉貝格（Camilla Läckberg）
斯德哥爾摩，二〇一九年一月

黃金鳥籠

EN BUR AV GULD

作　　者	卡蜜拉・拉貝格（Camilla Läckberg）
譯　　者	王娟娟
特約編輯	蔡欣育
版　　權	吳亭儀
行銷業務	周丹蘋、林秀津、郭盈均、賴正祐、黃崇華
總 編 輯	劉憶韶
總 經 理	彭之琬
事 業 群 總 經 理	黃淑貞
發 行 人	何飛鵬
法律顧問	元禾法律事務所 王子文律師
出　　版	商周出版 台北市 104 民生東路二段 141 號 9 樓 電話：（02）25007008 傳眞：（02）25007759 Email：bwp.service@cite.com.tw
發　　行	英屬蓋曼群島商家庭傳媒股份有限公司城邦分公司 台北市中山區民生東路二段 141 號 2 樓 書虫客服服務專線：02-25007718 02-25007719 24 小時傳眞專線：02-25001990 02-25001991 服務時間：週一至週五 9:30-12:00 13:30-17:00 劃撥帳號：19863813 戶名：書虫股份有限公司 讀者服務信箱 Email：service@readingclub.com.tw
香港發行所	城邦（香港）出版集團有限公司 香港灣仔駱克道 193 號東超商業中心 1 樓 Email：hkcite@biznetvigator.com 電話：（852）25086231 傳眞：（852）25789337
馬新發行所	城邦（馬新）出版集團 Cite（M）Sdn Bhd 41, Jalan Radin Anum, Bandar Baru Sri Petaling, 57000 Kuala Lumpur, Malaysia. Tel：（603）90578822 Fax：（603）90576622 Email：cite@cite.com.my

作者照片 © Magnus Ragnvid	
封面內頁設計	劉孟宗
印　　刷	卡樂彩色製版有限公司
總 經 銷	聯合發行股份有限公司 新北市 231 新店區寶橋路 235 巷 6 弄 6 號 2 樓

2022 年 8 月 13 日初版
2022 年 11 月 1 日初版 2.5 刷
定價 430 元

讀者回函卡

ISBN 978-626-318-364-3

國家圖書館出版品預行編目 (CIP) 資料

黃金鳥籠 / 卡蜜拉 . 拉貝格 (Camilla Läckberg) 作；王娟娟譯 . 初版 . 臺北市：商周出版：英屬蓋曼群島商家庭傳媒股份有限公司城邦分公司發行，2022.08
384 面；14.8×21 公分
譯自：En bur av guld.
ISBN 978-626-318-364-3(平裝)

881.357　　111010784